Mirjam Müntefering
Luna und Martje

SERIE PIPER

Zu diesem Buch

Dem erfolgreichen und skrupellosen Geschäftsmann Erik fällt die attraktive Luna, die im Besucherraum seines Unternehmens steht, sofort auf. Noch weiß er nicht, dass sie die Tochter des Mannes ist, dessen Firma er schlucken will. Es könnte eine wunderbare Liebesgeschichte werden, wäre da nicht Martje, Eriks lesbische Schwester. Denn als sie Luna sieht, verliebt sie sich ebenfalls Hals über Kopf in dieses Geschöpf mit den cremefarbenen Haaren. Und Luna weiß noch nicht, dass ihr Herz eigentlich auch für Frauen schlägt. Martje tut alles, um ihrem Bruder die Geliebte auszuspannen und Lunas Gefühle für sie zu entfachen. Dafür arbeitet sie mit allen Mitteln: Sie weigert sich, ihren Status einer Nebenfigur beizubehalten, und wiegelt sämtliche Mitfiguren im Roman gegen die Autorin auf ... Mit leichter Hand gelingt Mirjam Müntefering ein ungewöhnliches und raffiniertes Buch über Liebe zwischen Frauen: mit all ihren Komplikationen, Missverständnissen und Eingeständnissen – und ihrer Erfüllung.

Mirjam Müntefering, geboren 1969, studierte Germanistik, Theater- und Filmwissenschaft und hat einige Jahre fürs Fernsehen gearbeitet. Sie lebt als Autorin und Trainerin in der eigenen Hundeschule in Hattingen/Ruhr. Zuletzt erschienen ihre Romane »Apricot im Herzen«, die Fortsetzung zu »Flug ins Apricot«, sowie »Ein Stück meines Herzens«, »Das Gegenteil von Schokolade«, »Wenn es dunkel ist, gibt es uns nicht« und »Luna und Martje«.

Mirjam Müntefering
Luna und Martje

Roman

Piper München Zürich

Alle AutorInnen, LektorInnen, VerlegerInnen und ProkuristInnen dieses Buches, ihre Einstellungen, Meinungen und vor allem ihr Wille zur Freiheitsbeschränkung von Romanfiguren sind frei erfunden. Ähnlichkeiten mit tatsächlich Lebenden sind reiner Zufall.

Von Mirjam Müntefering liegen in der Serie Piper vor:
Flug ins Apricot (3802)
Apricot im Herzen (3803)
Wenn es dunkel ist, gibt es uns nicht (3957)
Luna und Martje (4342)

Einen Roman zu schreiben, das bedeutet, sich zu verlieben.

Dieses Taschenbuch wurde auf FSC-zertifiziertem Papier gedruckt.
FSC (Forest Stewardship Council) ist eine nichtstaatliche, gemeinnützige Organisation, die sich für eine ökologische und sozialverantwortliche Nutzung der Wälder unserer Erde einsetzt (vgl. Logo auf der Umschlagrückseite).

Originalausgabe
September 2005
© 2005 Piper Verlag GmbH, München
Umschlag/Bildredaktion: Büro Hamburg
Heike Dehning, Charlotte Wippermann,
Alke Bücking, Kathrin Hilse
Foto Umschlagvorderseite: Rizzoli/Picture Press
Foto Umschlagrückseite: Stefanie Grote
Papier: Munken Print von Arctic Paper Munkedals AB, Schweden
Gesamtherstellung: Clausen & Bosse, Leck
Printed in Germany
ISBN-13: 978-3-492-24342-1
ISBN-10: 3-492-24342-8

www.piper.de

ERSTES KAPITEL

> »I'm laughing at clouds, I'm ready for love«
> *Singin' in the rain*
> Gene Kelly

Am Himmel hatte sich das helle Blau des frühen Morgens bedeckt mit kochenden Wolken. Überquellend wichen sie in jeden Winkel bis zum Horizont. Die Hitze der vergangenen Hochsommerwochen drückte sich in jeden Winkel der Straßen und Plätze der Stadt.

Erik Kröger überquerte zielstrebig die Straße. Die elektronisch gesteuerte Tür des modernen Bürogebäudes schwang gerade noch rechtzeitig vor ihm auf und der kühle Luftzug der vollautomatischen Klimaanlage nahm ihn in Empfang. Er verlangsamte seinen Schritt nicht für den Bruchteil einer Sekunde, um diese Erleichterung zu genießen.

Im Eingangsbereich duckten sich bei seinem Erscheinen ein paar Köpfe über Akten. Doch er achtete nicht auf die Angestellten. Der gepflegte Teppich dämpfte nur verhalten seinen Laufschritt durch die Halle. Sein Ziel: das hintere Büro des Senior-Partners.

Ein teurer Anzug perfekt geformt um seine schlanke, athletischen Figur. Die ultrakurz geschnittenen Haare wie eine Armee von Getreuen über dem gebräunten Gesicht, auf dessen Stirn trotz der herrschenden Temperaturen nicht einmal ein dünner Schweißfilm glänzte.

In der Firma als stets höflicher Mensch gekannt, der großen Wert auf korrekte Umgangsformen legte, verzichtete er heute Morgen auf das Anklopfen. Er riss die gepolsterte Bürotür auf. Sei Ansturm endete erst vorn am gewaltigen Schreibtisch.

Hinter ihm schloss sich die Tür, die mit einem entsprechenden Mechanismus versehen war, mit einem leisen Geräusch.

Das Gespräch war eröffnet.

»Guten Morgen, Erik.« Gerd Beck, fünfundsechzigjährig, graubeschläft, hinter dem schweren Chrom- und Glastisch wie hinter einer Festung, brachte trotz des forschen Auftritts ein freundliches Lächeln zustande. »Ich nehme an, du hast einen Grund für so ein temperamentvolles Reinplatzen in meine Morgenlektüre?!« Auf dem Schreibtisch waren diverse Zeitungen ausgebreitet. Die Börsenteile überlappten sich.

»Ich will mit dir über die Jamp-Übernahme sprechen!« Erik war offensichtlich stinksauer.

Gerd unterdrückte ein Seufzen. Er war Auseinandersetzungen mit seinem Juniorpartner gewöhnt.

Erik war scharfsinnig. Er besaß eine hervorragende Nase für die Gewinnerwirtschaftung. Nur schien er manchmal – Gerd hatte das schon hin und wieder angedeutet – bei seinem Bestreben um das Wohl der eigenen Firma den schmalen Grat zwischen Geschäft und Menschlichkeit verlassen zu wollen. Ob das aus übertriebenem Eifer, aus Gedankenlosigkeit oder mit purer Absicht geschah, war Gerd nicht klar.

»Was gibt es da zu besprechen?«, fragte Gerd nun. Er schob die fein goldgerahmte Brille auf der Nase ein Stück nach oben. Unter diesem Blick hätte sich jeder kritisch gemustert gefühlt.

Der dreißig Jahre jüngere Erik kniff die Augen zusammen.

»Das weißt du genau! Der Vertrag zur Übernahme legt eindeutig die Bedingungen im Falle der Zahlungsunfähigkeit fest. Der Termin ist seit zwei Wochen verstrichen. Zwei Wochen! Und Jamp geht es nach wie vor dreckig. Er wird noch Monate brauchen, bis er sich von dem Brand erholt hat. Vielleicht sogar Jahre. ›Heins & Heins‹ warten nur darauf, ihn zu kassieren. Wenn wir ihn endlich schlucken, können wir ihn etwas abgespeckt an die Heins weiterreichen. Wir könnten das Dreifache an Gewinn machen. Das Dreifache! Wir reden da von mehrstelligen Millionenbeträgen. Heute Morgen telefoniere ich mit Jamp, um ihn für nächste Woche zu uns zu bitten. Da erklärt er mir, du gewährst ihm Aufschub. Du! Gewährst! Ihm! Aufschub! Wieso?«

Für einen Moment zögerte Gerd. Sichtlich.

Eriks Brauen zuckten.

Er kannte seinen Seniorpartner gut genug, um zu wissen, dass die Gründe im Dunkeln bleiben würden, wenn er zu viel Druck machte. Der alte Herr hielt das nicht mehr aus: das Tempo, die Hektik, die Schonungslosigkeit des heutigen Marktes. Warum sah er es nicht endlich ein? Er sollte sich besser aufs Altenteil zurückziehen. Erik könnte aus dieser Firma die führende des Landes machen. Die großen Geschäfte lagen vor der Tür. Aber der Alte trat sie mit Füßen.

Gerd lehnte sich in seinem Ledersessel zurück und verschränkte die Hände vor der Brust. Eine Herrschergeste. Eine imperiale Geste. Die konnte er sich nur erlauben, weil er zwei Prozent mehr besaß. Zwei verfluchte Prozent.

»Sagen wir es mal so, Erik, ich habe meine Gründe.«

Die Ader an der Schläfe begann zu pochen. Erik spürte es ganz deutlich. Dieses Rauschen im Ohrinneren angesichts einer Ohnmacht.

Mit so einer Antwort hatte er rechnen müssen. Trotzdem konnte er nicht damit umgehen. Seit nunmehr sechs Jahren hatte er oft genug erlebt, dass der Ältere sich punktum auf seine Anteilsüberlegenheit zurückzog. Und trotzdem. Oder gerade deshalb. Es reichte langsam.

Es war wirklich genug mit dem ständigen Duckmäusertum. Es musste endlich etwas passieren.

Aber jetzt. Und hier. Ging nichts mehr.

Erik zählte innerlich. Er atmete ein paar Mal tief ein und aus und ließ sich in einen der bequemen Besuchersessel fallen.

Nun musste er zu Gerd hochschauen. Ein denkbar unangenehmes Gefühl.

Eine kurze Weile saßen sie sich so gegenüber, der Schreibtisch zwischen ihnen. Gerds haselnussbraune Augen blickten unverwandt in Eriks leuchtend blaue.

»Gerd«, begann Erik in versöhnlichem Tonfall. »Ich weiß, dass du diese Dinge ein bisschen anders betrachtest als ich. Wir waren doch beide immer der Meinung, dass wir einander gut ergänzen. Du behälst andere Werte im Auge: Die bestehenden Firmenstrukturen, die Arbeitsplätze, Kundentreue seit Jahrzehnten und, und, und. Ich denke eher vorausschauend, zum Beispiel an die Techter-Immobilie. Mit dem Geld aus dem Jamp-Verkauf könnten wir uns einen Aktien-Anteil sichern, der beträchtlich über dem der ehemaligen Eigner liegen würde.«

Wieder ein kurzes Zögern in Gerds Augen. Der Blick huschte kurz über die ausgebreiteten Zeitungen, die schwarzen Zahlen, deren Geruch den gesamten Raum erfüllte. Dies war ihrer beider Lebensinhalt.

Die Techter-Immobilie war das beste Argument, das Erik jetzt noch in Händen hielt.

Den Grund für Gerds unsinnige Entscheidung bezüglich der Kreditverlängerung würde Erik jetzt sowieso nicht mehr erfahren. Er konnte nur versuchen, Gerd mit seinen eigenen Wünschen aus der Reserve zu locken. Vielleicht war er doch noch zu einem anderen Entschluss zu bewegen.

»Es ist ja nicht so, dass ich kein Verständnis für derartige Entscheidungen hätte«, fuhr Erik fort. »Bei der ein oder anderen Sache wird es uns bestimmt von Nutzen sein, wenn wir hartnäckig am Ball bleiben – den guten Ratschlägen der Investoren zum Trotz. Aber gerade hier. Und gerade jetzt. Denk an die Techter-Immobilie, Gerd! Ich weiß, das Argument wird dich überzeugen. Auch wenn ich eine gewisse Ahnung habe, was dich zu deinem bisherigen Entschluss bewogen haben mag.«

Das war ein Bluff.

Erik kam immer wieder damit durch. Sein Lächeln war undurchschaubar. Und er konnte so wirken als sei er im Stande, sein Gegenüber bis auf den Grund einer rabenschwarzen Seele zu durchleuchten.

Gerds Fingerspitzen berührten kurz den zarten Goldrand seiner Brille.

»Glaub mir, Erik. Deine gewisse Ahnung trügt dich. Den Grund für mein Handeln kennst du sicher nicht. Und ich werde keinesfalls meine Entscheidung beugen, weder dem Argument Techter noch sonst einem. Dabei bleibt es. Ich werde noch heute mit Jamp die Aushandlung eines neuen Vertrages vereinbaren.«

Erik schnappte nach Luft.

»Das … das kannst du nicht …«

Gerd konnte durchaus. Wusste Erik.

»Darüber ist das letzte Wort noch nicht gesprochen!« Erik stand betont gelassen auf und ging zur Tür.

Früher hätte Gerd ihn in solch einer Situation zurückgerufen. Die Meinungsverschiedenheit wäre durch ein klärendes Gespräch aus dem Weg geräumt worden. Doch in den vergangenen zwei Jahren zeigte der ehemals eher väterliche Typ gegen Erik immer deutlicher Härte.

Als Erik sich an der Tür noch einmal kurz umwandte, hatte Gerd sich bereits schon wieder über die Börsenteile der Zeitungen gebeugt und schien sie ausführlich zu studieren.

Erik öffnete und schloss die Tür ohne einen Gruß. Gemessenen Schrittes ging er hinüber zu seinem Büro, das dem von Gerd in der Halle gegenüber lag. Er wusste, dass Dutzende von Augenpaaren ihn heimlich beobachteten. Daher setzte er eine entspannte, eher heitere Miene auf. Niemand sollte den Verdacht hegen, dass eine Auseinandersetzung zwischen ihm und Gerd zu seinem eigenen Nachteil ausgegangen sein könnte.

Auf dem Weg zu seinem Büro passierte er den Warteraum. Hierhinein wurden Besucher gebeten, die auf ihren Termin in den hinteren Büros warteten.

Da er selbst für den heutigen Morgen keinen Besuch erwartete, wäre er fast ohne einen Blick an der Tür vorübergegangen. Doch er besann sich gerade noch rechtzeitig der barsten Form von Höflichkeit, hob den Blick und nickte zum Gruß.

Doch schon während er den nächsten Schritt tat, weiteten sich seine Augen ein kleines Stück, nicht wahrnehmbar für andere, doch für ihn deutlich spürbar. Er blieb abrupt stehen.

Genau im Rahmen der zweiflügeligen Glastür stehend, sah er in den Raum hinein, wo eine junge Frau im Hosenanzug vorgab, die Bilder an den Wänden zu betrachten.

Sie hatte ihm den Rücken zugekehrt.

Ein Rücken, der ihm nicht wirklich bekannt vorkam, dessen Anblick ihn dennoch stutzen ließ.

Sein Blick glitt über ihre Hüften, die Beine hinab, hinauf in den Nacken, über dem die cremefarbenen Haare in einer Art und Weise hochgesteckt waren, die von viel Mühe und ebensolcher Ungeduld sprach. Unter dem einen Arm trug sie eine schmale Aktenmappe aus teuer wirkendem Leder.

Dann wandte sie sich um. Offenbar hatte sie trotz des Geräusche schluckenden Teppichs gehört, dass jemand vor der Tür stehen geblieben war.

Ihr Blick aus dunklen Augen durch rahmenlose Brillengläser hindurch schoss ihm ins Mark. Ein Vibrieren bis hinunter in seine Lenden.

Es war Luna Jamp, die Tochter von ›Jamp Electronics‹!

Einen Moment sahen sie einander an. Dann lächelte sie geschäftlich und nickte ihm zu.

»Guten Morgen. Sie sind nicht Herr Beck, oder?«

Sie erkannte ihn nicht.

Nach dem noch nicht verwundenen Disput mit Gerd, gab ihm diese Tatsache einen Stich in seine Eitelkeit. Obwohl sie ihn gar nicht einordnen würde können. Denn sie waren sich noch nie persönlich begegnet. Erik kannte Jamps Tochter lediglich von Fotos. Mehrere großformatige, teuer gerahmte

10

Fotos, die im Jamps Büro verteilt waren wie Heiligenbildchen am Altar.

Damals, erste Büchereinsicht in Jamps Büro, hatte Erik sich gewundert. Tochter hin oder her. So schön war sie nun wirklich nicht. Sympathisch vielleicht. Aber musste man deswegen gleich einen derartigen Fotokult betreiben?

Doch jetzt war er froh um die Tatsache, sie zu erkennen, ohne von ihr erkannt zu werden. Ein winziger Moment der Überlegenheit gab ihm seine alte Sicherheit zurück.

Er trat zu ihr hinein und reichte ihr die Hand. Nahm sehr deutlich ihren Geruch wahr, der fruchtig und leicht war. Ihre Finger schienen ihm kräftiger als es Frauenfinger sonst waren. Doch sie entzogen sich ihm wieder so schnell, dass er dem Eindruck nicht nachspüren konnte.

»Nein, Herr Beck ist beschäftigt. Mein Name ist Kröger. Erik Kröger. Vielleicht kann ich Ihnen ja auch helfen? Oder haben Sie einen Termin speziell bei Herrn Beck?«

Die Zunge der jungen Frau fuhr einmal kurz zwischen den Lippen hervor und befeuchtete sie.

»Natürlich. Herr Kröger«, murmelte sie kurz, eher zu sich selbst, und hob dann energisch das Kinn. »Nein, das nicht. Aber man sagte mir, ich könne hier warten ...«

Erik lachte sympathisch auf.

»Ach, wieso warten, wenn ich jetzt Zeit für Sie habe? Kommen Sie. Wir werden sehen, was ich für Sie tun kann.«

Jamps Tochter stimmte ihm zu, indem sie kurz und knapp nickte.

Erik witterte etwas. Er kannte sich aus in seinem Metier. Wusste wie durch einen angeborenen Instinkt, dass er durch dieses zufällige Treffen eine wie auch immer geartete Chance in die Hände gespielt bekam. Unter keinen Umständen hätte er zugelassen, dass sie irgendwo anders als hinter seiner eigenen Bürotür verschwand.

Gewohnt galant ließ er ihr den Vortritt aus dem Zimmer und leitete sie durch eine ausholende Bewegung mit der Hand nach rechts.

Sie war klein.

Aber sie war Jamps Tochter.

»Was für ein Wetter, nicht?«, sagte er und lächelte sie beruhigend an.

Ihre aufrechte Haltung verriet innere Anspannung.

»Unglaublich«, bestätigte sie. »Aber es sieht nach einem Gewitter aus. Mit hoffentlich viel Regen.«

Bevor Erik etwas erwidern konnte, sah er von fern Frau Kreikmann sich nähern. Gerds persönliche Sekretärin nahm es immer sehr genau. Aus irgendeinem Grund hatte sie Erik von Anfang an abgelehnt. Natürlich zeigte sie ihm das niemals. Sie ließ sich auch nicht zu herablassenden Bemerkungen oder Klatsch anstiften – das wusste Erik aus zuverlässiger Quelle unter den Mitarbeiterinnen. Aber Erik spürte ihre Ablehnung so deutlich, als trüge sie ein Schild damit um den Hals. Als sie nun sah, dass er mit der jungen Dame aus dem Warteraum trat, fühlte sie sich offenbar verpflichtet, einzugreifen. Doch er winkte ihr energisch auf die Entfernung zu und rief ein: »Ist in Ordnung!« hinüber, das ihr regelrecht vor den Kopf zu prallen schien. Sie blieb wie angewurzelt stehen und starrte ihnen ein paar Sekunden nach, wie sie miteinander hinter seiner Bürotür verschwanden. Erik warf noch einen Blick durch das Glas neben der Holztür und sah, wie Frau Kreikmann langsam an ihren Schreibtisch zurückkehrte. Sie schlug also nicht gleich Alarm bei Gerd. Vielleicht dachte sie auch, Gerd sei noch sehr beschäftigt, wenn Erik ihm schon ein Gespräch abnahm.

Zufrieden mit dieser Aussicht, wandte er sich seiner Besucherin zu.

»Möchten Sie nicht Platz nehmen?« In der Sitzecke standen ein paar bequeme Ledersessel, die zum Plaudern verführen sollten.

Er selbst beugte sich noch einmal über den Schreibtisch, den Finger schon fast auf dem Knopf der Sprechanlage.

»Kaffee?«

»Danke, lieber nicht.« Ihre Stimme besaß einen entschlossenen Unterton, während ihre Augen die Flucht suchten. Diese Kombination elektrisierte ihn. Sie war wirklich nicht der Typ Frau, von dem er sich gemeinhin angezogen fühlte. Sie trug einfach den richtigen Namen. Und an ihrer vergeblich zu verbergen gesuchten Scheu wetzte sich seine Jagdleidenschaft wie von selbst die viel zu lange gewachsenen Krallen.

»Zu warm für Kaffee, nicht wahr? Vielleicht lieber etwas Kaltes?«

»Ich bin nicht hier, um etwas zu trinken, Herr Kröger«, wandte sie leicht entschuldigend ein.

Doch er lächelte jovial und drückte die Taste zur Sprechanlage. »Frau Breitner, könnten Sie uns ein paar kalte Getränke bringen und vielleicht etwas Gebäck dazu?« Er war entschlossen, diesen Morgen noch zu seinen Gunsten zu gestalten.

Während er sich elastisch in dem Sessel ihr gegenüber niederließ, sah Jamps Tochter sich in seinem Büro flüchtig um. Gut, dass er sich vor ein paar Wochen von dem alten Gemäldeschinken verabschiedet hatte. Der seltene Kempinski-Druck hinter ihm machte sich bestimmt besser.

»Sie behandeln doch nicht alle Kunden derart freundlich, oder?«, fragte sie nun. Ihr Blick huschte hinüber zum Arbeitsplatz, an dem ein gewaltiger Lederdrehstuhl stand, während ihm gegenüber, auf der anderen Seite des wuchtigen Schreibtisches, zwei wesentlich kleinere und schmalere Stühle auf Bittsteller zu warten schienen.

Er lächelte sie gelassen an. »Wissen Sie, die meisten Geschäftspartner, die hierher kommen, wollen etwas von mir und sind bereit, mir im Gegenzug dafür einiges zu geben. Wieso sollte ich da unfreundlich mit ihnen umgehen?«

Ihre Mundwinkel bewegten sich verheißungsvoll ein Stück weit nach oben. »Irgendwie hatte ich Sie mir anders vorgestellt.«

»Oh, Sie hatten die Gelegenheit, sich im Vorfeld ein Bild von mir zu machen? Und ich weiß nicht einmal, wer Sie sind.«

Das war eine Lüge, die sie ihm sicher abnehmen würde. Darauf kam es an beim Lügen. Glaubwürdig musste man sein. Nur dann erfüllte die Unwahrheit ihren gewünschten Zweck.

Die dunklen Augen rundeten sich.

»Oh, bitte entschuldigen Sie. Jamp ist mein Name. Luna Jamp.«

Erik spürte, wie überzeugend sich sein Lächeln vertiefte.

»Frau Jamp, ja, natürlich«, sagte er erfreut.

»Sie werden sich wundern, wieso ich hier so unangekündigt erscheine.« Jamps Tochter löste die ineinander verschränkten Hände und nahm die Aktenmappe auf, die sie neben ihrem Sessel abgestellt hatte. Sie öffnete sie und zog Papiere heraus, auf denen sich Zahlenreihen über die Zeilen zogen.

»Ich möchte Sie nur bitten, einen Blick hierauf zu werfen, bevor Sie die Firma meines Vaters der Guillotine ausliefern.«

Erik hatte Recht gehabt! Es war ein Geschäftsbesuch von Wichtigkeit, den er hier soeben abgefangen hatte.

Und als er einen ersten flüchtigen Blick auf die Blätter geworfen hatte, die Aufstellungen darauf, wurde ihm schlagartig klar, wie wichtig dieser Besuch von Jamps Tochter war.

Schon dieser kleine Einblick reichte, um erstaunt aufzusehen.

»Das stammt nicht von mir«, beteuerte Jamps Tochter. »Diese Berechnungen hat eine befreundete Börsenmarklerin für mich aufgestellt. Ich dachte, sie könnten Sie womöglich davon überzeugen, dass ›Jamp Electronics‹ doch noch zu retten ist.«

In diesem Augenblick wurde an die Tür geklopft.

»Ja, bitte«, rief Erik, erleichtert, nicht gleich reagieren zu müssen. Dieser Morgen warf ihn mehr als einmal aus der

Bahn. Erik schätzte es nicht, aus der Bahn geworfen zu werden. Die Tür wurde geöffnet und Frau Breitner erschien, trainiert höflich lächelnd mit einem Tablett, auf dem ein paar Kaltgetränke neben einer Schale mit verschiedenen Keksen standen.

Sie blieb eine Sekunde an der Tür stehen. Die Spannung im Raum war offenbar auch für sie deutlich spürbar.

»Darf ich es hier abstellen?«, fragte sie dann und steuerte den niedrigen Tisch vor den Sesseln an.

»Immer her damit!« Erik erhob sich betont munter ein Stück weit von seinem Sitz, um den Imbiss in Empfang zu nehmen. »Wir bedienen uns schon. Danke.«

Frau Breitner, die in Begriff gewesen war, die kleinen Flaschen zu öffnen, legt den versilberten Öffner rasch aufs Tablett und wandte sich zum Gehen.

»Ich hoffe doch, dass Sie sich an Ihrem Schreibtisch auch etwas Erfrischendes aus dem Kühlschrank gönnen?«, sagte Erik als sie mit wenigen Schritten bereits an der Tür angekommen war.

Er nahm den leicht verwunderten Blick seiner Besucherin wahr, der zu ihm hin glitt und dankte Gott – sei er nun tot oder nicht – dafür, dass sie nicht über ihre eigene Schulter sah. Denn dort hätte sie die Verblüffung auf dem Gesicht Frau Breitners überdeutlich erkennen können.

»Gern«, sagte die und huschte dann schnell, mit vor Verwirrung gerunzelter Stirn, hinaus.

Als die Tür sich hinter der Sekretärin geschlossen hatte, hing Stille zwischen Erik und Jamps Tochter.

Er wandte sich erneut den Zahlen auf den Papieren zu, studierte sie so gründlich wie es ihm unter dem forschenden Blick von gegenüber möglich war.

Mit jeder Zeile, die er las, wurde ihm schaler zumute. Er ließ sich nichts anmerken. Nichts von seinem Erkennen. Nichts von seinem Entsetzen.

Das war unglaublich.

Es war erschreckend.

15

Hier hatte er die verschriftlichte Chance vor sich liegen. Die Chance der Firma ›Jamp Electronics‹, sich mit der eigenen Hand am eigenen Schopf aus dem Sumpf zu ziehen.

Wenn Jamp diesen Plan in die Tat umsetzte, würde der fette Fisch, den Erik schon so sicher an der Angel zu haben glaubte, endgültig vom Haken springen. Die Techter-Immobilie verschwanden am Horizont.

Als er den Kopf hob, sah er den Blick aus braunen Augen angespannt auf seinem Gesicht ruhen.

»Nun«, sagte er, mit dem Lächeln, das er gerade noch bei seinem Bluff gegen Gerd hatte einsetzen wollen. »Das sind wirklich nette kleine Ideen. Ich muss sagen, ich bin beeindruckt, dass Sie vor keinem Versuch zurückschrecken würden.« Dazu ein leises, amüsiertes Lachen.

Jamps Tochter sah für einen kurzen Augenblick verunsichert aus und strich sich eine feine Haarsträhne aus dem Gesicht, die sich aus dem Knoten am Hinterkopf gelöst hatte.

»Sie halten die Idee für Unsinn?«

»Aber nein!«, beteuerte Erik, wie er einem kleinen Kind beteuern würde, dass es den Weihnachtsmann tatsächlich gäbe. »Es sind hervorragende Ideen. Ganz sicher. Hervorragend.« Er legte die Blätter zurück auf den Tisch, ohne sie noch einmal anzusehen.

»Was sagt Ihr Vater zu diesen Plänen?«

Ein Räuspern.

»Er kennt sie noch nicht.«

Das war allerdings hervorragend.

Erik schmunzelte für sie. »Na, da bin ich ja gespannt, was er dazu sagen wird.«

Er griff zu einer kleinen Flasche eisgekühlter Apfelschorle, entkronte sie und goss ihnen beiden daraus ein.

Als er ihr mit seinem Glas zuprostete, nahm Jamps Tochter deutlich widerwillig ihres und daraus einen winzigen Schluck. Es war ihr anzusehen, was in ihr vorging. Sie war für diesen Gesprächsverlauf nicht gerüstet. Das gab Erik genügend Sicherheit, um alles weitere in seinem Sinne zu gestalten.

»Darf ich Sie noch etwas fragen?«, begann er und lehnte sich bewusst im Sessel zurück. »Weiß Ihr Vater, dass Sie hier sind?«

Jamps Tochter lachte kurz auf. Sie klang jedoch nicht fröhlich.

»Komisch. Das wurde ich zuletzt gefragt, als ich dreizehn war und mich mit ein paar älteren Freundinnen in eine Disco geschmuggelt hatte«, antwortete sie dann ironisch.

Das war ein ›Nein‹ auf seine Frage.

Wunderbar. Sie hatte sich also vorher nicht mit ihrem Vater besprochen. Sie wusste noch nichts davon, dass der Vertrag verlängert werden würde und der Ruin der väterlichen Firma vorerst abgewendet war. Vorerst.

Es war nur eine Frage der Zeit, selbst wenn der verrückte Gerd die Kredite verlängerte. Jamp würde nicht wieder auf die Beine kommen können. Vorausgesetzt, er erfuhr nichts von diesen gewitzten Ideen, die hier armeegleich in loser Blätterformation vor ihm auf dem Tisch lagen.

Erik überlegte angestrengt, die Beine locker übereinander geschlagen.

»Ich nehme an, dass sowieso alles zu spät ist, nicht wahr?«, sagte Jamps Tochter nun kühl. Offenbar glaubte sie anhand Eriks Desinteresse an den Papieren nun alles verloren. Doch sie war nicht bereit zu bitten und zu betteln. Sie wollte ihm auch nicht ihre Furcht zeigen, sondern lieber einen hochmütigen Abgang inszenieren.

»Wie kommen Sie darauf?«, antwortet Erik ihr mit einem gewinnenden Lächeln und ignorierte dabei, dass sie die Aktenmappe bereits unter den Arm klemmte.

Ein skeptischer Blick. Sie traute ihm nicht. Erik fühlte sich durch diesen Ausdruck geschmeichelt. Es gefiel ihm, in den Augen anderer eine Art Raubtier zu sein. Gefährlich. Gnadenlos. Gefürchtet.

»Wie ich darauf komme? Die Terminfrist ist abgelaufen.
›Jamp Electronics‹ kann die Zahlungen nicht leisten. Der
Vertrag sieht daraufhin eine Übernahme vor, so weit ich
informiert bin. Der ehemals gut laufenden Betrieb, Arbeits-
stätte vieler hundert Menschen und Lebenswerk eines Mannes, wird vom allzeit gierigen Finanzhai geschluckt. Ist es
nicht so?«

Sie war wirklich mutig.

»Ich tue nichts Ungesetzliches«, erwiderte Erik. »Ich bie-
te in Schwierigkeiten geratenen Firmen Kredite, wo andere
Geldgeber nur noch abwinken. Was ist daran verwerflich?«

Die Brauen ihm gegenüber bogen sich zu zwei feinen
Halbmonden über den braunen Augen.

»Herr Kröger.« Ihre Art, ihn förmlich anzusprechen
wirkte wie ein Peitschenhieb. Erik hätte gern wohlig
geseufzt. »Ihre freundlichen Kredite mit den hohen Zinssät-
zen bewirken nur, dass diese … in Schwierigkeiten geratenen Firmen sich immer tiefer verstricken und schließlich
aufgeben müssen. Woraufhin Sie den kompletten Betrieb …
wie nennen Sie es? sanieren? … um anschließend auszu-
schlachten, was noch zu holen ist, oder die Firma, erleichtert um etliche Arbeitsplätze und den Betriebsrat, weiterzu-
reichen an große Gesellschaften, die sich über eine weitere
Möglichkeit des Reingewinns freuen.«

Erik schüttelte langsam den Kopf.

»Sie haben keine gute Meinung von unserer Arbeit, Frau
Jamp. Glauben Sie nicht, dass da ein paar filmreife Vorur-
teile im Spiel sind?«

»Ich fälle niemals ein Urteil, ohne dass man mich nicht
auch durch gute Argumente vom Gegenteil überzeugen
könnte«, erwiderte Jamps Tochter deutlich hölzern.

Erik wusste, dass dies der richtige Moment war.

Ihre sichtbare Zurückhaltung war wunderbarer Nährbo-
den für seinen großen Köder.

»Vielleicht wird es Sie ja bereits ein Stück weit vom
Gegenteil Ihrer schlechten Meinung zu uns überzeugen,

18

wenn ich Ihnen jetzt mitteile, dass mein Kompagnon und ich beschlossen haben, den Vertrag mit ›Jamp Electronics‹ zu verlängern?«

Obwohl sie sich, wie fortwährend in diesem Gespräch, bemühte, ihn ihre wirklichen Regungen nicht merken zu lassen, war nur zu deutlich, dass dies eine Neuigkeit für sie war.

Ihre Pupillen erweiterten sich schockartig. Darüber schlugen die Lider ein paar Mal. Ihre Mundwinkel zuckten, während ihr Körper von den Füßen bis zu den Schultern stocksteif wurde. Sie schob ihre Brille zurück, obwohl die gar nicht heruntergerutscht war.

»Was …«, begann sie und musste sich räuspern. »Was bedeutet das?«

Erik trank sein Glas leer und betrachtete die Auswahl der Kekse auf dem Silberteller. »Das, Frau Jamp, bedeutet, dass der allzeit gierige Finanzhai nicht vorhat, den ehemals gut laufenden Betrieb zu schlucken, auf Kosten der vielen Arbeitnehmer. Vielmehr wird ein erneuter Zeitrahmen ausgehandelt, in dem es ›Jamp Electronics‹ durchaus möglich sein dürfte, wieder auf die Beine zu kommen.«

Letzteres war ins Blaue hinein gesprochen. Denn tatsächlich hatte Erik keinen blassen Schimmer, welchen Inhalts der neue, von Gerd anvisierte, Vertrag mit Jamp sein würde.

Jamps Tochter schluckte mehrmals.

»Darf ich fragen, wie es zu dieser Entscheidung gekommen ist? Ich meine, was habe Sie davon, auf die Übernahme zu verzichten?«

»Braucht es noch einen anderen wirtschaftlichen Grund außer den der, wie ich durchaus auch zugeben kann, hohen Zinsen?«, antwortete Erik ruhig.

Er war sich nicht sicher, ob sie ihm glauben würde. Doch jedes weitere klare Wort würde ihn gefährden, als nichtwissend entlarvt zu werden.

»Wissen Sie, Frau Jamp«, er entschied sich für einen mit Schokolade satt überzogenen Vollkornkeks, nahm ihn und biss genüsslich hinein. »Es ist überhaupt gar keine Frage,

19

dass wir finanziell einen größeren Gewinn erwarten könnten, würden wir auf Einhaltung des Vertrages bestehen. Aber womöglich ist der Finanzhai doch nicht immer so blutgierig.«

Würde sie nun nach Details fragen, könnte er sich diskret auf die Tatsache zurückziehen, dass sie selbst nicht Vertragspartner war.

Doch sie fragte nicht nach Details.

Jamps Tochter war offenbar ziemlich runter mit den Nerven.

Die Erleichterung strömt ihr aus allen Poren, während sie sich bemüht, einen kläglichen Rest von kühler Überheblichkeit der Unterlegenen aufrechtzuerhalten.

»Wenn das so ist, dann habe ich Ihre Zeit vollkommen umsonst in Anspruch genommen. Ich hoffe, Sie entschuldigen das.«

»Aber ich bitte Sie!«, erwiderte Erik. »Ich bin froh, dass wir das Missverständnis aus der Welt geräumt haben. Denn auch wenn es vielleicht etwas paradox klingt«, er lächelte sie schelmisch an. »Auch Finanzhai tragen mitunter ihr Herz auf dem rechten Fleck.«

Auf ihrem Gesicht zeichnete sich Verblüffung ab.

War das zu dick aufgetragen gewesen?

Aber nein. Jetzt lächelte sie. Es war genau richtig gewesen, so etwas zu sagen.

Sie nahm einen großen Schluck aus ihrem Glas und atmete tief aus.

»Herr Kröger, ich bin natürlich geschäftlich hier und weiß, dass es geradezu eine Frechheit ist, Sie um einen persönlichen Gefallen zu bitten ...«

Sie schlug die Lider nieder und sah dann wieder zu ihm auf.

Es sah nicht einstudiert und bewusst eingesetzt aus. Und so wirkte es tatsächlich charmant auf ihn. So was!

»Ich werde tun, was in meiner Macht steht!«, versprach er.

»Bitte sagen Sie meinem Vater nichts davon, dass ich hier war«, bat sie, bemüht, ihn nicht merken zu lassen, dass es ihr unangenehm war, so offen vor jemandem zu reden, dem sie gerade noch allergrößtes Misstrauen entgegen gebracht hatte.

Eine Frau, die Haltung bewahren konnte.

Erik rieb sich im Geiste die Hände.

Alles lief wie geschmiert.

Sie hatte ihm seine Version der Geschichte einfach so abgenommen.

Sie war sogar so weit gegangen, eine persönliche Bitte auszusprechen.

Jetzt galt es nur noch, sie davon abzubringen, diese erschreckenden Pläne einer befreundeten Börsenmarklerin weiter herumzureichen. Er musste sie irgendwie davon abbringen.

»Wie Sie möchten. Aber ich an Stelle Ihres Vaters wäre unglaublich stolz auf eine Tochter, die einen derartigen Alleingang unternimmt, um mir zu helfen«, beteuerte er. »Und sei es auch mit noch so geringen Mitteln.« Eriks Blick streifte kurz die Blätter auf dem Tisch.

Jamps Tochter sammelte sie ohne ersichtliche Ordnung rasch ein und schloss über ihnen die Aktenmappe.

Tatsächlich war auf ihrem Gesicht ein erstes echtes Lächeln zu sehen.

»Und über diese Papiere würde ich mich als Ihr Vater ganz besonders freuen. Sie sprechen von sehr viel Vertrauen und … Optimismus.« Erik erwiderte ihr Lächeln. Deutlicher konnte er unmöglich werden.

Sie waren am Ende des geschäftlichen Teils angekommen. Aber würde das ausreichen, um Jamps Tochter davon zu überzeugen, dass sie diese Blätter am besten verfeuern sollte? Vernichten, ohne dass noch irgendjemand, der Ahnung von der Sache hatte, sie zu Gesicht bekam.

»Wie, sagten Sie noch, war ihr Vorname?«

Sie lächelte.

»Mein Vater ist ein Mondsüchtiger«, sagte sie sanft. Ihre Stimme klang ein bisschen kratzig. Vielleicht machte ihr das Ozon zu schaffen. »Ich glaube, niemand außer ihm hat so viele Nächte damit verbracht, den Mond zu studieren und sich über ihn zu wundern. Und dann wurde ich als sein einziges Kind auch noch geboren im Jahr der ersten Mondlandung. Ist es da ein Wunder, dass er mich Luna nannte?!«

Einen Augenblick war es still im Raum. Diesmal war es eine vollkommen andere Stille als noch vor zehn Minuten.

»Luna«, wiederholte Erik, auf seine Hände blickend. »Ihr Vater muss Sie sehr lieben.«

Luna blinzelte kurz.

»Ich hänge auch sehr an ihm.« Dann hob sie den Arm und sah auf ihre Uhr. »Tja … ich muss los. Haben Sie vielen Dank, dass Sie mich so spontan empfangen haben. Ich hätte es einfacher haben können, wenn ich gleich meinen Vater gefragt hätte …« Sie lachten beide. »Aber manchmal muss man eben Umwege gehen, um anzukommen.«

Sie schien von ihren eigenen Worten irritiert, sah Erik kurz an und stand dann eilig auf.

»Ich begleite Sie noch hinaus!«

Durch die Halle hindurch folgten den beiden etliche Blicke.

Kurz vor dem Ausgang hielt eine helle Stimme sie zurück.

»Herr Kröger, einen Augenblick, bitte!«

Eine junge Frau. Fünfundzwanzig. Sorgfältig gekleidet. Katzensanftgrüne Augen zu schwarzem Haar, das sich über ihre Schultern legte. Ihre Wangen standen in Flammen.

»Gehen Sie für länger weg, Herr Kröger? Ich frage wegen der Vorbereitungen zu der Konferenz heute Mittag.«

Der Blick zu diesen formellen Sätzen war derart privater Natur, dass Luna Jamp sich diskret abwandte. Sie studierte das Arrangement von Grünpflanzen im Eingangsbereich.

»Bin in ein paar Minuten zurück.« Die knappe Antwort sagte mehr als nur das.

22

Doch die junge Frau setzte noch einmal nach: »Ich dachte nur, ich frag lieber nach. Weil ich doch Ihre Termine nicht im Kopf habe. Und Sie wollten doch dringend noch das Briefing für heute Mittag sehen.«

»Ist in Ordnung, Frau Seewald. Wir werden unsere Besprechung schon nicht verpassen«, lachte Erik nun, berührte mit der Hand Lunas Ellenbogen und führte sie weiter Richtung Ausgang.

Luna musste sich wirklich wundern.

Ihr Vater hatte von Erik Kröger immer in einer Art und Weise gesprochen, die ein eher unsympathisches Bild von ihm malte. Da war davon die Rede, dass Erik sich nur durch unlautere Geschäfte seine Anteile an der Firma hatte ergaunern können. Geschäfte, die hart an der Grenze der Legalität entlangschrappten und die noch engeren Grenzen von Moral und Menschlichkeit längst überschritten hatten. Solche Aussagen hatten Lunas Bild von Erik geprägt und sie hatte daher nicht vermutet, das er so sei.

So?

Nun ja, sie fand ihn durchaus ansprechend. Zum Beispiel die Art, wie er jetzt eine offensichtliche Bewunderin unter seinen Angestellten in ihre Schranken gewiesen hatte. Bestimmt, aber freundlich. Nicht erniedrigend oder abwertend, sondern sogar noch mit einem kleinen Scherz.

Nicht jeder Chef würde so gelassen mit einer derart pikanten Situation umgehen.

Und natürlich verbot es sich nun von selbst für ihn, auch nur die geringste Anspielung auf diesen kleinen Zwischenfall zu machen. Er ging darüber hinweg, als sei nichts geschehen.

»Zur Hölle!«, entfuhr es ihm als die Eingangstür sich vor ihnen öffnete und eine Übermacht an heißer Luft sie sogleich umwirbelte.

Luna lachte auf. »Das ist genau das richtige Wort!«

Erik schüttelte sich. »Für eine kurze Weile kann man hier drinnen vergessen, was für Temperaturen da draußen herrschen. Eine Sekunde.« Erik tat ein paar Schritte zurück in die Halle und erschien rasch erneut, mit einem großen Regenschirm in der einen Hand. »Nur für den Fall, dass der Regen, auf den wir die ganze Zeit warten, ausgerechnet in den nächsten zehn Minuten runterkommt.«

Luna sehnte sich so sehr nach Erfrischung, nach Erlösung von den vergangenen Wochen in diesem Brutkasten von Stadt, in dem die Sorgen und Aufregungen rund um die Firma und dieses gerade geführte Gespräch schwer gelastet hatten, dass sie sich gern ohne Schirm in einen heftigen Sommerregen gestellt hätte. Reingewaschen von allen Befürchtungen.

»Frau Jamp«, sagte Erik jetzt, als sie draußen nebeneinander über den Vorplatz schlenderten. »Entschuldigen Sie, dass ich erst jetzt frage, wo wir quasi schon in der Verabschiedung stehen. Aber irgendwie kam es mir drinnen im Büro so unangebracht vor. Ich kann da drinnen so selten Privatmensch sein, verstehen Sie?«

Ein kurzer Blick zur Seite. Luna war plötzlich ergriffen von einer nervösen Anspannung. Nach dieser Vorrede konnte sie sich denken, was jetzt folgen würde. Und sie war sich nicht sicher, ob sie es wollte. Nein, anders, sie war sich plötzlich nicht mehr sicher, dass sie es *nicht* wollte.

Sie war aus rein geschäftlichen Gründen hierher gekommen. Als Bittstellerin. Und zudem auch noch in einer Position, die ihrem Vater die Schamesröte ins Gesicht treiben würde, wüsste er davon. Aber sie hatte einfach alles versuchen wollen. Auch das letzte, das ihr einfiel.

Doch sie hatte sich in diesem Gespräch immer Gerd Beck gegenüber gesehen. Seinen grauen Schläfen, seinen munteren Augen mit dem oft väterlichen Ausdruck, denen sie trotz allem Vertrauen zu schenken bereit war.

Dass sie plötzlich seinem Juniorpartner gegenüber stand. Und dass er sie so ansah.

Luna war das durchaus aufgefallen. Auch wenn sie wirklich nicht der Typ war, dem die Männer auf der Straße scharenweise hinterhersahen. Trotzdem sah Erik Kröger sie auf eine besondere Weise an. Die ihr nicht unbekannt war. Die ihr plötzlich auch nicht mehr unangenehm war.

Er räusperte sich kurz. »Die Sache ist die, dass ich mich frage, ob Sie sich vorstellen könnten …«

In dieser Sekunde bogen sie um die Ecke des Nachbargebäudes und Erik prallte mit einer jungen Frau zusammen.

Die beiden sahen sich einen Augenblick an, gleichermaßen verblüfft.

»Uff!«, machte die junge Frau.

Und aus Erik schoss es heraus: »Was machst du denn hier?«

»Ich wollte zu dir«, antwortete die junge Frau fröhlich und schlug Erik noch einmal kumpelhaft gegen den Arm.

»Zu mir?«

»Ja, zu dir. Ich wollte dich bitten, ob du mir …«

»Oh … wäre das nicht besser unter vier Augen zu besprechen?«, unterbrach Erik sein Gegenüber rasch, als ahne er bereits, um was es gehe und wolle nicht, dass dies auf offener Straße erörtert würde.

»Ja … ähm … sicher.«

Erik hatte sich in diesen wenigen Sekunden bereits von seiner Überraschung erholt und wandte sich an Luna: »Frau Jamp, das ist meine Schwester. Martje Kröger.«

»Martje?«, wiederholte Luna und reichte der hellblonden Frau mit der frechen Frisur die Hand.

»So steht es in meiner Geburtsurkunde«, bestätigte diese, lächelte kurz und wandte sich wieder Erik zu. Sie zappelte dabei herum wie eine ungeduldige Siebenjährige.

»Das Wetter macht mich noch irre!«, knurrte sie und warf einen Blick hinauf, zu den schwarz drohenden Wolken, aus denen sich die ersten Tropfen zu lösen begannen.

Neben ihnen schlugen sie auf den Asphalt wie vom Himmel geschleuderte Miniwasserbomben. In nicht mehr allzu großer Entfernung ein lautes Donnergrollen.

Erik spannte den Schirm auf und hielt ihn fürsorglich über Luna und sich selbst.

25

Seine Schwester starrte sie beide für einen kurzen Moment an. Dann fragte sie: »Du bist dann wohl jetzt unterwegs, wie? Wann kann ich dich denn erreichen, um mit dir über … du weißt schon …«, sie zwinkerte kurz zu Luna hinüber, die verblüfft zurückblickte, »reden?«

Erik lächelte charmant. »Ich wollte Frau Jamp zu ihrem Wagen begleiten. Schließlich schläft die Konkurrenz nicht. Heutzutage muss man Einsatz zeigen, um zukünftige Kunden auf den rechten Weg zu bringen.« Auch er zwinkerte Luna zu.

»Ich vermute mal, mit dem rechten Weg meinst du den Weg in deine Firma?«, entgegnete Martje und grinste breit.

Luna musste ein Lachen unterdrücken.

Diese Martje war irgendwie niedlich. Wie ein frisch erwachsen gewordenes Mädchen aus einem Astrid-Lindgren-Buch, gerade herausspaziert aus Bullerbü. Ihre hellblonden Haare hatte sie in kurze Zöpfe geflochten, die jetzt nass wurden unter dem immer stärker werdenden Beschuss vom Himmel.

»Was soll ich da sagen?« Erik zuckte die Achseln und legte schelmisch den Kopf schief. »Die Familie meint immer, den Sohn oder Bruder besser zu kennen als er selbst. Da werden einem die ehrenhaftesten Züge ins Gegenteil gekehrt.«

Martje tat so als müsste sie husten und schob sich ein wenig näher heran, um unter dem großen Schirm auch noch etwas Platz zu finden.

Ein Blitz zischte weit über die schwarze Wolkendecke und ließ den jetzt düsteren Sommertag weiß aufleuchten.

Martje quietschte erschrocken auf, während Luna zusammenzuckte. Dem Blitz folgte in kurzem Abstand ein ohrenbetäubendes Krachen.

»Das ist aber schnell rangekommen!«, bemerkte Erik lediglich und drückte die Schultern durch.

Um sie herum rannten und hetzten nun die Leute, die sich vor dem einsetzenden Platzregen in Sicherheit bringen wollten.

Martje, nun beinahe gänzlich zu ihnen unter den Schirm geschoben, sah auf ihre mit leichten Sandalen bekleideten Füße hinunter.

»Ich fürchte, ich bin nicht richtig angezogen«, murmelte sie, während scheinbar direkt neben ihnen ein weiterer Blitz den Weg zum Boden suchte und sie diesmal alle drei merklich zusammen fuhren.

Luna konnte Eriks Schwester nicht wirklich ansehen. Das verbot sich geradezu von selbst, wenn man so nah voreinander stand, wie drei Menschen es unter einem Schirm nun einmal müssen.

Doch auch ohne Martje einer genauen Musterung zu unterziehen, wusste Luna, dass die junge Frau im Gegensatz zu ihrem Bruder nichts Geschäftliches oder Dynamisches an sich hatte. Sie wirkte vielmehr als käme sie gerade vom Einpflanzen einer Palette Balkonpflanzen.

Was für eine absurde Situation, hier in diesem Regen zu stehen. Zwischen ihnen unausgesprochen, aber deutlich spürbar Einladungen, Bitten und Verfluchungen.

»Na, dann werde ich die letzten Schritte mal allein tun und Sie Ihrer ... Familie überlassen.« Luna versuchte, Erik die Hand zu reichen und stieß dabei Martje mit dem Ellenbogen in die Seite. »Oh, bitte entschuldigen Sie.«

Martje erwiderte etwas, doch ihre Worte gingen im nächsten Donner unter. Nur das lebendige Funkeln der blauen Augen flitzte mehr als deutlich über Lunas Gesicht.

»Frau Jamp, ich bitte Sie«, rief Erik gegen den Krach an. »Sie wollen uns doch jetzt nicht ...«

Wieder blitzte es, worauf fast augenblicklich der Donner folgte.

Sie lachten alle drei verkrampft auf.

»Nehmen Sie wenigstens den Schirm mit!«, bat Erik und drückte den Griff in Lunas Hand. Gleichzeitig langte Martje danach, offenbar wenig von dem Gedanken erbaut, das schützenden Dach zu verlieren.

Und dies war der Moment, in dem mit einem ohrenbetäubenden Gebrüll vom schwarzverhangenen Himmel durch den Teppich aus Regen ein Blitz herunterfuhr und sich sein Ziel suchte.

Im Bruchteil einer Sekunde preschte er über die Stadt, ließ ängstlich nach oben blickende Menschen aufkreischen, fauchte wütend über Häuser, Dächer hinweg und peitschte hinunter auf den Vorplatz der Firma. Um schließlich mit einem gewaltigen Schlag in einem pilzartig gen Himmel gerichteten Gebilde den endgültigen Kontakt zum Boden zu suchen.

Ich sterbe! Oder so ähnlich jedenfalls. Mein ganzer Körper vibriert, wird hin und her gerissen. Bestimmt würde ich umfallen, wenn nicht Erik und seine Kundin in genau diesem Augenblick gerade in zwei jeweils andere Richtungen zerren würden.

Wir alle drei, die Hände am Stockschirm, erbeben.

Durch uns hindurch, in uns hinein, bricht ein Grollen, das sich gewaltsam bis in den Erdboden fortsetzt.

Die Augen weit aufgerissen starren wir einander an.

Als der Donner unmittelbar darauf explosionsartig die Fensterscheiben der Häuser erzittern lässt, entfährt es Erik: »Verflucht!«, *und er lässt als erster den Griff des Schirms los.*

Aber nur eine Millisekunde vor uns, der anderen Frau und mir.

Eine Windböe nimmt sich unsererstatt des lebensgefährlichen Gerätes an und wirbelt es weit in die Luft, wo der Sturm es rasend schnell um die nächste Straßenecke verschwinden lässt.

Martje Kröger, mehr instinkt- als verstandesgesteuert, knufft ihren Bruder und seine Begleitung in den nahen Hauseingang. Erik kann gerade noch die Aktentasche an sich reißen, die die Frau an seiner Seite beinahe fallen gelassen hätte.

»Das hätte ins Auge gehen können!«, ruft Martje gegen das Getöse ringsherum an.

»Ein Wunder, dass uns nichts passiert ist!« Erik Kröger betrachtet eingehend seine rechte Hand, die gerade noch den Schirm gehalten hat. »Ist alles in Ordnung mit Ihnen?«, wendet er sich dann an Luna Jamp.

Die kann nur nicken, ihre Augen riesig groß im plötzlich blassen Gesicht. Ihre Brillengläser sind mit Regentropfen benetzt.

»Ich mache wohl besser, dass ich ins Auto komme«, sagt sie, im Grunde zu leise, doch sind ihre Worte deutlich von den Lippen und dem restlichen Gesicht abzulesen. Dazu wischt sie einmal kurz mit den Fingern notdürftig über ihre Brillengläser.

»Sie wollen doch jetzt nicht durch dieses Unwetter?«, entgegnet Erik. »Lassen Sie mich erst kurz in die Firma hinüber, um ...«

»... um einen Schirm zu holen?«, brüllt Martje, hysterisch lachend, gegen den nächsten Donner an.

»Nein, danke. Ich schaff das schon allein. Bin ja nicht aus Zucker«, antwortet Luna entschlossen. Sie reicht Erik kurz die Hand. Martje nickt ihr anerkennend zu. Und schon ist Luna aus dem Hauseingang geschlüpft, die ohnehin mitgenommene Frisur in Sekunden komplett ruiniert, in wenigen Minuten am Wagen angekommen, wahrscheinlich nass bis auf die Haut.

Erik sieht ihr nach.

Doch Martje stößt ihn unsanft an. »Wollen wir nicht in die Firma gehen?«

Ihr Bruder blickt sie mit schmalen Augen an. »Martje! Du bist wirklich ein Trampeltier! Ich wollte sie gerade fragen, ob sie heute Abend mit mir ausgehen würde. Und da kommst du um die Ecke geschossen. Wie immer im falschen Augenblick!« Doch dann scheint er sich zu besinnen, betrachtet kurz gedankenverloren die Aktenmappe, die er immer noch fest in der einen Hand hält und ein merkwürdiger Ausdruck huscht über sein Gesicht.

Martje stößt die Luft aus. »Erik, also echt! Erstens bin

29

nicht ich daran Schuld, dass sie jetzt so fluchtartig auf und davon ist, sondern wohl eher dieses bekloppte Wetter. In dem wir übrigens, nur falls du es nicht mitbekommen hast, alle drei wegen deines Schirms fast unser Leben gelassen hätten. Und zweitens kann ich doch nicht wissen, dass ich dir hier so unerwartet über den Weg laufe. Noch dazu in Begleitung einer zukünftigen Firmenkundin oder deiner Verlobten … obwohl sie ja echt nicht dein Typ ist, oder? Ach, da fällt mir ein: Was macht denn eigentlich Gudrun?«

»Gudrun?«

»Gudrun Seewald.«

Erik starrt seine jüngere Schwester gedankenverloren an. Die Anspielung auf seine Affäre mit der jungen grünäugigen Firmenangestellten würde ihn zu einem anderen Zeitpunkt sicherlich reizen – vor allem, weil ihm nun plötzlich schlagartig klar ist, dass dieses Arrangement selbstverständlich beendet ist. Aber jetzt gerade hängt er einem anderen Gedanken nach. Ein Gedanke, der ausgelöst wurde durch Martjes lapidar dahingeplapperten Satz. Ein Gedanke, der eine ganze Kette von seinesgleichen nach sich zieht. Welche ein Gefühl von wilder Euphorie entfachen.

Er fasst nach Martjes Arm.

»Schwesterlein, manchmal bist du doch zu etwas nütze!«

Martje betrachtet ihn skeptisch und versucht, ihren Arm aus dem starken Griff zu lösen.

»Was hast du denn?«

»Was ich habe? Du hast mich auf eine grandiose Idee gebracht. Fast schon eine Schande, dass sie mir nicht sofort eingefallen ist …« Dieses Versäumnis scheint ihn für eine Sekunde zu verstimmen. Doch dann klart sich seine Miene wieder auf. »Sie ist doch ganz passabel! Ist sie das nicht?«

Martje wundert sich.

Einen Gefühlsausbruch dieser Art hat sie bei ihrem Bruder erst ein einziges Mal erlebt. Und das liegt weit zurück in ihrer beider Kindheit, als Erik beim Malwettbewerb der

30

Sparkasse den ersten Platz gewonnen hatte. Sein Bild wurde auf das nächste örtliche Telefonbuch gedruckt.

Jetzt verstärkt er den Griff an ihrem Arm und dreht sie frontal zu sich.

»Martje, Jamps Tochter ist doch eine sympathische, ganz passabel aussehende Frau, nicht wahr?«

Martje zögert einen kleinen Augenblick.

Um ehrlich zu sein, hat sie dieser unauffälligen Frau, wessen Tochter sie auch immer war, nicht allzu viel Beachtung geschenkt. Viel zu wichtig ist das, was sie mit Erik zu besprechen hat. Und viel zu lebensgefährlich war die Situation, in die sie alle drei gerade geraten waren.

Erik aber scheint ausnahmsweise enormen Wert auf ihre Meinung zu legen.

Martje hat bereits in anderen, weniger verfänglichen Situationen Erfahrung mit seiner cholerischen Art gemacht. Ein Stimmungshoch kann sturzartig einem ebenso intensiven Tief Platz machen, falls etwas oder jemand nicht seinen Erwartungen entspricht. Dieser Jemand zu sein ist nichts, worauf Martje scharf ist.

Andererseits: Er verlangt nichts Großartiges, er will nur die Bestätigung seiner Gedanken. Also erhält er sie in Form eines knappen Nickens.

»Gut!« Damit ist er voll zufrieden und fährt, ungerührt des plötzlich einsetzendes Hagels, fort: »Ich glaube, mich erinnern zu können, dass der alte Jamp mal erzählt hat, sie sei Bibliothekarin. Also liest sie viel. Also ist sie wahrscheinlich auch klug, nicht wahr?«

Wie soll Martje das beurteilen? Sie weiß nichts von dieser Frau. Sie weiß auch nichts über Bibliothekarinnen. Andererseits, wenn Erik wirklich will, dass sie ihm zustimmt und ihm ein Nicken gute Laune beschert ... Wieder nickt Martje, diesmal etwas rascher. Sie beginnt zu zittern. Ob vor Kälte oder Aufregung könnte sie selbst nicht sagen.

»Sie wäre also eine prima Partie für einen jungen Mann, der gerade beschlossen hat, sich zu binden, oder?«

31

»Erik, was hast du vor?«, erwidert Martje ungeduldig bibbernd.

»Besonders allerdings für einen jungen Mann, der im Besitz einer Firma steht, für die die Übernahme des Geschäfts ihres Vaters einen Millionencoup bedeuten würde, nicht?«

Jetzt begreift sie.

»Erik«, stammelt sie und schüttelt den Kopf. »Du kannst doch nicht …!«

Er lässt sie immer noch nicht los. Seine Augen leuchten von Willenskraft. »Begreifst du, Martje? Ach, was red ich … du hast davon ja keine Ahnung. Aber vielleicht kannst du ja zumindest im Ansatz kapieren, welche Chancen für mich da drin stecken! Verstehst du das?« Zu sich selbst murmelt er: »Jetzt kapier ich auch, wieso ich von Anfang an so ein Kribbeln gespürt habe. Ich hab es geahnt. Ich wusste ganz einfach, was da für Möglichkeiten lauern!« Er grinst. »Ich habe einfach eine Nase fürs Geschäft!«

Martje legt ihre andere Hand auf seine und löst vorsichtig seine Finger von ihrem Arm. Auf der Haut zeichnen sich zunächst helle Spuren ab, die sich rasch ins rötliche umfärben.

»Ich verstehe nur eins, Erik«, flapst sie dann. »Wir sind hier nicht beim Denver-Clan. Und was du da im Kopf hast, ist nicht nur filmreif, sondern auch filmbekloppt. Du kannst dich doch nicht mit einer Frau einlassen, um an eine Firma ranzukommen!«

Erik lacht. »Einlassen? Wer spricht von einlassen? Ich werde sie heiraten!« Er lacht tatsächlich. So sehr, dass Martje es unheimlich findet. »Heiraten, jawohl! Und das ist filmreif! Du sagst es! Meine Idee ist filmreif. Gerd werden die Augen rausfallen. Er wird … oh, er darf nichts davon erfahren …« Für einen Moment schweifen seine Gedanken in die Ferne und in die nahe Zukunft. Auf keinen Fall darf Gerd Wind bekommen von seinem Vorhaben. Er kennt Erik so gut. Er würde ihn durchschauen. Selbst wenn Luna Jamp höllisch attraktiv wäre, wüsste Gerd sofort, was Sache ist. Die Attraktivität einer Frau ist vergänglich. Und daher noch lange kein Grund, sich zu binden. Die Millionen allerdings, die im Geschäft ihres Vaters lauern … die sind von Dauer. Ein Argument, das niemand wird ausschlagen können.

»Was ist, wenn sie dich gar nicht will?«, wirft Martje jetzt neugierig ein.

Als Antwort genügt ein Blick von ihm. Verständnislos, pikiert. Seine tiefblauen Augen leuchten aus dem gebräunten Gesicht über den starken Schultern. Von seinem zwölften Lebensjahr an sind ihm Mädchen, die schönsten und begehrtesten ebenso wie die restlichen anderen, in Scharen hinterher gelaufen.

Martje sieht ein, dass dieser Gedanke absurd ist.

Erik wirft einen Blick auf seine Armbanduhr.

»Gut, Martje. Ich hab um zwölf eine Konferenz und muss vorher noch die Unterlagen dazu durchgehen …« Einen winzigen Moment lang hält er inne, irritiert von dem unangenehmen Gefühl, das ihn bei dem Gedanken an die Besprechung mit Gudrun Seewald überkommt. »Was willst du?«

Martje seufzt und zuckt die Achseln. »Geld«, sagt sie direkt heraus.

Erik schnalzt mit der Zunge und mustert sie kurz. Doch Martje wird unter seinem Blick weder kleiner noch weicht sie ihm aus.

»Wofür?«

»Erik!«

»Wofür?«

»Sind wir nicht aus dem Alter raus, in dem ich dir Rechenschaft ablegen muss, wofür ich ein kleines privates Darlehen brauche?«

»Wofür?«

Martje schiebt den spontanen Gedanken, ihn vors Schienbein zu treten, beiseite. Auch nsich umzudrehen und kommentarlos zu gehen kommt nicht in Frage. Ihr Abgang würde durch die niederprasselnden Himmelsflüche zu sehr

33

geschmälert. Außerdem braucht sie das Geld. Dringend. Sie hat schon viel zu lange damit gewartet, ihn darum zu bitten.

»Dem Laden geht es ziemlich schlecht«, sagt sie und seufzt. »In den letzten sechs Monaten haben drei neue Hundesalons innerhalb der Stadtgrenze aufgemacht! Drei, Erik! Besonders der am Markt gräbt mir total die neuen Kunden ab. Klar, da können die Leute super parken. Ich muss also etwas Neues anbieten, etwas ganz Besonderes. Verstehst du? Und letzte Woche kam mir der rettende Einfall: Ein mobiler Salon!«

Sie sieht ihn kurz an, ob diese Idee bei ihm auch einschlagen wird wie eine Bombe.

Doch leider bleibt die erhoffte Reaktion aus. Erik schaut unbeteiligt.

»Stell dir das doch vor: Ein umgebautes Wohnmobil, das ganz bequem direkt zu den Leuten vor die Tür fährt! Ein mobiler Hundesalon eben! Den Laden werde ich natürlich nicht aufgeben, schon allein für meine Stammkunden nicht. Aber mit dem Wohnmobil könnte ich zwei, drei Tage die Woche auf Tour gehen. Ich fahre direkt vor, hole den verwahrlosten Liebling raus und bringe ihn eine Stunde später hübsch zurecht gemacht wieder an den Gartenzaun. Die Leute müssen sich nicht mal mehr ins Auto setzen. Das wird *der* Knaller, Erik!«

Erik sieht befremdet, beinahe angeekelt aus.

»Was machst du nur aus deinem Leben, Martje?«, sagt er langsam und klingt resigniert. »Irgendwas machst du grundsätzlich falsch.«

Martje schnalzt mit der Zunge. »Das denkst du nur, weil du keine Ahnung von diesem Geschäft hast. Gut, ich habe keine Ahnung von Firmengeschäften und Krediten und Sanierungen. Aber du hast keine Ahnung von Pudeln, Terriern, der unterschiedlichen Beschaffenheit von Hundehaaren und vor allen Dingen nicht von den Hundebesitzerinnen. Wir sollten beide einfach das tun, was wir können und den anderen nach Möglichkeit in dem unterstützen, was er kann. Was meinst du? Du wirst sehen, der Trick funktioniert!«

Er seufzt. »Das hast du schon oft gesagt.«

»Wie wäre es mit fünfzehntausend?«, wagt Martje einen raschen Vorstoß. Erik wirkt geistesabwesend. Als sei er schon längst nicht mehr hier bei ihr, sondern ihrer Begegnung weit vorausgeeilt, zu Telefonaten, Besprechungen, Verabredungen zum Abendessen. Vielleicht gelingt es ihr, ihn in diesem Zustand zu solch einer Summe zu überreden. »Immerhin muss das Mobil, natürlich ein gebrauchtes, gekauft werden und dann auch noch umgebaut. Ich hätte schon jemanden an der Hand, der das billig machen würde.«

Erik hüstelt künstlich und hebt die rechte Braue. Martje kann das auch.

»Fünfzehn sind das absolute Minimun.«

»Ich gebe dir zwölf«, sagt Erik.

»Dann aber ohne Zinsen.«

»Ein zinsloses Darlehen? Ich dachte, du wolltest einen richtigen Kredit?«

Sie messen einander mit Blicken.

Am Hauseingang eilen Passanten vorüber.

Martje ist einen Kopf kleiner als ihr Bruder, doch sie hält seinem Starren stand. Erik erkennt sofort eine Schwäche seines Gegenübers. Sie blinzelt nicht einmal.

»Gut, dann aber nur zehn.«

»Ich brauche aber fünfzehn«, beharrt Martje.

»Zehn.«

»Zwölffünf?«

Erik hält für einen Augenblick inne und ein breites Grinsen setzt sich in seine Mundwinkel. Martje ist auf der Hut.

»Manchmal merke ich doch, dass wir Geschwister sind«, sagt Erik. »Ich werde darüber nachdenken. Vielleicht sollten wir im Trockenen noch mal darüber sprechen. Sicher hast du doch so eine Art Finanzierungskonzept im Kopf?«

»Sicher«, lügt Martje tapfer.

»Heute Abend?«

»Gut. Heute Abend.«

Martje atmet tief aus. Das war immerhin kein Nein. Wenn sie sich bis heute Abend ein brauchbares Konzept aus den Rippen schneidet, wird sie ihn sicher überzeugen können.

Wieder schaut Erik auf die Uhr und dann zum immer noch düsteren Himmel, aus dem nach wie vor das Wasser stürzt. »War's das?«

Martje zuckt die Achseln. Das Feilschen steckt ihr noch in den Knochen. »Weiß nicht. Wie … wie geht's dir denn so? Ich meine, ist es wirklich was ernstes mit dieser Frau? Bist du verliebt in sie?«

Ihr Bruder klopft eine Fluse von seinem Reverse. »Verliebt? Das sieht dir ähnlich. Was glaubst du, wie verliebt man sein kann, wenn man sich gerade eine Stunde lang kennt?«

Martje, die vor ein paar Jahren zum ersten und bisher einzigen Mal die Liebe auf den ersten Blick erlebt hat, erinnert sich mit einem leichten wohligen Schaudern an die ersten Minuten, die erste Stunde damals. Aber da Erik sie niemals nach derart Persönlichem fragt und sie ihm niemals von sich aus davon erzählt, kann er nicht wissen, dass er eine Expertin darin vor sich hat, wie verliebt man nach einer Stunde sein kann.

Außerdem, das weiß sie sicher, bedeutet seine Bemerkung nicht, dass er verliebt ist. Seine Worte sprechen lediglich von der Verachtung, die er allen romantischen Gefühlen entgegenbringt.

Jetzt lächelt er. »Na, also, da versagt selbst der größte Träumerin die Vorstellungskraft. Verlieben, Martje, ist nichts anderes als eine chemische Reaktion im Hirn. Angefacht vom animalischen Trieb, sich zu vermehren. Und nichts anderes habe ich mit Luna Jamp vor, Schwesterlein. Ich werde vermehren. Und zwar Geld.« Damit hebt er noch einmal die Hand zum Gruß und blinzelt schon in den Regen hinaus.

Martje schnappt nach Luft. Die Treffen mit Erik halten sie stets etwas in Atem. Aber dieses setzt wirklich allem die Krone auf.

»Erik!«, ruft sie, als er bereits hastig unter der Überdachung hervorgetreten ist. Der Tonfall lässt ihn – trotz des Wetters – aufhorchen und er dreht sich ungeduldig noch einmal zu ihr um. Martje ruft: »Erik, das geht doch nicht! Das kannst du nicht machen! Stell dir vor, sie erfährt irgendwie davon, warum du das tust ... stell dir vor ...«

Mit zwei großen Schritten ist er wieder bei ihr.

Er berührt sie nicht. Doch seine Präsenz ist plötzlich so bedrohlich, dass Martje erschrocken zurückweicht.

»Du kleiner Nichtsnutz!«, zischt er zwischen den Zähnen durch. »Du willst mir drohen?«

Martje öffnet den Mund. Und schließt ihn wieder. Sie hat nicht vorgehabt, ihm zu drohen.

»Du willst mich damit erpressen, dass du etwas zu wissen glaubst, wovon du gar nichts verstehst? Aber weißt du was? Auf diese Art wirst du mich zu gar nichts bringen! Vergiss das Darlehen! Vergiss es! Und ich sage dir eins: Du kannst froh sein, wenn ich dir deinen kleinen flohverseuchten Laden nicht unter dem Arsch wegreiße! Denk daran, falls dir noch einmal der Gedanke kommen sollte, Jamps Tochter irgendetwas zu erzählen!«

Damit wendet er sich endgültig zum Gehen. Sein elastischer Laufschritt trägt ihn rasch über den Vorplatz und hinein ins das Bürogebäude. Die dunkel verspiegelte Eingangstür verschluckt ihn.

Martje lässt sich gegen die Haustür hinter ihr sinken und starrt ihm nach. »Aber ich wollte doch gar nicht ...«, murmelt sie.

Doch ihr Bruder kann sie nicht mehr hören.

Martje

Was passiert hier?

Irgendwas passiert hier. Irgendwie läuft hier etwas nicht so wie es geplant ist.

Gerade hat das zweite Kapitel begonnen und immer noch hocke ich hier im Hauseingang, während Erik längst von der Bildfläche verschwunden ist.

Finden Sie das nicht auch merkwürdig?

Immerhin ist mein Bruder die Hauptfigur in diesem SIE-will-einen-weiteren-Bestseller-schreiben-*Roman.*

Worauf also warten Sie?

Machen Sie endlich, dass Sie ihm folgen! Womöglich sitzt er drinnen bereits am Telefon und versucht, die Handynummer dieser Frau, wer auch immer das ist, rauszubekommen. Oder er erklärt gerade in einem höchst unangenehmen Gespräch Gudrun Seewald, dass ihre Affäre just beendet ist.

Haben Sie denn keine Angst, den Faden zu verlieren?

Was meinen Sie?

Sie sind neugierig geworden? Neugierig auf mich? Aber Sie wissen doch, wer ich bin: Martje Kröger, die jüngere und offenbar etwas lebensuntüchtige Schwester des Hauptprotagonisten.

Sie können sich doch bestimmt ausrechnen, wieso SIE *mich erfunden hat: Ich soll – als Nebenfigur mit ein paar Auftritten – dazu dienen, Eriks Wandel vom Kotzbrocken zum durch Liebe geläuterten netten Kerl zu dokumentieren.*

Das allein ist meine Aufgabe zwischen diesen beiden Buchdeckeln.

Wieso wollen Sie das denn unbedingt ändern?

Sie sagen, dass Sie es gar nicht geändert haben? Dass es nicht in Ihrer Macht steht, das zu ändern, was Sie hier lesen?

Ja, aber, wer – in drei Verlegers Namen! – sollte es denn sonst geändert haben?

SIE *ganz sicher nicht! Darauf können Sie Gift nehmen.* SIE *hat bereits zwanzig Romane immer derselben Art produziert und hatte vor, mit diesem hier nach dem gleichen bewährten Muster zu verfahren: Hartherziger, aber teuflisch gut aussehender Geschäftsmann lernt warmherzige, aber bettelarme Frau kennen, will sie zunächst nur ausnutzen, verliebt sich dann aber beinahe gegen seinen Willen in sie, erfährt durch ihre Zuneigung und ihren Stolz eine ganz neue Lebenswelt und entwickelt sich zum zärtlich-liebevollen Ehemann und fürsorglichen Familienvater.*

Weil Sie so eine Geschichte nach ihrem bewährten Strickmuster erwartet haben, haben Sie doch dieses Buch gekauft! Das können Sie ruhig zugeben. Ist ja keine Schande, wenn man sich nach einem langen Arbeitstag abends mit federleichter Belletristik etwas entspannen will.

Ich wundere mich nur, dass Sie sich dann plötzlich entscheiden, doch lieber das eine oder andere Detail über mich zu erfahren. Martje. Die Schwester. Die Nebenfigur. Was um Lektors willen erwarten Sie davon? Glauben Sie mir, Sie täten besser daran, meinem Bruder schleunigst zu folgen. Seine Geschichte wird Sie befriedigen, während meine ... also, ich möchte nicht unhöflich sein, aber vielleicht sind Sie meiner persönlichen Geschichte gar nicht gewachsen?

Wie bitte?

Sie haben tatsächlich keine Ahnung, wieso Sie nach wie vor an meinen durchnässten Sommersandaletten kleben?

Sie haben diesen verrückten Zustand nicht herbeigeführt?

Aber, aber! Nun seien wir doch mal ehrlich. Ich habe doch ganz deutlich gespürt, dass Sie an meiner Person mehr Anteil genommen haben als üblich.

Sie fanden Eriks Auftritt nicht gerade sympathisch, oder? Und dann, am Ende des ersten Kapitels, da haben Sie doch »Arschloch!« gedacht, oder etwa nicht?!

Es kam jedenfalls ganz deutlich bei mir an.

Diese intensive Emotion durchfuhr mich wie ein Blitz und ich ...

Moment mal!

Blitz!

Könnte es eventuell sein, dass …?

Sie wissen schon. Ein Blitz. Ein solcher Blitz wie der vorhin. Der, der in den Schirm einschlug und gut uns alle drei ins Jenseits hätte befördern können. So ein Blitz hat eine elektrische Energie, die man mit der Spannung vergleichen kann, die auf einer Hochspannungsleitung vorherrscht. Und solch eine Energie könnte doch womöglich …

Das ist eine ungeheuerliche Idee!

Aber ich habe keine Zeit, um mir hier und jetzt darüber noch mehr Gedanken zu machen. Der Blick auf die Uhr sagt mir, dass ich verdammt spät dran bin.

Wenn Sie wollen, kommen Sie ruhig mit. Ich nehme an, ich könnte Sie jetzt eh nicht mehr vom Gegenteil überzeugen.

Aber ich warne Sie. Womöglich verpassen Sie noch dadurch das ganze zweite Kapitel!

NICHT WIRKLICH DAS ZWEITE KAPITEL,
ABER IRGENDWIE DANN DOCH

»He's got the face of an angel but there's a devil in his eyes«
You'd be surprised
Marilyn Monroe

Das ist der totale Hammer.

Der hat sie doch nicht mehr alle.

Martje streicht sich den Regen aus dem Gesicht und späht aus dem Hauseingang hinaus. Immer noch prasselt es auf die Erde, als hätten sie alle hier unten eine zweite Erbsünde begangen.

Die wenigen Menschen, die sich, aus welchen Gründen auch immer, nicht in ein HiFi- oder Kurzwaren- oder sonst ein Geschäft, das man nie oder nur bei einem Sommergewitter betritt, geflüchtet haben, hüpfen in lustig aussehenden Sprüngen über den Bürgersteig.

Etwas, das Martje normalerweise gefallen würde. Aber jetzt gerade ist selbst ihr das Lachen gründlich vergangen.

Die Entwicklung des Morgens nimmt sie ziemlich mit.

Sie hat doch wirklich nicht andeuten wollen, dass sie dieser neuen Flamme irgendwas erzählen will. Ehrlich gesagt … was geht diese Frau sie an? Sie hat nicht im Traum daran gedacht. Und jetzt?

Hängt sie hier, nass geregnet. Das Darlehen kann sie sich gründlich von der Backe putzen.

Und außerdem läuft irgendwas schief in dieser ganzen Geschichte. Das zweite Kapitel ist bereits gestartet. Ohne Erik. Der doch verflucht noch mal die Hauptfigur ist.

Martje sieht rasch aus ihrem Hauseingang die Straße einmal hinauf und wieder hinunter. Egal. Alles ganz egal jetzt.

Denn es ist bereits kurz vor zehn. Frau Mörike, ihr Zehn-Uhr-Termin, wartet bestimmt schon. Und vom Himmel schüttet es immer noch wie aus Kübeln.

Soll die Autorin doch selbst sehen, wie SIE das hier wieder in den Griff bekommt.

Martje muss jetzt jedenfalls los!

Sie sprintet aus dem Hauseingang.

Gott sei Dank, überlegt sie, während sie sich den leichten Sommerpulli ein Stück weit über den Kopf zieht, ist für Polly heute sowieso das komplette Programm dran. Das heißt, die Hündin muss auch gebadet werden. Da wird es nichts weiter ausmachen, wenn sie vorher ein bisschen in den Regen kommt.

So hetzt Martje durch die Straßen und wird dabei vom nur langsam nachlassenden Regen völlig durchweicht.

In Gedanken ist sie jedoch gar nicht bei Polly, dem Nägelschneiden, Einshampoonieren und Föhnen, sondern grübelt darüber nach, wie es passieren kann, dass im zweiten Kapitel nun schon seit etlichen Zeilen Erik nicht mehr dabei ist.

Um genau zu sein, weiß doch niemand so recht, was er jetzt gerade tut.

Er könnte inzwischen die Besprechung mit Gudrun Seewald führen. In der sie wahrscheinlich sofort versuchen wird, ihn zu küssen, sobald sich die Bürotür hinter ihnen beiden schließt, er sie aber von sich schiebt und erklärt, dass ihr Arrangement von nun an beendet und ihre Beziehung rein geschäftlicher Natur sein wird.

Oder aber er klopft in diesem Augenblick an Gerds Kirschholztür, streckt lächelnd den Kopf hinein und entschuldigt sich für seinen dummen Auftritt heute früh. Er habe über die Sache noch einmal nachgedacht und sei nun der Meinung, dass Gerd genau richtig liege mit seinem geplanten Kurs.

Trägt Erik dabei noch sein regendurchfeuchtetes Jacket? Hat er in seinem Schrank noch ein frisches Hemd gefunden und sieht inzwischen wieder adrett wie immer aus?

All das bleibt im Dunkeln, während Martje ganz deutlich pitschepatschenass, mit tropfenden Zöpfen und einem entschuldigenden Lächeln auf den Lippen vor ihrem Laden ›Dean Martins Hundesalon für gut gelaunte Vierbeiner‹ ankommt.

Frau Mörike und Polly empfangen sie jedoch, diesem optimistischen Namen widersprechend, deutlich schlecht gelaunt, wie zu erwarten war, denn schließlich kommt die Friseurin zehn Minuten zu spät.

»Nun aber huschhusch rein!«, ruft Martje betont fröhlich, schließt die Tür auf und lässt den beiden den Vortritt.

Wie immer ist es hier drinnen ordentlich aufgeräumt. Die Hundehaarpflegeutensilien und das Gummispielzeug im Schaufenster sind durch eine Folie von den zerstörerischen Sonnenstrahlen des Sommers geschützt und frisch abgestaubt. Ein paar gemütliche Korbsessel warten auf HundebesitzerInnen, die während ihrer Wartezeit in den zwischen den Grünpflanzen auf kleinen Hockern bereit liegenden Zeitschriften über Vierbeiner oder in den anspruchsvollen Erziehungsratgebern blättern möchten. Leider warten die gemütlichen Sessel in der letzten Zeit immer öfter. Die Wände sind gepflastert mit Fotorahmen. Deren Bilder bieten eine spannende Abwechslung zwischen berühmten Songinterpreten der dreißiger bis sechziger Jahre und glücklichen, vierbeinigen Kunden: Pudel, Cocker, Collies, Terrier aller Art und Größe und sogar der eine oder andere Hund, den man zunächst so gar nicht in einem Hundesalon erwartet, der sich aber zu Hause ums Verrecken nicht baden lässt (auch nicht, wenn er sich in Kuhscheiße gewälzt hat) oder der sich bei den derzeitigen Temperaturen über eine (rasseuntypische, aber dieses Exemplar höchst erleichternde) Kahlrasur freuen darf.

Martje legt Wert darauf, dass ihre Kundinnen und Kunden sich wohl fühlen. Daher wirft sie jetzt eine der beliebten CDs in den Player, natürlich Dean, setzt Kaffee für Frau Mörike auf und kramt aus der Schatzkiste im Regal einen fetten Bisquitknochen für Polly.

Dieser Einsatz stimmt die beiden gleich wieder besser.

»Was für ein unglaubliches Wetter!«, plaudert Frau Mörike und nimmt bereits etwas Milch zu den zwei Stückchen Zucker in ihre Tasse, während die Kaffeemaschine noch brodelt und spuckt. »Das kam so plötzlich. Wir wurden regelrecht überrascht. Ich musste Polly streckenweise tragen, weil sie doch solche Angst vor Gewittern hat. Die Arme hat gedacht, ihre letzte Stunde hätte geschlagen.« Sie lacht. Frau Mörike gehört zu den Pudelbesitzerinnen, die gern Witze über ihr eigenes Tier hören. Solange sie die Witze selbst zum Besten gibt.

»Wem sagen Sie das!«, echot Martje. »Mein Bruder und ich wären vorhin fast von einem Blitz erschlagen worden!«

»Nein!«, ruft Frau Mörike, genüsslich schaudernd.

»Doch! Der verfluchte Schirm war schuld! Wir standen mitten auf dem großen Platz vor der Firma und da war dieser verflixte Regenschirm wohl das einzige, was der Blitz zertrümmern konnte ...«

»Um Gottes willen! Frau Kröger!«, haucht ihre Kundin nun begeistert.

Polly rülpst und lässt ihre Blicke bereits erneut zur Hundekeksdose auf dem Regal schweifen.

»Was haben Sie denn da gemacht?«

»Losgelassen!«, trompetet Martje heldinnenhaft, während sie die Pudeldame auf den Frisiertisch hebt. »Wir haben einfach losgelassen. Das Ding ist vom Sturm sofort auf und davon. Aber uns hat es wahrscheinlich das Leben gerettet, dass weder mein Bruder noch ich besonders an diesem Schirm gehangen haben.«

Für einen Bruchteil einer Sekunde erscheint vor ihrem inneren Auge wieder das Gesicht dieser Frau. Wie sie die Augen aufriss und Martje anstarrte in ihrem heillosen Schrecken. Wie heißt sie noch, hat Erik gesagt?

Martje schüttelt sanft den Kopf.

»Meine Güte, da sind Sie ja noch mal knapp davongekommen!«

Frau Mörike ist offenbar schwer beeindruckt. »Gucken Sie sich mal rechts vorne die mittlere Kralle an. Ich glaub, die ist gespalten. Können Sie da irgendwas machen?«

O.k., Frau Mörike ist doch nicht beeindruckt. Wahrscheinlich interessiert es sowieso keine Menschenseele, ob Martje nun hier einen Pudel frisiert oder verkokelt auf dem Engelbert-Platz herumliegt.

Andererseits ... wieder ergreift sie diese Irritation, die sie vorhin schon beunruhigt hat ... andererseits sind sie hier im zweiten Kapitel!

Polly ist eine nette Hundedame.

Das macht Martje daran fest, dass Polly noch nie nach ihr geschnappt hat, sich gerne einshampoonieren lässt und auch beim Föhnen ganz still steht.

Die Frisur ist schnell gemacht.

Bei ›Dean Martins Hundesalon für gut gelaunte Vierbeiner‹ werden Pudel nämlich nicht zu Barbie-Hündchen getrimmt, sondern einfach abrasiert. Das ganze nennt man dann Baby-Schur und Polly sieht damit fröhlich und hundegerecht aus, nicht als sei sie unter den elektrischen Rasenmäher geraten.

Frau Mörike plappert wie üblich über ihr Rentnerinnen-Clübchen, die überteuerten Preise im Café Krengel und den Sohn ihrer Nachbarin, der ihr samstagmorgens auf dem Skateboard Brötchen vom Bäcker holt.

Nachdem Martje Polly und ihr Frauchen entlassen hat, fegt sie die schwarzen Pudelhaare am Boden zusammen.

Die Strähnen, die am Boden verwirrende Muster bilden, beginnen, sich vor ihren Augen zu drehen und zu winden. Richtig schwindlig wird ihr davon. Das alles ist ein Traum, wettet sie mit sich selbst. Das muss ein Traum sein.

Eine andere Erklärung gibt es nicht dafür.

Da ertönt bereits wieder die Ladenglocke und Martje schaut verwundert auf, denn sie hat keinen weiteren Termin für heute Vormittag im Kalender stehen.

Durch die Tür kommt ein West Highland Terrier herein

45

geschossen, der an einer schmalen roten Leine eine üppige Frau hinter sich her schleift.

»Bärbel!«, entfährt es Martje. »Was machst du denn hier?«

Bärbel bleibt verblüfft über diesen Ausruf stehen, während ihr die Leine aus den Fingern gleitet und die weiße Ausgeburt der Unerzogenheit sich auf Martjes Beine stürzt.

»Wie getz?«, blafft Bärbel. »Was soll das denn heißen? Ich komm doch jeden zweiten Tag hier vorbei. Du klingst ja so, als hätte deine alte Freundin nicht mal das Recht, in deinem Salon Schutz vor den Regenmassen da draußen zu suchen. Boah, ist das ein Wetter, hm? Hast du diesen Hammer-Blitz vorhin mitbekommen?«

Martje lehnt den Besen an die Theke, die den Wartebereich vom Frisierbereich trennt und versucht, das weiße Kraftpaket da unten davon abzuhalten, ihre Beine zu zerkratzen.

»Das meine ich auch nicht ...«, brummt sie und Bärbel nutzt die Atempause, um loszulegen: »Ich bleib auch nicht lange, keine Angst. Aber ich kam grad vorbei und als ich keinen Kunden hier drin sah, dachte ich, dass ich dir doch schnell von gestern Abend erzählen könnte. Außerdem schaffe ich es einfach nicht, Jupp am Laden vorbeizuziehen ...«

Martje versucht immer noch, den Terrier Jupp von ihren Beinen zu pflücken oder zumindest die Hundekeksdose zu erreichen, um ihm eine Alternative zu bieten. Jupp wedelt ob dieser Versuche mit seinem hoch gereckten Schwanz als wollte er aus der Luft Sahne schlagen.

»Was ich sagen wollte ist ...«, beginnt Martje noch einmal etwas kurzatmig, während Jupps rückwärtiger Ventilator Pollys Haare durcheinander wirbelt und fein im ganzen Raum verteilt.

Aber Bärbel legt schon los: »Vergiss nicht, was du sagen willst, aber ich sag dir: Wenn ich dir erst mal von Kurt erzählt habe, dann *wirst* du alles vergessen, was du sagen wolltest! Er ist der totale Hammer. Also, jetzt nicht in dem Sinne, wie du bestimmt denkst ...«, Bärbel grinst, »... also, gut, doch in dem Sinne, wie du denkst! Ich sag dir, wir haben uns gesehen und es hat derart gescheppert, dass ich fast hinten rüber gekippt wäre. Ich war kurz bei Manu und ihrem Ex. Die hängen ja in letzter Zeit wieder viel zusammen rum. Echt verdächtig, wenn du mich fragst. Bestimmt läuft da bald wieder was. Das sollten die ja besser lassen, wenn du mich fragst. Aber egal. Jedenfalls kam da auf einen Sprung ein Kumpel vom Ex vorbei. Das war Kurt. Stell dir vor: Einsdreiundachtzig, athletische Figur, pechschwarze Haare, grüne ... ich sag dir, hammergrüne Augen und einen Mund ...«

Bärbel ist ein solcher Fan von Männern, dass man meinen könnte, sie habe das andere Geschlecht erfunden. Dass sie es nur zu ihrem eigenen Vergnügen erfunden hätte, soll auch nicht ungesagt bleiben.

Ungefähr alle drei Wochen lernt sie einen neuen Mann fürs Leben kennen, von dem sie regelmäßig schwer beeindruckt ist, weil er entweder sportlich oder intellektuell oder tierlieb oder kunstverständig oder eloquent oder alles zusammen ist.

Dann platzt sie hier in Martjes Laden, um ihr vom neuesten Abenteuer zu berichten. Und das tut sie gern in allen Einzelheiten.

Wenn Martje und sie sich nicht schon seit der Schulzeit so gut kennen würden, wäre das eine oder andere Detail wahrscheinlich kreuzpeinlich. So aber hört Martje ihr ungeduldig einfach zu.

Nachdem sie bei der romantischen Verabschiedung in den frühen Morgenstunden (Kurt arbeitet am Bau und muss um sechs mit der Arbeit anfangen) geendet hat, sieht Bärbel ihre Freundin beifallheischend an.

»Everybody loves somebody sometime ...« singt Dean Martin mit seiner einschmeichelnden Stimme. Das dazu passende Streichorchester: Frauen im Smoking und Biesenhemd, die Wangen an ihre Violinen geschmiegt, die Celli zwischen die Knie geklemmt.

Martje nickt flüchtig und winkt Bärbel näher zu sich heran.

»Klingt gut. Aber momentan bin ich gedanklich mit was anderem enorm beschäftigt. Vielleicht kannst du es mir ja erklären. Jedenfalls ist es mir noch nie passiert. Es ist nämlich so, dass hier irgendwas nicht stimmt.«

Bärbel überlegt kurz. Ihre blauen Augen erwidern Martjes Blick ratlos.

»Du meinst, Kurt meint es nicht ernst mit mir? Also, ehrlich gesagt hab ich da noch gar nicht drüber nachgedacht. Ich …«

»Nein, davon spreche ich nicht. Lass Kurt mal völlig raus aus der Sache. Fällt dir denn nichts Außergewöhnliches auf heute?«

Diesmal mustert Bärbel ihre Freundin von Kopf bis Fuß.

Jupp pinkelt derweil in einer der Ecken an den Übertopf einer Yuccapalme.

Bärbel zuckt die Achseln.

»Bärbel«, wispert Martje und zieht die weiblichrunde Gestalt in die Ecke neben der schmalen Tür zur Toilette. »Verstehst du denn nicht? Hier läuft irgendetwas ganz vollkommen anders als normalerweise. Merkst du denn nichts?«

Bärbel starrt mit großen Augen. Sie tastet vorsichtig ihren Körper hinunter, befühlt ihr Gesicht und kneift sich zart in die geröteten Wangen.

»Nein«, flüstert sie dann. »Was soll ich denn verflucht noch mal merken?«

Gemeinsam werfen sie noch einmal einen Blick in den Laden und durch das mit einem schönen silbernen Werbeschriftzug verzierte Schaufenster auf die Straße.

Bärbel beugt sich wieder nah zu Martje: »Der Laden ist genauso leer wie gerade. Und da draußen hetzen die Passanten vorbei wie jeden Tag. Was soll also sein?«

Martje schaut sie eindringlich ein. Dann legt sie die Hände auf Bärbels Schultern und drückt sie auf den Rollhocker, der dort gerade steht.

»Wir sind im zweiten Kapitel, Bärbel!«

Bärbels Augen weiten sich noch ein Stückchen, obwohl das vorher kaum möglich schien.

Sie öffnet den Mund und schließt ihn wieder.

Dann schüttelt sie den Kopf.

»Das kann nicht sein!«, haucht sie.

»Aber es ist so!«

»Aber das kann nicht sein!«, wiederholt sie stoisch.

»Aber es ist so!«

»Aber so was kann einfach nicht sein!«

»Bärbel!« Martjes Stimme wird vor lauter Flüstern eindringlich wie nie. »Nimm doch zum Beispiel diesen Dialog gerade. Vier Sätze hintereinander, die mit ›Aber‹ beginnen! Das würde SIE normalerweise niemals dulden. Wir bräuchten nicht mal aufs Lektorat zu warten. SIE selbst würde es ganz schnell ändern ... sofern IHR so ein Fauxpas überhaupt hätte passieren können.«

Jetzt klammert sich Bärbel an den Handtuchhaken hinter ihr. »Du hast Recht!« Sie schluckt. »Du hast tatsächlich Recht! Wir sind im zweiten Kapitel. Und wir führen einen haarsträubenden Dialog über Unsinn. Und ... aber Martje, wie geht das? Wir sind doch nur ...«

Jupp springt auf einem Korbsessel und lässt sich tief seufzend auf dem hellen Polster nieder. Bärbel und Martje zucken nervös zusammen.

Natürlich ist klar, was Bärbel sagen will.

Sie sind doch nur Nebenfiguren.

»Das weiß ich, Bärbel«, zischt Martje zwischen den Zähnen durch und tippt sich an die Brust. »Ich bin Martje, eine Nebenfigur. Das war mein ganzes Leben lang schon so. Seit dem Zeitpunkt, an dem SIE meinen Namen auf ein Stückchen Löschblatt schmierte und mein Alter, zweiunddreißig, dahinterschrieb ...«

49

»Ein Löschblatt!« Bärbel schaudert. Aber dann reißt sie sich zusammen und setzt eine betont fröhliche Miene auf: »SIE überträgt die Daten aber doch später in den Computer!« Ihre Stimme klingt noch etwas höher als sonst.

»Na, klar«, sagt Martje, möglichst überzeugend. »Dahin, wo SIE alle Daten von uns sammelt.«

Sie nicken einvernehmlich.

»Aber zuerst«, fährt Martje dann fort, »das darf man doch nicht vergessen … zuerst war da das Löschblatt. Und der größte Teil meines Lebens liegt nach wie vor im Dunkeln.«

Wie klingt denn das? Beinahe ein bisschen selbstmitleidig.

Bärbel lässt sich darauf nicht ein. Sie knufft die Freundin in die Seite: »Nun mach mal nicht einen auf jämmerlich. Du hast doch eigentlich das große Los gezogen mit deiner schicken Nebenhandlung. Im Gegensatz zu mir zum Beispiel, die ich nur zwei Sätze zu sagen habe…« Sie verstummt und ihr wird wohl genauso klar wie Martje selbst, dass ihrer beider Schicksal sich grundlegend zu ändern scheint. Denn mittlerweile hat Bärbel eindeutig mehr von sich gegeben als nur ihre geplanten zwei Sätze.

»Ich will mich ja auch gar nicht beschweren«, fährt Martje in ihren Überlegungen fort. »Nicht viel über sich zu erzählen, ist ja auch nicht mal ungewöhnlich für uns. Ich meine, das ist bei den meisten Nebenfiguren oder den Lückenfüllern so. Auch ein Lektor selbst weiß meist nicht mehr über uns. SIE womöglich schon. Aber SIE gibt es selten Preis. IHR Wissen bleibt verborgen in Bits und Bytes oder eben … auf einem Löschblatt. Und das ist es ja, was mich seit vorhin, in diesem Hauseingang, so beunruhigt: Figuren, die keine große Rolle in einem Roman spielen, quasseln nicht plötzlich im zweiten Kapitel herum, wo sie nix zu suchen haben. Die LeserInnen interessieren sich doch nicht dafür, was wir Nebenfiguren treiben.«

»Auch nicht dafür, mit wem?«, kann Bärbel sich nicht verkneifen einzuwerfen.

Martje rollt mit den Augen. »Was soll ich denn jetzt mit dem fremden Menschen da draußen anfangen? Ich bin es nicht gewöhnt, niemals allein sein zu können. Ich fühle mich irgendwie ... verfolgt!«

Bärbel schluckt hörbar.

»Wie ist das denn passiert? Denk nach! Irgendwas muss doch passiert sein, was dann alles durcheinander gebracht hat!«

Martje richtet den Blick angestrengt in die Ferne. »Ich kann es dir nicht beantworten. Alles lief wie geplant. Am Ende des ersten Kapitels habe ich Erik um den Kredit gebeten. Und alles sah so aus als würde es klappen. Aber dann ...« Sie erzählt von dem weiteren Verlauf.

In schaurigem Entsetzen erwidert Bärbel ihren Blick.

»Du hast das Darlehen nicht bekommen? Du kannst das Wohnmobil nicht kaufen? Aber darum geht es doch die ganze Zeit in deiner Nebenhandlung, in der ich auch eine Rolle spiele ... eine kleine nur, aber immerhin eine Rolle. Wie sollen wir damit jetzt klarkommen? Wir sind doch nur Nebenfiguren. Wir brauchen unsere Stichworte! Ich soll genau zwei Sätze sagen. ›Das war wirklich eine tolle Idee von dir!‹ und ›Wann wird das Wohnmobil denn nun fertig sein?‹. Und zwar genau zur Hälfte des vierten Kapitels. Aber jetzt? Kein Darlehen, kein Wohnmobil, keine Sätze! Und wir sind wir im zweiten Kapitel. Und ich habe schon ...«. Bärbel bricht abrupt ab und schlägt sich die Hand vor den Mund.

»Ach du Scheiße! Was hab ich alles erzählt?« Sie rollt regelrecht mit den Augen. »Oh, nein! Oh, shit! Ich hab alles erzählt! Alles über Kurt und gestern Abend und ...« Sie wird knallrot.

»Hast du nicht«, beruhigt Martje sie.

»Hab ich nicht?«

»Jedenfalls nicht in wörtlicher Rede.«

Bärbel überlegt und nickt dann. Höchst erleichtert.

Martje sieht sich im kleinen Laden um. Pollys Haare schweben noch hier und da durch den Raum. Ein Blick in den leider nur wenig bekritzelten Terminkalender und auf die große Wanduhr sagt, dass Zeit genug ist.

»Wir müssen irgendetwas unternehmen«, verkündet sie der noch wie erstarrt auf dem Hocker sitzenden Bärbel.

»Was denn unternehmen?«

»Wir müssen rausfinden, was das für ein Phänomen ist. Ich will wissen, ob wir jetzt durchdrehen oder ob das ganze hier irgendeinen Hintergrund hat.«

Bärbel schnalzt mit der Zunge. »Ich bin dabei.«

Sie sehen sich kurz an.

»Aber wobei jetzt genau?«, fragt Martje dann zaghaft. »Was wollen wir denn jetzt tun?«

Ihre Freundin erhebt sich vom Hocker. »Ist doch klar! Hat dein altes Schätzchen da einen Internetzugang?«

Sie deutet auf den Computer, der hinter dem Trimm-and-Wellness-Bereich im winzigen Büro zu sehen ist.

»Klar. Aber ...«

»Nix aber. Ich wette, ich werd was finden!«, verkündet Bärbel und steuert hinüber.

Entgegen der Meinung, die die Weltöffentlichkeit zu vollbusigen, männermordenden Frauen hat, ist Bärbel ein echtes Computer-Ass. Martje jedenfalls kennt niemanden, der besser mit dem Internet und seinen Möglichkeiten umgehen kann als sie. Und Martje kennt eine Menge Leute.

Der Computer fährt auf Bärbels Knopfdruck hin hoch.

»Was willst du denn machen? Bei *Google* oder *Yahoo* eingeben, dass du plötzlich mehr als deine geplanten zwei Sätze sagst?«, meint Martje skeptisch.

»Unsinn!«, macht Bärbel. »Ich kenn da ein paar ganz spezielle Suchmaschinen und das eine oder andere Forum. Lass mich mal machen! Wenn du willst, kannst du Jupp in der Zwischenzeit ne neue Frisur verpassen. Der hechelt sich tot bei diesen Temperaturen.«

Martje steht ein paar Minuten noch im Türrahmen herum und schaut Bärbel über die Schulter. Das alles wird höchstwahrscheinlich ein Traum sein. Sie wird gleich auf-

52

wachen und sich darüber wundern, was sich ihr Unterbewusstsein so haarsträubendes zusammendenkt.

Als Bärbel ganz offenbar vollkommen eingetaucht ist in die virtuelle Welt, schnappt Martje sich den widerspenstigen Jupp und wirft die Schermaschine an.

Sie hat gerade den Rücken und die beiden linken Beine fertig, als Bärbel einmal laut »Ja!« sagt und dann rasch den Computer schließt.

»Wir müssen in eine gut sortierte Buchhandlung!«, verkündet sie und steht bereits neben Martje.

Ihrer beider Blick ruht auf Jupp, der mit den Hinterläufen, dem linken geschorenen und dem rechten struppigen scharrt und damit deutlich zum Ausdruck bringt, was er von dieser Tortur hält.

»Lass mal ruhig so. Sieht doch witzig aus. Ich komm dann morgen noch mal vorbei. Dann kannst du weitermachen.«

»O.k.« Martje hebt Jupp vom Tisch. Worauf er zu seiner Leine rennt und sie knurrend durch den Laden Richtung Eingang zerrt. »Eine Buchhandlung also. Und wieso?«

»Vladimir hat gesagt, dass …«

»Wer?«

»Vladimir. Ein russischer Kumpel von mir.« Bärbel macht ein Gesicht, das sagt: ›Noch Fragen?‹ Die hat Martje in der Tat. Aber ihre Freundin ist schneller. »Wir kennen uns aus dem Netz. Muss ein ganz smarter Typ sein. Jedenfalls sieht sein Pick toll aus.«

»Sein …?«

»Ein Bild von ihm.«

»Ach so. Und Vladimir sagt, wir sollen in einen Buchladen gehen?«

Bärbel schaut sich misstrauisch im Laden um.

Doch nach wie vor sind sie allein.

Sie senkt die Stimme, die nur noch ein Flüstern ist als sie Martje anvertraut: »Es gibt ein Buch darüber!«

»Ein Buch?«, antwortet Martje überrascht.

»Pssst!«, macht Bärbel. Und wispert weiter: »Genau! Vladimir hat es selbst noch nie zu Gesicht bekommen. Aber er hat geschworen, dass es dieses Buch gibt. Er weiß das aus … sehr zuverlässiger Quelle, sagen wir mal so. Und in diesem Buch geht es um genau solch eine Situation wie wir sie jetzt gerade haben.«

»Aber das ist ja super!«, ruft Martje.

»Sccccchhhh«, warnt Bärbel.

»Ach was! Das ist ja toll! Dann brauchen wir einfach nur das Buch zu kaufen, es zu lesen und schon wissen wir, wie wir das ganze wieder geradebiegen können. Ich werd Erik eben noch mal um den Kredit bitten, diesmal wird es klappen, und du kannst deine beiden Sätze sagen. Wunderbar!«

Martje sieht der Miene ihrer Freundin an, dass da noch etwas ist …

»Gibt es ein Aber?«, fragt sie.

»Allerdings. Auch Vladimir konnte mir nicht sagen, wie das Buch heißt oder wer es geschrieben hat. Er wusste auch nicht, wann es erschienen ist.«

Martje seufzt. Irgendwo musste ja ein Haken sein. »Weiß dein toller Hacker-Russe denn, ob es überhaupt noch ein Exemplar von diesem Buch gibt?«

Bärbel schüttelt etwas kleinlaut den Kopf.

»Egal. Wir versuchen es.«

Rasch löscht Martje das Licht, Bärbel legt Jupp an die rote Leine und schon stehen die drei an der Tür.

»Weißt du was, Martje?!«, sagt Bärbel da, während sie beide für einen kurzen Moment auf die Straße schauen, wo sich gerade erste Sonnenstrahlen zaghaft ihren Weg durch die aufreißende Wolkendecke bahnen. »Ich glaube, wenn wir wirklich rausfinden, was hier passiert ist, dann werden wir damit Lawinen lostreten. Ich hab das so im Urin.«

Martje behält lieber für sich, dass das Lostreten von was auch immer nicht auf ihrer heutigen To-Do-Liste steht und außerdem auch nicht zu den Dingen gehört, die sie im Leben gerne mal tun würde.

»Wir müssen eben in einer sehr große Buchhandlung suchen. In einer, die auch ein Antiquariat integriert hat. Da wo man so richtig alte und seltene Schinken finden kann.«

»Ob das in der Schulzerischen der Fall ist?«, überlegt Martje skeptisch.

Bärbel winkt ab. »Ach was, dieses Kaufhaus! Da kann dich doch keiner umfassend beraten. Das sind da alles Abteilungs-Idioten. Lass uns zu ›Woolfs‹ gehen! Die Besitzerin ist klasse. Wenn uns eine weiterhelfen kann, dann die.«

Martje

Ich bin nach dem Motto erzogen worden, dass ich selbst dann, wenn mich um ein Haar ein Jahrhundertblitz erschlagen hätte und – als sei das nicht genug – mein blöder Bruder mich mal wieder wortwörtlich im Regen stehen lässt, selbst dann soll ich noch die Fassung bewahren und meinen Alltag auf die Reihe kriegen.

Damit habe ich sowieso Schwierigkeiten. Die Erbanteile unserer wohlorganisierten, ordentlichen und pflichtbewussten Mutter scheint alle Erik abbekommen zu haben. Ich dagegen komme voll auf unseren Vater, den alten Filou, Kolumbien hab ihn selig.

Damit ist nicht gemeint, dass es meine Art wäre, herumzulaufen, junge attraktive Frauen mit zwei Kindern zu beglücken (sofern das in meiner Macht stände) und dann den nächsten Dampfer ins Glück zu nehmen. Nein, es ist einfach meine Art, im Leben ein wenig chaotisch dazustehen, mit einer Einstellung, die besagt, Spaß ist das Größte, und einem durch einen Kredit bei der Firma meines Bruders finanzierten Hundesalon, der immer auf der Schwelle zum Bankrott dahinbalanciert.

Verfluchte Verwandte.

Erik und ich standen uns noch nie besonders nahe.

Im Grunde hat er schon immer in jedem und jeder eine Konkurrenz gewittert. Gefühle, die ältere Brüder gemeinhin ihren kleinen Schwestern gegenüber zu entwickeln scheinen, sind ihm völlig fremd. Für ihn zählt nur, wer von uns am meisten leistet. Und das ist sowieso zweifelsohne er.

Natürlich auch in den Augen unserer Mutter, die jedes Mal überquillt vor Erzeugerinnenstolz, wenn Erik gute Noten, schicke Freundinnen oder einen Batzen Geld nach Hause bringt.

Wenn eine da wie ich eigentlich als Schauspielerin zum

Theater will (»Brotlose Kunst!«, Erik) und durch geschickte mütterliche Manipulation auf Maskenbildnerin umschwenkt (»Stell dir vor, ich könnte später die Kosmetikerin sparen!«, Mutti), dann jedoch nach der dazu notwendigen beendeten Friseurlehre keine Lust mehr verspürt, fremden Menschen auf dem Kopf herum zu tatschen und stattdessen einen Hundesalon eröffnet, kann sie eigentlich nur als Verliererin dastehen.

Das allein sollte Erklärung genug sein, warum ich die Herkunftsfamilie an sich für eine grundsätzlich bedenkliche Lebensform halte.

Kämen Sie etwa auf die Idee, in einer Situation wie dieser Ihre Eltern anzurufen? Würden Sie Ihnen erzählen, dass gerade das Schicksal entschieden hat, Ihnen eine vollkommen andere Rolle zukommen zu lassen als jene, für die Sie offenbar erschaffen worden sind?

Würden Sie? Wirklich?!

Nun, da liegt ein gravierender Unterschied zwischen uns, muss ich hiermit feststellen. Vielleicht macht das den Unterschied aus. Vielleicht sind Sie deswegen die Leserin oder der Leser und ich bin nur eine dumme Nebenfigur in einem Buch, das Sie recht bald wieder vergessen werden.

OB SIE JETZT WOLLEN ODER NICHT:
DRITTES KAPITEL

»Que sera, sera, whatever will be, will be
the future's not ours to see«
Que Sera, Sera
Doris Day

Jupp kennt scheinbar den Weg zu ›Woolfs‹ ziemlich gut, Jedenfalls ist er den beiden Frauen immer zwei Meter voraus. So weit seine knatschrote Leine reicht, zieht er wie Hölle und keucht dabei wie eine kleine Dampflok.

»Findest du nicht, dass du ihn besser erziehen solltest?«, schnauft Martje, während sie hinter seinem weißen Hundeknackarsch um eine weitere Straßenecke schießen.

Aber Bärbel winkt ab. »Ach was! Im Grunde ist er doch völlig o.k. Er liebt eben seine Unabhängigkeit. Wer tut das nicht? Und wo wir grad bei diesem Thema sind: Würdest du an meiner Stelle Kurt heute schon anrufen?«

»Wie bitte?«

»Na, ich hätte schon Lust, ihn heute Abend wieder zu sehen.« Selbst bei dem raschen Marsch kann Martje erkennen wie ein gewisser lüsterner Ausdruck in Bärbels Augen tritt. »Andererseits finde ich es grade zu Beginn einer Beziehung wichtig, gleich Unabhängigkeit zu demonstrieren. Er soll ja nicht denken, dass ich so ein Weib bin, das sich an ihn hängt wie eine Efeuschlinge. Was meinst du?«

Martje schüttelt im Laufen den Kopf.

»Wie kannst du jetzt nur über so was nachdenken? Wir befinden uns vielleicht an einem Wendepunkt in der Romangeschichte. Wir stehen auf der Klippe zwischen allem, was wir bisher gewohnt sind und etwas vollkommen Neuem. Und du denkst über … Kurt nach!«

Bärbel zieht eine Miene, die Beeindruckung demonstrieren soll: »Ho, ho! Madame politically correctly heute, wie? So kenn ich dich ja gar nicht. Bist doch sonst eher für die Spaß-Fraktion. Aber na gut, wenn du unbedingt willst, dass ich dir für solch einen grundlegenden und wichtigen Gedanken auch noch ein Argument liefere, dann sieh es doch mal so: Irgendwas Interessantes müssen Diedadraußen zu lesen haben. Sonst wird das Buch zugeklappt und … PENG! Was dann passiert, muss ich dir ja wohl nicht sagen. Übrigens sind wir gleich da. Ich bin schon gespannt, was du zu der Buchhändlerin sagst. Die hat's echt drauf.«

Vor ihnen ist bereits das Schild zu sehen, auf dem die verschnörkelten Worte ›Bücher von Woolfs‹ sich rund um ein Portrait der jungen Virginia ranken.

»Hör mal zu«, Martje fasst Bärbel am Arm und Jupp wird an der Leine brutal zurück gerissen. »Wenn wir da jetzt reingehen, lass dir bloß nichts anmerken.«

Bärbel starrt sie an. »Aber ich denke, wir sind jetzt durch die halbe Stadt gerannt, um uns gut beraten zu lassen. Wie soll das gehen, wenn wir nicht sagen, worum es geht?«

Martje wedelt mit der Hand ein wenig durch die Luft. »Wir können uns ja ganz allgemein ausdrücken. So als handele es sich einfach um eine theoretische Überlegung.«

Ihre Freundin kneift die Lippen zusammen, als müsse sie ein amüsiertes Schmunzeln über diese allzu große Vorsicht verdrücken und nickt dann betont ernst.

»Aye, aye, Sir, wir machen es so, wie du sagst!«

Damit betreten sie den Laden.

Wow! Martje braucht ein paar Augenblicke um alles zu erfassen. In zig Regalen stehen die Bücher bis unter die niedrige Decke. Der Laden selbst gleicht einem L, an dessen unteres Ende noch ein kleiner Haken gehängt wurde. Bücherregale, wie Raumtrenner mitten hinein gestellt, ergeben dutzende lauschige kleine Eckchen, in denen Bücherwürmer zum Stöbern verschwinden können. Im vorderen Teil, unweit der Kassentheke, befindet sich eine gemütliche

Sitzecke mit einer in sommerlichen Farben gepolsterten Gartenbank und mehreren Sesseln rund um einem marmornen Tisch mit antik anmutendem Untergestell.

Das Beste aber, Martje lauscht ungläubig, ist die Musik, die leise durch den großen Raum rieselt.

Louis Prima trällert: »Buona sera, signorina, buona sera, it is time to say good night to Napoli …«. Diese Klänge verursachen eine Gänsehaut, die anlagebedingt ist. Martje steht nun mal auf Musik aus jener Zeit. Und dieses Lied. Das sind Bars und Cafés am Hafen. Bunte Lampionketten quer über die Gassen gespannt. Männer mit Bundfaltenhosen und leger getragenen Hemden. Frauen in weiten Petticoatkleidern mit Modeschmuckhalsketten und baumelnden pastellfarbenen Handtäschchen. Ein Wirrwarr aus Stimmen, Gelächter und Tanzmusik …

»Guten Tag!«, ruft eine weibliche Stimme aus dem hinteren Teil des Ladens auf das dezente Läuten der Türglocke hin.

»Guten Tag!«, echoen sie.

»Vielleicht sollten wir uns aufteilen?«, schlägt Bärbel dann mit leiser Stimme vor. »Du zur klassischen Weltliteratur, ich zu den Neuheiten?«

»Klingt nicht sehr verlockend für mich«, wispert Martje zurück. »Wie wäre es umgekehrt?«

Bärbel zuckt mit den Achseln und schiebt mit Jupp zusammen ab zu Regalen im hinteren Bereich, die von einem Schild geziert werden, auf dem steht: ›Dies liest die Welt seit Jahrzehnten und Jahrhunderten.‹ Dort hinten kann Martje sie mit einer Frau sprechen hören, die sich offenbar erst einmal Jupps Ansturms erwehren muss, bevor Bärbel und sie in eine leise Unterhaltung verfallen.

Hoffentlich quatscht Bärbel nicht zu viel aus. Martje könnte nicht genau sagen, wieso, aber irgendwie wird sie das Gefühl nicht los, dass es nicht gut wäre, wenn zu viele von den neuen Entwicklungen erführen.

Sie lungert zunächst einmal hier vorn herum, streift um

die Tische mit den Bestsellern dieser Tage und hebt das eine oder andere Buch auf, um den Kurztext auf der Rückseite zu lesen.

Liebesgeschichten. Obwohl die sie sonst am meisten interessieren, legt sie sie gleich zur Seite. Krimis. Mord und Totschlag ist jetzt auch nicht von Belang. Fantasie. Science Fiction. Kommt schon eher infrage. Aber zu viele Elfen, zu viele Zauberer. Zu wenig Zweite Kapitel, in denen der Hauptprotagonist fehlt. Politthriller. Die nimmt sie genau unter die Lupe. Schließlich gibt es immer wieder Geschichten, in denen die Figuren plötzlich in einer Realität erwachen, die nicht mehr die ihrige zu sein scheint. Maßlose Verwirrung. Zweifeln am eigenen Verstand. Und dann, auf dem langen Weg zur Lösung, die Entdeckung von Intrigen, komplizierter politischer Hintergründe. Und schließlich das Finale, in dem alles aufgeklärt wird und nach dem der Fortlauf der Normalität wieder gewährleistet ist.

Doch in den knappen Texten auf den Büchern findet Martje keinen einzigen Hinweis, der sie weiterbringt.

Das Thema, das sie beschäftigt, scheint einfach nicht zu existieren.

»Kann ich Ihnen helfen?«

Eine freundliche Stimme direkt hinter ihr.

»Nein, danke, ich bin nur auf der Suche ...« Martje wendet sich um und verstummt.

Sie sehen sich überrascht an.

Vielleicht starren sie auch. Ja, mag sein, dass es eher Starren ist.

Jedenfalls kann Martje plötzlich in den braunen Augen ganz klein ihr eigenes Spiegelbild sehen, noch durch die Brillengläser hindurch.

»Oh, hallo«, sagt sie rasch, als ihr das mit dem Starren klar wird.

»Hallo, was für ein unerwartet baldiges Wiedersehen«, erwidert die andere und lächelt.

Martje lächelt zurück.

Als sie vorhin gemeinsam mit Erik unter diesem Schirm festsaßen, war die andere ihr irgendwie anders vorgekommen. Noch kleiner auf jeden Fall. Sie ist nämlich gar nicht so viel kleiner als Martje selbst. Nur ganz unwesentlich. Oder vielleicht war sie ihr farbloser erschienen. Steifer auf jeden Fall. Denn sie trug doch so einen merkwürdigen Hosenanzug. Egal wie, sie hat einfach unattraktiver gewirkt. Viel.

»Ihre Sachen sind ja noch ganz nass«, stellt die Frau ihr gegenüber jetzt mit einem Blick an Martje herab fest.

Was sie nicht erwähnt, aber höchstwahrscheinlich bemerkt hat, sind die dunklen Pudellocken, die noch an Martjes Sommerpulli kleben.

Die andere selbst hat sich offenbar umziehen können. Ihr buntkariertes Hemd ohne Arm, das sie über der Jeans trägt, ist gerade so weit zugeknöpft, dass man nicht die BH-Spitze sehen kann. Aber ahnen.

»Ach, das ist nur äußerlich«, antwortet Martje und zupft unauffällig die Hundehaare herunter, um sie in der anderen zu Faust geballten Hand verschwinden zu lassen.

Sind sie beide verlegen?

Wieso sind sie beide verlegen?

»Das ist ja wirklich ein Zufall, was?«, lacht Martje.

»Tja ... das kann man wohl sagen«, lacht auch die andere.

Verflucht. Wie heißt sie noch?

»Sie ... arbeiten hier?«. Martje deutet vage in den Raum hinein. Ihr fällt ein, dass Erik irgend so etwas gesagt hat. Dass sie viel liest. Und deshalb wahrscheinlich klug ist. Irgend so etwas. Warum hat sie nur nicht besser hingehört? »Inmitten all dieser Bücher?! Wow! Ich meine, das muss eine tolle Arbeit sein.«

Diese Frisur sieht verrückt aus. So etwas mit am Hinterkopf hochgesteckt, einfach nur mit einem einzigen dicken Haarband, aus dem heraus einzelne Strähnen wirr abstehen oder sogar in den Nacken fallen.

»Um ehrlich zu sein: Der Laden gehört mir«, antwortet sie und fährt sich mit der Hand in genau diesen Nacken, in den Martje zugegebenermaßen gerade einen Blick zu werfen versucht.

Dass die andere einen hübschen Nacken haben könnte ist ihr vorhin überhaupt nicht aufgefallen.

Ehrlich, die Frau selbst ist ihr nicht aufgefallen.

Da war nur Erik, das Darlehen, der Regen, dieser Schirm und der Beinahe-gewaltsame-Tod-durch-Blitz.

»Sie sind also auf der Suche. Suchen Sie denn etwas … Bestimmtes?«, möchte ebendiese Frau, die ihr vorhin nicht aufgefallen ist, jetzt von Martje wissen.

Das ganze ist selbstverständlich die Verkäuferinnen-Floskel schlechthin. Deswegen ist es auch vollkommen unverständlich, dass Martje sich plötzlich atemlos fühle.

Sucht sie etwas Bestimmtes?

Wonach sucht sie eigentlich?

»Na ja«, murmelt sie, um Zeit zu gewinnen. »Ich brauche dringend mal wieder interessanten Stoff.«

»Etwas Spannendes? Ein Krimi vielleicht?« Ihr Blick gleitet zu einem Verkaufstisch hinüber, den Martje gerade schon inspiziert hat.

»Nein«, erwidert sie schnell. »Das heißt, das käme ganz auf das Thema an. Es darf halt nichts mit Mord und Totschlag zu tun haben. Eher so in die Richtung Schicksal.«

Diesmal wendet die Frau sich, warum kann Martje sich bloß nicht an ihren Namen erinnern, zum Regal direkt hinter ihnen, wo bereits an den bunten Einbänden und den schwulstigen Titeln die Sparte ›Liebesromane‹ zu erkennen ist.

»Aber nicht im Sinne von Schicksalsdrama, wenn Sie verstehen, was ich meine«, fährt Martje rasch fort. »Sondern eher eine vielleicht auch sachliche Abhandlung darüber, dass jemand, der bisher sehr fatalistisch gelebt hat, an das vorherbestimmte Schicksal glaubte, dass dieser Jemand plötzlich erfährt, dass alles ganz anders geht als angenommen. Es muss etwas ganz besonderes sein. Etwas außergewöhnliches. Was man nicht alle Tage liest.«

Meine Güte, sie klingt ja, als wolle sie das Rad erfinden.

»Eine sachliche, aber spannende Abhandlung über einen Fatalisten, der dem Schicksal einen Haken schlägt also?«, fasst die Frau zusammen.

Der Unterton in ihrer Stimme ist deutlich herauszuhören. Sie ist amüsiert.

Findet Martje wahrscheinlich ziemlich durchgedreht.

Aber dann lächelt sie. Und das Lächeln ist ein zutrauliches. Das Martje gar nicht vermutet hätte.

Während sich eine weitere Strähne hilflos aus der wirren Frisur löst, wendet sich die andere zum Regal und streicht beinahe zärtlich mit den Fingerspitzen über die Buchrücken. Es sind kräftige Hände. Martje schaut ihnen gebannt zu.

»Meistens ist ein Buch zu kaufen nichts weiter als eine ganz normale Konsumhandlung«, sagt ihr Gegenüber und betrachtet die bunten Cover unter ihren Händen. »Aber für Menschen, die das tun, bin ich nicht von der Bibliothekarin zur Buchhändlerin geworden. Ich bin es für die anderen geworden. Die auch diese Ausnahmefälle kennen. Hin und wieder gibt es solche, die suchen etwas ganz besonderes. Etwas ganz spezielles. Das soll es sein. Das und nichts anderes. Und dann wird die Suche nach diesem gewissen Buch zu einer regelrechten Jagd.«

»Das klingt ja ziemlich abenteuerlich«, murmelt Martje, seltsam berührt, und betrachtet weiterhin die Finger, die ein Buch herausnehmen, es wiegen, die Seiten entlang gleiten, sich um den Umschlag schmiegen.

Die andere lächelt. »Ist es auch. Es ist tatsächlich wie ein Abenteuer. Aber weniger wie das von Piraten oder Gangstern. Sondern eher wie ein sinnliches Erlebnis. Die letzten Seiten eines schönen Buches zu lesen ist doch immer wie der Abschied von einer Geliebten. Die Trauer ist aber immer einseitig.« Die letzten Worte ganz leise mit verstelltem Blick mitten durch das nahe Bücherregal hindurch.

Martje schluckt.

Warum noch mal genau ist sie eigentlich hier?

Sie sollte etwas sagen. Etwas erwidern. Nicken. Oder laut schmunzeln.

Aber sie tut nichts davon.

Steht dort und blickt mit der Buchhändlerin auf ein Regal, das zum Bersten gefüllt ist mit Geschichten. Sie weiß nichts zu sagen.

Da poltert direkt neben ihnen etwas auf den Boden.

Sie fahren beide erschrocken zusammen.

»Sorry«, tönt Bärbel fröhlich und bückt sich pfeilschnell, um das runtergefallene Buch vom Boden aufzuheben. Das gebundene Exemplar hätte nämlich beinahe Jupp erschlagen und der zeigt sich nun willens, Rache zu üben. Bärbel ist Gott sei Dank trainiert und schneller als er. Auf dem Arm trägt sie etwa zwanzig Bücher, die sie auf dem Marmortisch in der Leseecke ablegen will.

»Ich finde, die hier klingen ganz … passabel«, sagt sie zu Martje und zwinkert verschwörerisch. »Wir sollten sie uns mal in Ruhe ansehen.«

Martje nickt ihr fahrig zu und wendet sich wieder ihrer Gegenüber zu.

Ein Blick aus den braunen Augen hinter der rahmenlosen Brille huscht über Martjes Gesicht. Undefinierbar dieser Ausdruck. Vielleicht ein bisschen Neugier. Vielleicht ein bisschen Verwunderung über das, was sie selbst gerade von sich gegeben hat, einer wildfremden Person gegenüber.

»Wenn ich Ihnen helfen kann, reicht ein Wort«, sagt sie. »Ich bin nur kurz hinten im Lager.«

Damit verschwindet sie hinter dem frühlingsgelben Vorhang neben dem Verkaufstresen.

Martje bleibt stehen.

In der Sitzecke lässt Bärbel sich gerade auf die Gartenbank fallen. Jupp springt begeistert auf ihren Schoß.

Auf dem Tresen liegen Visitenkarten.

Martje wirft rasch einen Blick darauf.

Unter dem Namen und Logo der Buchhandlung ›Bücher von Woolfs‹ steht: Luna Jamp.

Luna?

Was für ein Name!

Martje empfindet für einen kurzen Augenblick einen Stich. Das ist lächerlich! So ein Gefühl grenzt an Eifersucht. Und das ist einfach unglaublich lächerlich, verrückt geradezu.

Mit raschem Schritt geht Martje zu Bärbel hinüber und setzt sich zu ihr auf die Bank.

»Mensch, Bärbel, ich kenn die!«, flüstert sie der Freundin leise zu.

»Du kennst Frau Jamp?«

»Ja, aber noch nicht lange. Genauer gesagt erst seit heute Morgen. Sie war mit Erik unterwegs als ich ihn, wie geplant, um den Kredit bitten wollte ...« Martje erzählt in knappen Worten wispernd die Geschichte des Vormittags. »Sie heißt Luna«, endet sie schließlich sehr leise.

Die Tür öffnet sich mit melodischem Glockenspiel. Ein Mann im Trenchcoat und ein Mädchen im Teenageralter kommen kurz nacheinander herein.

»Guten Tag!«, ruft Luna von irgendwo weit hinter dem Vorhang. »Bin gleich bei Ihnen.«

Die beiden grüßen laut rufend zurück. Der Mann wendet sich entschieden der Abteilung der Reiseliteratur zu, während das Mädchen zu den Hörbüchern steuert.

»Luna!«, wiederholt Martje energisch wispernd in Bärbels Ohr.

»Na, und?«, flüstert die zurück und schiebt einen Stapel Bücher rüber. »Wir haben doch alle irgendwelche Namen!«

»Ja!«, stimmt Martje aufgeregt zu. »Mit Betonung auf *irgendwelche*!«

»Ich bin ganz zufrieden«, meint Bärbel.

»Glaub ich dir, du heißt ja auch nicht Martje.«

»Was hast du gegen deinen Namen?«

»Was ich gegen meinen Namen habe?« Es fällt ihr schwer, bei so einer Frage die Stimme zu dämpfen.

67

»Martje! So heißen doch nur Nebenfiguren. Wer will sich schon mit einer Protagonistin identifizieren, deren verniedlichte Form eines so großen Namens wie ›Die Kämpferische‹ zudem auch noch vom Wortklang an einen Fischsalat erinnert?«

Bärbel kichert.

»Luna dagegen«, fährt Martje fort und kann selbst hören, wie weich und schwärmerisch ihre Stimme plötzlich klingt. »Luna. Was für ein grandioser Name! Er löst Assoziationen aus! Von Vollmondabenden, an denen sie allein im Park spazieren geht. Vom Leuchten ihrer Augen, selbst im tiefsten Schatten. Glutaugen. Lebendige Augen. Augen, in denen man herumflattern möchte des Tages und in denen man schlummern möchte in der Nacht, hinter verschlossenen Lidern wohl behütet.«

Jetzt seufzt Bärbel tief auf. Sie hat einen Hang zur Romantik.

Martje nickt bekräftigend. »So einen Namen bekommen eben nur Hauptfiguren.«

»Ach, du lieber Lektor!«, entfährt es da Bärbel laut und sie schlägt sich erschrocken die Hand vor den Mund. Flüsternd: »Natürlich! Luna *ist* eine Hauptfigur! Sie ist die zukünftige Geliebte deines Bruders!«

Martje rutscht, unangenehm berührt auf der Bank hin und her. »Und wir sind mittlerweile schon im dritten Kapitel!«, kann sie noch hinzusetzen.

Bärbels Gesicht wird kalkweiß. »In drei Verlegers Namen! Wo soll das enden? Wir müssen unbedingt schnell eine Lösung für diese verrückte Situation finden.« Sie springt auf und flüstert mit nur mühsam leise gehaltener Stimme: »Pass mal auf! Ich werd mich heute Abend mit diesem scharfen Kurt treffen! Und ich habe wirklich null Bock darauf, dass mir dabei eine Horde Spanner folgt. Klar? Wir müssen das in den Griff bekommen. Und zwar schnell! Vielleicht finden wir etwas in der Esoterik-Ecke? Wenn es schon Bücher zu ›Trommeln bei der Regelblutung‹ gibt, dann muss es doch auch etwas über unser Thema geben.« Erstaunlich behände bewegt sie sich Richtung besagter Themen-Ecke, aus der es nach Räucherkerzen und Duftlampenölen riecht.

Martje greift sich vom Stapel Bücher, der vor ihr auf den Tisch liegt, ein erstes Exemplar herunter.

›Als die Welt begann, Kopf zu stehen‹ lautet der Titel. Eine Irin hat es geschrieben. Und es geht darin um die Frage, ob der Katholizismus nicht eine seit mehr als zweitausend Jahren vorbereitete Intrige zur Übernahme der angelsächsischen Inseln ist.

Martje legt das Buch zur Seite und greift nach einem anderen.

Eine Menge Lieder ziehen an ihr vorüber. Eins nach dem anderen.

Candyman … Get your Kicks on Route 66 … Rap Mop … That old black magic …

Martje wippt mit dem Fuß mit. Martje bewegt die Lippen. Martje singt leise.

Das ist ihre Musik.

Die richtige Musik für Sommer wie sie früher waren. Fahrten mit dem offenen Cabrio in den Serpentinen vor Nizza. Flatternde Seidenschals. Blitzende Ohrringe. Röcke, die beim Tanzen schwingen. Schwarze Schuhe, die vor Creme nur so glänzen.

Luna Jamp pfeift manchmal mit. Ganz leise nur. Als wolle sie niemanden in der Zwiesprache mit den Büchern stören.

Aber Martje kann es hören. Dieses leise Pfeifen erinnert sie an einen winzigen Vogel, der in einer Hecke sitzt und sich nicht wirklich raus traut. Aber was der alles für Melodien kennt. Er könnte es mit jedem noch so lauten Schmetterer da draußen aufnehmen.

Die KundInnen, die in beständigem Strom herein und häufig schwer bepackt wieder hinaus fließen, stammen offenbar aus allen Altersklassen und allen Schichten. Sie sind so unterschiedlich wie die Bücher, die Martje eines nach dem anderen begutachtet und schließlich zur Seite legt. Je mehr sie in der Hand gehalten und genau auf ihren Inhalt untersucht hat, desto mehr geht es mit ihrer Laune bergab.

In einer Stunde geht es los mit dem Nachmittagsgeschäft im Hundesalon. Da werden sie sich wieder die Klinke in die Hände … Pfoten geben.

Nur eine Stunde noch. Aber sie haben noch nicht einen einzigen, winzigen Anhaltspunkt gefunden.

Bärbel ist mit Jupp bereits zum dritten Mal im hinteren Teil des Ladens unterwegs, um zu stöbern.

Da ertönt erneut die Türglocke.

Doch Martje schaut erst auf, als die Schritte direkt vor ihrer Leseecke enden und sie aus dem Augenwinkel jemanden dort stehen sieht.

»Hi, Martje«, sagt Nicki und lächelt charmant wie immer. »Einmal im Jahr gehe ich in einen Buchladen und wen treff ich?«

»Hi, Nicki.« Da ist immer noch das leicht nervöse Flattern im Magen.

Beim Anblick der sommerlich gebräunten Haut, den blauen, leuchtenden Augen, dem knallkurzen, schwarzen Haar.

Sie war es. Damals.

Auf den ersten Blick.

Verrückt, dass Martje heute Morgen schon einmal an diese erste Begegnung damals gedacht hat. Weil Erik sie gefragt hat, ob sie etwa daran glaubt.

Sie treffen sich nicht oft, immer nur zufällig.

»Was machst du hier?« Nicki wirft einen neugierigen Blick auf den Bücherstapel.

Martje winkt lässig mit der Hand. »Wirklich nichts besonderes. Wir suchen nur nach etwas neuer Lektüre.«

»Das sieht nach einer anstrengenden Suche aus …«, meint Nicki mitfühlend und sieht sich unauffällig um. Sie hat das ›wir‹ in Martjes Satz registriert. Sie sucht nach dem anderen Teil des ›wir‹.

Martje empfindet für einen kurzen Augenblick deswegen eine verrückte Genugtuung.

Damals. Vor dreieinhalb Jahren. Nicki schien ihr Gegenstück zu sein. Diejenige, die ebenso fröhlich und lebenshungrig unterwegs war wie Martje selbst. Diejenige, die alle Rastlosigkeit und Unruhe selbst kannte. Diejenige, die ebenfalls auf allen Partys zu Hause war und keinen Anlass zum Feiern des Lebens ausließ.

Martje dachte, dass sie wie für einander gemacht schienen.

Vom ersten Augenblick an.

Sie hatten eine wunderbare, wilde, atemberaubende Zeit miteinander. Sie waren überall zugleich und verpassten nichts. Es schien der Himmel auf Erden zu sein.

Doch dann tauchte irgendwann Irene auf.

Keine Konkurrenz. Auf keinen Fall. Denn Irene war häuslich und gelassen, ruhig und ernsthaft. Sie war eine von denen, die lieber mal ins Kino oder ins Theater als in die Szene gehen, die Waldspaziergänge dem CSD vorziehen und die zudem auch noch gut kochen können, selbstverständlich vollwertig.

Nein, Irene war ganz sicher keine Konkurrenz, hatte Martje gedacht.

Nicki und Irene waren jetzt seit drei Jahren ein Paar.

»Und? Wie geht's dir denn so?«, fragt Martje jetzt in die blauen Augen hinein.

Dass Nicki es nie lassen kann, sie genau so anzusehen.

Es sind solche Blicke, die nach jedem zufälligen Treffen die Erinnerungen wieder lebendig werden lassen.

Als könne auch Nicki nicht ganz und gar davon lassen. So guckt sie.

»Wunderbar. Ganz großartig. Wir sind umgezogen vor ein paar Wochen. Und die neue Wohnung ist einfach klasse! Wir haben jetzt das Wohnzimmer vom Arbeitszimmer mit so einer Stellwand getrennt, diese variablen, weißt du. Wirkt optisch total klasse. Wir können also gleichzeitig im

Raum sein, wenn die eine arbeitet und die andere nur lesen will oder auch Besuch hat. Vielleicht kommst du einfach mal auf einen Kaffee vorbei und siehst es dir an?«

»Super Idee.«

Martje stellt sich vor, wie sie mit Nicki im frisch eingerichteten Wohnzimmer sitzt und einen Kaffee trinkt, während Irene hinter der optisch ansprechenden Trennwand arbeitet.

Wenigstens hat Nicki jetzt mehr als einmal, mehr als genug auch ›wir‹ gesagt.

Das Hecheln an der knatschroten Leine kündigt Bärbels Auftritt an.

»Hier!«, keucht sie und wuchtet einen weiteren Arm voller Bücher auf den Tisch.

Dabei mustert sie Nicki von oben bis unten, während Jupp ungewöhnlich dezent an deren Hosenbein schnuppert.

Nicki versucht ganz offensichtlich, Bärbel nicht anzustarren. Es gelingt ihr nicht sehr überzeugend.

Martje versucht mit ebensolchem Erfolg, sich darüber nicht zu freuen.

»Hi«, sagt Bärbel und streckt die Hand aus. »Bärbel.«

Martje nimmt plötzlich sehr deutlich wahr, dass Bärbel heute ein gewagt ausgeschnittenes Leoparden-Top trägt, das ihre üppigen weiblichen Reize mehr enthüllt als verbirgt. Ihre engen Stretch-Jeans sitzen überall sehr knackig. An ihren Ohren baumeln lange, bunte Ohrringe und an den Handgelenken klimpern Armreifen.

»Nicki«, sagte Nicki, eher der Typ Hüfthose, dreiviertellang, gebräunte Füße ohne Socken in weißen Turnschuhen, Oberteil bauchnabelfrei, kleines Tatoo direkt überm Hosenbund herzeigend. Kein Schmuck, keine Schminke.

Bärbel glotzt wie eine dieser Sex-Gummipuppen mit offenem Mund.

Martje bangt für ein paar Sekunden, dass sie bitte nicht so etwas sagen wird wie: ›Ach, du bist Nicki!?‹ oder ›Dich hab ich mir aber anders vorgestellt!‹ oder auch nur ›Aha!‹

Doch Bärbel bringt es tatsächlich fertig gar nichts zu sagen.

Sie klappt lediglich ihren Mund wieder zu und lässt sich vorsichtig, als würde sie befürchten, durch eine allzu schnelle Bewegung die Spannung in der Luft zum Explodieren zu bringen, neben Martje auf der Bank nieder.

»Eigentlich heißt sie Nicoletta«, plappert Martje, um irgendetwas zu sagen. »Aber ihre Eltern haben da wohl etwas daneben gehauen. Passt nicht, oder? Glücklicherweise ist der Name aber so lang, dass er sowieso gern von allen abgekürzt wird. Martje ist leider zu kurz dafür. Martje ist Martje und bleibt Martje.« Sie lacht einmal kurz auf.

Nicki lächelt Martje auf diese gewisse Art an, die sowohl bedeuten kann, dass sie gleich auch lachen oder aber dass sie gleich weinen wird.

»Und ihr seid …?« Nicki deutet von Martje zu Bärbel und lässt ihren Satz unbeendet zwischen ihnen dreien schweben.

»Nein«, sagt Martje. »Ach, was! Sind wir nicht. Ich bin immer noch solo. Du musst dich doch an Bärbel erinnern. Ich meine, an meine Erzählungen über sie. Wir kennen uns schon seit der Schulzeit und sind seitdem befreundet. In der Zeit, in der wir, ich meine, du und ich, also, als wir …«

»Vor drei Jahren«, hilft Bärbel ihr mitleidig weiter.

»Genau. Da haben wir uns einfach wenig gesehen.«

Das ist noch sehr dezent ausgedrückt. Martje hatte in der Zeit damals kaum eine ihrer Freundinnen häufig gesehen. Nicki hatte sie ganz mit Beschlag belegt.

»Und Bärbel ist so was von stockhetero … da habe selbst ich keine Chance …« Martje will über ihren eigenen Witz lachen.

Aber weil Nicki so gebannt an ihr vorbeisieht, kommt nur ein kurzer Ton dabei heraus.

Hinter der Bank, hinter Martje und Bärbel steht Luna Jamp.

Mit einem Tablett, auf dem sich eine Thermoskanne und mehrere Tassen befinden.

»Ich wollte Ihnen das Suchen ein bisschen versüßen. Und da hab ich eine Tanne Kee ... ähm ... eine ...«

Jetzt lachen sie alle. Etwas krampfig, aber sie lachen.

Ob sie es mitbekommen hat? Ob sie gehört hat, worüber sie gerade gesprochen haben? *Stockhetero. Selbst ich keine Chance.*

Luna Jamp hat sich schnell wieder im Griff. »Wenn ich wenigstens eine Kanne Kaffee gemacht hätte«, lacht sie. »Dann wäre mir das jetzt nicht passiert.«

»Oder es hätte niemand gemerkt«, erwidert Bärbel und nimmt ihr das Tablett ab. »Vielen Dank! Das ist super lieb!« Sie strahlt die Buchhändlerin an.

Aber Luna Jamp sieht zu Martje.

Als sie sagt: »Ich würde Ihnen ja wirklich gern helfen. Vielleicht verraten Sie mir doch noch ein bisschen mehr über dieses gewisse Buch. Dann könnten wir gemeinsam auf die Jagd gehen ...«

Martje kann auch aus dem Augenwinkel die Verblüffung auf Bärbels Gesicht erkennen.

»Wenn ich selbst ein bisschen mehr wüsste, wäre es einfacher zu finden ...«, murmelt sie und tut so, als würde ein Buchrücken auf dem Tisch sie ganz besonders interessieren.

Obwohl sie nicht hinsieht, hat sie das Gefühl, dass Luna Jamp sie noch einen Moment länger anschaut.

»Gehören Sie hier dazu?«, wendet die sich dann freundlich an Nicki. »Oder kann ich Ihnen helfen?«

Nicki lächelt und sieht einmal kurz zwischen der Buchhändlerin und Martje hin und her.

Martje denkt: ›*Gehören Sie hier dazu?*‹

Nicht viel mehr.

»Sie können mir gern helfen«, strahlt Nicki. »Ich möchte zwei Freundinnen ein paar Bücher zur Verpartnerung schenken. Haben Sie da was passendes?«

Oh, nein! Martje greift rasch nach dem Buch, dessen Rücken sie sowieso schon anstarrt.

›*Große Wunder werfen ihre Schatten voraus*‹ lautet der Titel.

»Aber sicher«, antwortet Luna Jamp ohne zu zögern. »Wenn Sie Sachbücher suchen, finden Sie unter ›Recht und Möglichkeiten‹ alles zu dem Thema. Wenn es eher etwas Heiteres sein soll, etwa Kurzgeschichten, müssten Sie mal mit nach hinten kommen. Da haben wir eine ganze Auswahl.«

»Und wie sieht es aus mit einem schönen, prickelnden Liebesroman?« Wieso klingt Nickis Stimme eigentlich so? So nach einem Glas Sekt und Flirtlaune?

Luna Jamp scheint es nicht aufzufallen. »Da müssten Sie da drüben schauen unter ›Lovelovelove‹. Sehen Sie?«

»Oh, Sie haben die Lesben-Bücher nicht von den Heteros getrennt?«

Martje kann nur mühsam unterdrücken, die Schultern hochzuziehen. Sie würde sich gern dazwischen verbergen und ein Schild hoch halten, auf dem steht: ›*Ich gehöre nicht dazu!*‹

Luna Jamps Stimme klingt vollkommen gelassen, als sie antwortet: »Nein, das habe ich bewusst nicht gemacht. Finden Sie, man sollte es trennen?«

›*Also ist sie wahrscheinlich auch klug, nicht wahr?*‹, hört Martje plötzlich wieder Eriks Stimme.

Dass Nicki lächelt, ist an ihrer Stimme zu hören. Diesem sanften Schnurren. »Wissen Sie, ich bin bisher immer in einen anderen Buchladen gegangen. Aber ich glaube, ich werde von jetzt an lieber hierher kommen.«

»Das freut mich«, antwortet Luna Jamp.

»Würden Sie mir dann bitte die Kurzgeschichtenauswahl zeigen?«

Die beiden Schritte entfernen sich über den Teppich in den hinteren Bereich des Ladens.

Erst da hebt Martje wieder den Kopf.

»Was treibt die hier?«, wispert Bärbel ihr zu. Ihr Tonfall ist unmissverständlich ablehnend.

»Keine Ahnung. Ich hab mich auch total erschrocken, als sie plötzlich vor mir stand.« Martje blättert fahrig in dem Buch auf ihrem Schoß.

Bärbel nickt grimmig. »Ob SIE das so eingerichtet hat? Um dich aus der Bahn zu werfen?«

Martje atmet rasch ein.

Beinahe hätte sie es vergessen. Für einen Moment war ihr gar nicht mehr bewusst, was hier momentan geschieht.

»Unsinn!«, zischt sie dann ihrer Freundin zu.

Doch Bärbel ist sich ihrer Sache sicher: »Was macht die sonst hier? Die kommt eigentlich gar nicht vor in dieser Geschichte. Muss jetzt ich dich daran erinnern, dass wir mittlerweile im dritten Kapitel rumschwirren? Wo wir, zumindest ich, nix zu suchen haben!?«

Da hat sie vollkommen Recht.

Und Nicki hat hier auch nichts zu suchen.

Nicht in diesem Buch, nicht in dieser Geschichte, und nichts mehr in Martjes Leben.

Diese ganze Story hat Martje damals wirklich genug durcheinander gebracht und okkupiert.

Ein Grund, warum Bärbel so mies auf Nicki zu sprechen ist, ist nämlich, dass in dem halben Jahr dieser rastlosen Beziehung Martje wie vom Erdboden verschluckt war für alle restlichen Freundinnen. Sie war in dieser Liebe verschwunden wie in einem Kerker, der von innen mit Gold verkleidet war.

Bärbel betrachtet einen Augenblick Martjes ratloses Gesicht. »Au, man! Uns geht hier der Arsch grad ganz schön auf Grundeis. Komm, lass uns gucken, ob wir Hilfe finden!«

Sie wühlen sich durch die Bücherstapel. Blättern. Lesen. Flüstern miteinander.

Bis von hinten sich Stimmen erneut nähern.

Es ist Luna Jamp mit einem Mädchen im Teenageralter. Hinter den beiden schreitet Nicki, in der Hand mehrere Bücher, den Blick nach vorn gerichtet, auf Martje.

Während Luna Jamp bei dem Mädchen kassiert, das Buch hübsch verpackt und noch ein Lesezeichen dazu steckt, bleibt Nicki noch für einen Augenblick am Tisch stehen.

»Na, fündig geworden?«, floskelt Martje. Allein die Tatsache, die lächelnde Nicki vor und die brodelnde Bärbel neben sich zu haben, macht sie nervös.

Nicki schwenkt die Bücher. »Die Beratung hier ist erstklassig. Ihr seid wohl öfter hier?« Ihr Blick streift die halb geleerten Teetassen.

»Immer, wenn es sich ergibt«, erwidert Bärbel hölzern und mit schmalen Augen.

Martje könnte wetten, dass sie nach Anhaltspunkten sucht, die ihren Verdacht beweisen. Den Verdacht, dass die Autorin, dass SIE, hier ein übles Spiel treibt und wieder die Regie an sich reißen will.

Martje selbst ist viel zu durcheinander, um irgendetwas anderes wahr zu nehmen als ihren eigenen hetzenden Herzschlag.

Der sich nicht unbedingt beruhigt, als Nicki sich erneut an sie wendet: »Wie geht's eigentlich deiner Mutter? Wie steckt sie es mittlerweile weg?«

»Meine …?«, wiederholt Martje stammelnd.

»Hast du deiner Mutter etwa endlich …?«, beginnt Bärbel gleichzeitig, völlig verblüfft.

Sie schauen sich alle drei gegenseitig an und Martje sodann zur Seite.

»Du hast es deiner Mutter immer noch nicht gesagt?«, stellt Nicki ganz richtig und mit der Portion Unglauben fest, die typisch ist für Lesben, die Mama gleich nach der Nabelschnurrdurchtrennung gesagt haben, wie es um sie steht.

Martje zuckt resigniert die Achseln. »Würde das etwas ändern?«

Nicki setzt an zu einem langen Plädoyer für das selbstbewusste Coming-out vor Eltern, Verwandten, Nachbarn bis hin zu den Obdachlosen auf der Straße.

Doch Martje winkt ab. »Ach, hör doch auf damit, Nicki.

Ich bin lesbisch, reicht das nicht?! Warum soll ich noch durch die Weltgeschichte laufen und es allen auf die Nase binden?«

Bärbels Brauen zucken.

Nicki holt tief Atem, öffnet den Mund, schließt ihn wieder.

Dann lächelt sie charmant wie immer und erklärt: »Jede ihren eigenen Weg.«

Was keinen Zweifel daran lässt, dass ihr »eigener Weg« selbstverständlich der bessere ist.

Früher hat sie auch anders geredet. Aber Irene ist nun mal eine Ultra-Lila-Feministin. So was färbt ab.

»Bin gleich wieder zurück. Aber mir fällt grad ein, dass ich vorhin da hinten einen Titel gelesen habe, der einen Hinweis enthalten könnte…« Martje erhebt sich rasch.

»Was für ein Hinweis?«, hört sie Nicki noch fragen. »Was sucht ihr denn überhaupt so spannendes?«

Aber sie ist schon unterwegs.

Obwohl ihre Schritte über den Teppich sehr leise sind, kann sie aus dem Augenwinkel sehen, wie Luna Jamp, in Beratung eines Kunden, aufschaut und ihr kurz mit dem Blick folgt.

In einer der hinteren Leseecken, allen Blicken von vorn entzogen, lässt Martje sich auf einem der herumstehenden Hocker nieder und starrt auf die Buchrücken. Die Schriften verschwimmen vor ihren Augen.

Das alles hier ist einfach zu viel.

Das ist sie nicht gewöhnt.

Ihr Leben verläuft normalerweise in anderen Bahnen.

Partys und Szene mögen für viele Menschen bunt und schrill wirken. Für Martje sind sie jedoch sicheres Terrain. Ein Buchladen aber, zweite und dritte Kapitel, die ganz allein ihr zu gehören scheinen, beunruhigen sie zutiefst. Und Nicki … ja, Nicki hätte nun wirklich nicht auch noch auftauchen dürfen.

Außerdem ist es so still.

Die CD, die sie seit ... Martje schaut auf die Armbanduhr ... zwei Stunden! Sie sind seit zwei Stunden hier. Und die CD, die sie seitdem gehört haben, ist gerade gestoppt worden.

Diese Stille bringt Martje vollkommen aus der Ruhe.

Erst nach ein paar Minuten Durchatmen geht es langsam besser.

Martje späht um das Regal und sieht Bärbel dort vorn allein vor dem riesigen Stapel Bücher hocken.

Von Luna Jamp ist nichts zu sehen.

»Nicki wieder unterwegs?«, fragt Martje als sie am Tisch ankommt.

Bärbel grinst.

»Ist rausgefetzt wie ein Chinakracher. Sie konnte es kaum erwarten, die Neuigkeit an ihre Irene weiterzuerzählen.«

»Bärbel!«, entfährt es Martje.

Ein Mann, der in der Nähe an einem Postkartenständer steht, zuckt zusammen und tritt vorsichtshalber einen Schritt zur Seite.

»Bärbel«, wispert Martje hektisch. »Du hast ihr doch wohl nicht erzählt ...? Doch nicht ausgerechnet Nicki!? Sie ist zwar inzwischen irenemäßig sesshaft geworden, aber ich wette, sie kennt immer noch jede Menge Leute. Sie ist immerhin Journalistin. Die wissen, wie man spannende News am effektivsten verbreiten kann.«

Bärbel runzelt ärgerlich die Stirn. In Kombination mit ihrer niedlichen Stupsnase ist das nun genau der Gesichtsausdruck, der zu einer Frau mit West Highland Terrier passt.

»Hör mal zu, Martje. Du weißt, dass ich auf die Dame nicht gut zu sprechen bin. Aber blöd ist sie ja nicht. Das muss ich ihr lassen. Sie hat es sowieso schon geschnallt. Also musste ich ihr gar nichts großartiges erzählen, kapiert?!«

»Sie hat es geschnallt?«

»Dass sie als Figur in einem Roman rumstolziert, in dem sie gar nicht vorgesehen war.«

Martje muss schlucken.

»Ach du Scheiße!«, flüstert sie. »Sie wird losrennen und es in ihrer ich-weiß-alles-schneller-als-ihr-Art allen erzählen, die sie kennt. Bald wird es die ganze Stadt wissen.«

»Na, und?«, schnaubt Bärbel ungerührt.

Im Grunde kann Martje ihr nicht viel entgegen halten.

Der frühlingsgelbe Vorhang teilt sich und Luna Jamp kommt mit einem Karton heraus, den sie auf der Theke abstellt.

Martje senkt ihre Stimme noch ein bisschen mehr. »Hast du gesehen, wie Nicki sie die ganze Zeit angestarrt hat? Sie hat geflirtet.«

»Na, klar«, sagt Bärbel und zuckt mit den Achseln. »Das ist ein altbekanntes Rezept: Konkurrenz schaltet man am besten aus, indem man sich selbst draufsetzt.«

Martje zwinkert irritiert.

»Ach, komm!«, macht Bärbel gedämpft. »Da ist doch was, oder?«

»Da ist was? Was denn? Was meinst du?«

»Martje!«

»Nein, ganz im Ernst. Was soll wo sein?«

»Na, zwischen dir und … « Bärbel dreht einmal kurz die Augen in Richtung Theke. »Ich hab da einen siebten Sinn für. Da bitzelt doch was.«

Martje öffnet den Mund, um zu widersprechen.

Um zu sagen, dass Luna Jamp die künftige Ehefrau ihres Bruders ist, von IHR dazu verdonnert, auf großkotzige, pervers gut aussehende Männer zu stehen.

Und dass sie selbst, Martje, nun einmal von IHR dazu verdammt ist, noch eine ganze Weile der betörenden Nicki hinterher zu trauern.

Doch dann schaut Martje auf.

Hinter der Theke steht Luna Jamp.

Mit einer Liste auf einem Klemmbrett steht sie über den Karton gebeugt.

Martje nimmt alles ganz deutlich wahr.

Das kleinkarierte Oberteil, ohne Ärmel.

Die schönen Oberarme, von denen Martje gar nicht hätte sagen können, was genau sie so schön macht. Denn ein paar Stunden vorher wären sie ihr noch eher unauffällig erschienen.

Die starken Hände, die auf der Liste Häkchen machen. Die rechte Hand hatte Martje zur Begrüßung schon einmal kurz in ihrer gespürt, warm und weich.

Die kleine Falte auf der Stirn, die von großer Konzentration spricht.

Die Musik im Hintergrund schwillt langsam an.

Eine andere CD. Wohl gerade eingelegt.

Eartha Kitt singt »Let's do it, let's fall in love…«. Was natürlich ein Zufall ist. Dass im ›Bücher von Woolfs‹ – Buchladen und in ›Dean Martins Hundesalon für gut gelaunte Vierbeiner‹ die gleiche Musik gespielt wird, ist ein riesiger Zufall.

»Mal im Ernst«, raunt Bärbel ihr jetzt zu. »Denkst du echt, dass die noch nichts gemerkt hat? Die wird sich auch schon wundern. Darauf wette ich!«

Da hebt Luna Jamp den Kopf und schaut herüber. Der Blick durch die rahmenlose Brille. Aus den braunen Augen. Trifft Martjes.

Martje

Ich muss dringend mit Ihnen sprechen. Ja, ich meine Sie! Sie brauchen gar nicht so verwirrt über Ihre Schulter zu schauen. Die einzige Nase, die gerade in diese Seiten gesteckt wird, gehört nun mal Ihnen.

Ich möchte Sie um etwas bitten: Können Sie das nicht wieder rückgängig machen?

Ich habe ja gar nichts dagegen, für ein paar Seiten mal die Nummer eins zu sein. Aber jetzt wächst mir das Ganze hier etwas über den Kopf.

Ich kann nicht umgehen mit Dingen, die in meinem Leben und in diesem Buch geschehen, die SIE aber nicht geplant hat.

Es war nicht geplant, dass ich Nicki wieder treffe und dieses Magenflattern bekomme.

Und es war ganz sicher nicht geplant, dass ich mich in Luna Jamps Augen spiegele.

Wie soll ich damit jetzt umgehen?

So viel Verantwortung ist einfach zu viel für mich. Ich habe nie in meinem Leben wirkliche Verantwortung tragen müssen. Ich meine, ich habe nicht mal ein ganz ganz kleines Haustier. Verstehen Sie?

Deswegen hätte ich gerne, dass Sie es einfach rückgängig machen.

Kehren Sie doch bitte zu Erik zurück! Lassen Sie ihn maßgebliche Begegnungen haben! Verfolgen Sie ihn durch die Höhen und Tiefen seiner Emotionen! (Falls er welche hat.)

Nur bitte lassen Sie mich wieder in meine Rolle der Nebenfigur zurückkehren.

Dort war es nett und unauffällig. Ich hatte meine Geschichte, die jedoch keinen wirklich interessierte und daher auch nicht besonders anstrengend war.

Aber das hier.
Das ist zu viel.
Ehrlich.
Lassen wir es sein, ja?

VIERTES KAPITEL

>»Heaven, I'm in heaven
and my heart beats so
that I can hardly speak«
Cheek to cheek
Irving Berlin

Erik könnte zufrieden sein mit dem Verlauf des Tages.

Der Streit mit Gerd heute Morgen war nicht weiter tragisch. Immerhin hat er es hinterher rasch wieder geradebiegen können. Er hatte Gerds Mittagspause abgepasst, war mit ihm gemeinsam zu Tisch gegangen, hatte ganz besonders gut gelaunt getan, ein paar Scherze auf eigene Kosten gemacht. Gerd hatte darüber lachen können. Alles wieder im Lot also.

Das unsägliche Gespräch mit Gudrun kurz vor der Konferenz hätte nicht sein müssen. Aber er hätte nicht gewusst, wie dem auszuweichen war. Schließlich musste etwas, das er korrekt begonnen hatte, auch wieder korrekt beendet werden.

Gudrun war von Anfang an einverstanden gewesen, dass niemand in der Firma mitbekommen sollte, dass sie ein oder zweimal die Woche die Nacht miteinander verbrachten. Sie hatte zu all seinen Überlegungen bezüglich der notwendigen Geheimhaltung ›Ja‹ gesagt. Unverhältnismäßig also, wie sie auf seine Eröffnung reagiert hatte.

Es hatte Tränen gegeben. Wut. Beschimpfungen. Auch wenn er ihr zugute halten will, dass sie nicht laut geworden ist.

Gudrun kann laut werden. Das weiß er. Erik kommt sich selbst vor wie der letzte Macho, aber er kann bei dem

Gedanken an Gudruns mitunter bemerkenswerte Lautstärke ein Grinsen nicht unterdrücken. In dieser unschönen Auseinandersetzung ist sie jedenfalls ganz still geblieben. Still und leise. Ihre Worte waren umso schärfer. Was für ein Temperament! Im Grunde schade, dass ihr Arrangement nun beendet ist.

Aber das geht natürlich nicht.

Wenn ein Mann sich ernsthaft binden will, müssen alle alten Stricke dieser Art vorerst gekappt werden.

Was später folgt … das ist Zukunftsmusik.

Im Vordergrund steht nun erst einmal dies.

Und dass Jamps Tochter … Luna, zwingt er sich zu denken, denn er wird sie ja wohl beim Vornamen nennen und nicht mit ›Tochter‹ ansprechen, Luna Jamp also, dass sie ihre Aktenmappe wortwörtlich ihm direkt in die Arme geworfen hat, war wohl mehr als nur ein Glücksfall.

Dumm von ihm selbst, dass er über dem Streit mit Gudrun dieselbe Mappe im Konferenzzimmer hat liegen lassen.

Beim Essen mit Gerd war es ihm urplötzlich eingefallen. Er hatte sich rasch davongestohlen mit der Entschuldigung, er müsse sich dringend mal »die Nase pudern«, worüber Gerd herzlich lachen konnte.

Gudrun hatte die Mappe an sich genommen. Sie ist nicht in falsche Hände gelangt. Und nun liegt sie sicher in seinem Privatsafe hinter dem Kempinski.

Er wird sie Jamps Tochter natürlich wiedergeben.

Das wird nicht der einzige Ausdruck sein, den sie von diesem Sanierungsplan besitzt.

Es wird irgendwo, auf einem ihm unbekannten Computer eine Datei geben, die all diese Berechnungen noch detaillierter ausführen kann.

Und doch ist die Aktenmappe wie ein kleiner Schatz, den er besitzt. Denn sie macht es ihm leicht.

Er lässt sich auf sein schwarzes Ledersofa fallen und greift nach dem Telefon.

Kurz nach acht. Gerade die rechte Zeit.

»Jamp!«, meldet sie sich.

Ihre Stimme klingt ein wenig heiser. Und fröhlich. So hat er sie von heute morgen gar nicht in Erinnerung.

»Kröger hier«, antwortet er tief schnurrend.

Es ist einen Moment lang still in der Leitung.

»Herr Kröger«, sagt sie dann. Die Fröhlichkeit ist aus ihrer Stimme verschwunden. Deutlich schwingt Vorsicht darin. »Wie kann ich Ihnen helfen?«

Erik lächelt.

Sie ist zwar nicht sein Typ, aber ihre Art, geschäftlich zu werden, gefällt ihm.

»Ganz leicht«, beteuert er. »Indem Sie mir als erstes einmal sagen, dass Sie ohne Schaden durch dieses grässliche Unwetter gekommen sind.«

»Das Schlimmste war bestimmt in dem Moment überstanden, in dem wir Ihren Schirm losließen«, antwortet sie. »Alles andere war dann nur noch nass. Aber das kann man ja schnell beheben. Und Sie?«

»Ich hatte es ja nicht weit. Aber danke der Nachfrage. Sie werden es im Übrigen kaum glauben, aber ich habe tatsächlich einen handfesten Grund, Sie anzurufen. Über den ich sehr froh bin, muss ich zugeben.« Sein Charme wirkt bestimmt. Der wirkt immer. Frauen stehen darauf.

»Tatsächlich?« Ihre Stimme klingt amüsiert. Es funktioniert.

»Ja, Ihre Aktenmappe. Die ist sehr hübsch. Ich dachte, Sie würden sie vielleicht gern zurück haben?!«

Jamps Tochter stutzt kurz. »Meine Mappe, richtig. Du meine Güte, stimmt! Sie haben sie aufgefangen, als ich so richtig hysterisch wurde.«

Er lacht volltönend. »Übertreiben Sie mal nicht. Aber nun haben Sie zwei Möglichkeiten, die Mappe zurück zu bekommen: Entweder ich komme einfach mal bei Ihnen vorbei und werfe sie Ihnen auch nur in die Arme. Oder wir gestalten die Übergabe etwas angenehmer als die heute morgen. Vielleicht mit einem schönen Essen im ›Zylon‹. Hätten Sie Lust?«

Das ›Zylon‹ ist genau richtig. Es ist nicht zu fein und dennoch ruhig. Das Essen ist gigantisch. Und wenn man rechtzeitig reserviert oder den Eigentümer kennt, bekommt man sogar am Wochenende eine der begehrten Seitennischen, in denen man wirklich vollkommen ungestört ist. Erik kennt den Eigentümer. Er hat ihm letzten Monat einen neuen Kredit zum Ausbau eines Biergartens bewilligt.

Jamps Tochter zögert.

»Überlegen Sie es sich gut! Ich sehe vielleicht nicht so aus, aber ich bin unglaublich schlecht im Werfen. Was ist, wenn ich Sie im Gesicht treffe?«, insistiert Erik.

Jetzt lacht sie.

Das Eis ist gebrochen!

Erik jubelt innerlich.

»Wie wäre es gleich morgen?«

»Oh, tut mir Leid, aber ich bin den Rest der Woche komplett ausgebucht ...«

»Dann Samstagabend um acht? Da sind Sie wohl auch mit Ihrem Tagesgeschäft durch ... Sie schließen Ihren Laden samstags um sechs, richtig?«

Jetzt ist sie überrascht. Angenehm verwundert, dass er das weiß. Dass er weiß, dass sie diesen Buchladen hat. Sogar weiß, wann sie ihn abends schließt. Gut, dass er heute, über den Tag, ein paar Erkundigungen eingeholt hat.

»In Ordnung«, sagt sie schließlich. »Ich glaube, das ist das geringere Risiko. Mit einer ledernen Aktenmappe beworfen zu werden ist mir doch zu gefährlich. Im Übrigen ... haben Sie sich die Unterlagen noch einmal angesehen?«

»Diesen netten kleinen Sanierungsplan, meinen Sie?«, erwidert er mit einer Spur Belustigung in der Stimme. »Möchten Sie, dass ich ihn noch einmal überprüfe? Das kann ich durchaus machen. Vielleicht kommt ja doch etwas grandioses dabei heraus.«

»Na ja«, murmelt Jamps Tochter und vielleicht errötet sie

sogar ein wenig, stellt er sich vor. »Die Papiere waren ja ursprünglich für Sie zur Ansicht. Ich wollte nur sagen, Sie dürfen von mir aus gerne die Mappe öffnen und die Unterlagen durchsehen.«

»Gut. Das werde ich«, erwidert Erik beinahe feierlich.

»Sie halten mich für albern, oder?«, mutmaßt Jamps Tochter.

Erik öffnet den Mund zu einer witzigen, charmanten Erwiderung, da klingelt im Hintergrund ein Telefon.

Er hält verblüfft inne.

»Ups«, macht Jamps Tochter und er kann sie geradezu vor sich sehen, wie sie den Kopf wendet und zum anderen Apparat hinüber schaut. »Die andere Leitung. Könnte sein, dass es was Wichtiges ist. Würde es Ihnen etwas ausmachen, einen kurzen Augenblick zu warten?«

Hier stimmt was nicht!

Erik hat plötzlich ein dunkle Ahnung.

Noch mehr als das.

Er weiß mit einem Male, was hier passiert. Dieser Anruf auf der anderen Leitung, der ist nicht geplant, der soll eigentlich nicht sein. Geplant ist, dass er hier in Ruhe mit Jamps Tochter telefonieren und ein wenig flirten kann. Sie sollen eine Weile miteinander reden. Und am Ende wird sie etwas verwirrt, aber geschmeichelt von seinem deutlichen Interesse, lächelnd auflegen.

Dieser zweite Anruf, der da gerade durch ihre Wohnung schrillt, der darf eigentlich nicht sein.

»Gehen Sie nicht dran!«, sagt er dringlich.

Jamps Tochter ist offenbar irritiert und lacht ein unsicheres Lachen.

»Wie bitte?«, macht sie.

Im Hintergrund klingelt erneut das Telefon.

»Gehen Sie nicht dran, sage ich!«, wiederholt Erik. Er kann selbst hören, dass seine Stimme einen unverhältnismäßig scharfen Klang angenommen hat. »Ich kann Ihnen das jetzt nicht erklären, aber ...«

»Nur eine Sekunde, bitte!«, unterbricht Jamps Tochter ...
verflucht, Luna heißt sie! ... ihn.

»Warten Sie! Ich erklär es Ihnen! Sie dürfen nicht range-
hen, weil ...«

Das leise ›Klong‹ zeugt davon, dass der Hörer niederge-
legt wird.

Oh, nein! Erik kann hören, wie sie über den Parkettbo-
den – sicherlich Stäbchenparkett – geht und sich meldet.

Längst nicht so fröhlich, so heiser gut gelaunt wie gerade
noch bei ihm. Doch dann verändert sich ihre Stimme schlagartig: »Oh, hallo! Sie sind's! Das ist ja ein Zufall!«, hört er
Jamps Tochter sagen.

Martje ist sich beinahe hundertprozentig
sicher, dass Lunas Stimme erfreut klingt, nachdem sie sich
gemeldet hat.

»Zufall? Wieso?«, lächelt sie. »Haben Sie gerade auch an
mich gedacht? Vielleicht an unseren unverschämten Über-
fall des Buchladens heute morgen?«

»Ach, das kann ich Ihnen jetzt gerade nicht erklären ...«,
weicht Luna aus.

Martje nickt, obwohl Luna das natürlich nicht sehen
kann. Sie ist einfach aufgeregt. Wahnsinnig aufgeregt.

»Ich weiß, Sie werden mich jetzt für absolut unmöglich
halten ... aber ich möchte Sie um etwas bitten ... Ich würde
Sie nicht fragen, wenn es nicht so wichtig wäre. Lebens-
wichtig sozusagen. Ich möchte Sie bitten, mir zu helfen. Bei
der Jagd nach einem bestimmten Buch.«

»Ein Buch?«, echot Luna. Dann sagt sie: »Warten Sie bitte einen Augenblick? Ich habe noch ein Gespräch auf der
anderen Leitung. Das ist fast beendet.«

»Ich kann auch später noch mal ...«, beginnt Martje.

»Ach, was!«, sagt Luna rasch. »Es dauert nur eine Sekunde.«

Martje kann hören, wie sie über die Holzdielen – bestimmt sind es Holzdielen – geht. Dann ist ihre Stimme klar

und deutlich zu verstehen: »Hören Sie? Es ist tatsächlich etwas Wichtiges. Und wenn wir uns am Samstag eh sehen ... hätten Sie etwas dagegen, wenn wir das Gespräch jetzt beenden? ... Wie meinen Sie das?« Es folgt eine längere Pause des Schweigens. Dann ein verwirrtes Lachen. »Irgendwie versteh ich nicht ganz, worauf Sie hinaus wollen. Aber vielleicht können wir bei unserem Treffen noch mal darüber reden. Also Samstagabend um acht im ›Zylon‹, ja? Bis dahin! Einen schönen Abend noch!«

Erneut das Klickklack von Schuhen.

Dann kurz ihr Atem. »Da bin ich wieder.«

Martje fallen hundert Erwiderungen ein. Sie sagt keine einzige.

»Hallo?«

»Ja ... ja, ich bin noch da.«

»Sie werden kaum glauben, wer da grad auf der anderen Leitung war«, sagt Luna und ihre Stimme wirkt so, als würde sie gern amüsiert klingen. Hindurch schimmert jedoch viel zu viel echte Verwunderung. »Das war Ihr Bruder.«

»Ach«, macht Martje, während ihr Herz einen rettenden Hechtsprung seitwärts versucht und schmerzhaft gegen die Rippen prallt. »Das ist ja wirklich ein Zufall.«

»Ja, nicht wahr?«

»Tja, er arbeitet enorm viel. Selbst wenn die Firma lange geschlossen hat, führt er noch Kundengespräche.«

Sie lachen beide kurz auf. Wissend, dass Erik anderes als Geschäftliches im Kopf hat.

›*Ich werde mit ihr vermehren*‹, hört Martje wieder Eriks Stimme vom Morgen. ›*Und zwar Geld!*‹

»Ihr Bruder ist sehr nett«, teilt Luna dann mit, die diese Stimme leider nicht hören kann.

»Aber?«, fragt Martje.

Das hat sie deutlich als Nachwort zu diesem kurzen Satz gehört.

Luna lacht, etwas verlegen. »Ein bisschen verrückt ist er schon, oder?«

Martje ist sich nicht sicher, was darauf die passende Antwort wäre. »Vielleicht ist die kleine Schwester nicht unbedingt die richtige für so eine Fragestellung«, versucht sie es.

Luna schweigt einen Moment. »Vielleicht ist die aber auch genau die richtige«, erwidert sie dann nachdenklich.

Eine kurze Weile herrscht Schweigen zwischen ihnen.

»Was kann ich Ihnen denn über meinen Bruder sagen, was Sie gern wissen würden?«, fragt Martje. Lieber wäre ihr, das nicht zu fragen. Es kommt ihr angebracht höflich vor, das zu fragen. Aber irgendetwas in ihr sträubt sich dagegen, Luna etwas über Erik zu erzählen. Etwas Nettes. Wenn sie wirklich etwas Nettes hören will, dann kann Martje dem leider nicht nachkommen. Sorry.

Jetzt kann sie Luna durch den Hörer etwas verlegen lächeln hören.

»Er ist so vollkommen anders als die Männer, die ich sonst mag. Von denen gibt es nicht viele, müssen Sie wissen. Ach, mein Gott, das wird Sie gar nicht interessieren …«

»Doch, doch!«, beteuert Martje. Wieso fällt ihr jetzt wieder dieser zarte Flaum in Lunas Nacken ein? Die winzigen Haare, die nicht in die ohnehin zerfranste Hochsteckfrisur passten? Die mit Sicherheit samtige Haut? »Erzählen Sie ruhig! Wie sind diese seltenen Männer denn so?«

Wieder ein paar Sekunden Zögern. »Sie müssen weich sein«, beginnt Luna dann. »Und warmherzig. Gut aussehend natürlich. Aber das ist ja Gott sei Dank sehr subjektiv. Sie dürfen keine Charmebolzen sein, nicht solche Flirtkanonen, wissen Sie? Sollten natürlich sein. Einfach ehrlich. Gerade. Offen. Ich bin mir nur nicht sicher, inwiefern diese Adjektive auf Ihren Bruder zutreffen. Obwohl … dass er gut aussehend ist, das kann ja wohl niemand abstreiten.« Sie lacht. Das hat sie super gesagt. Martje könnte ihr nicht mal dann einen Vorwurf machen, wenn ihr Bruder und sie ein Herz und eine Seele wären.

»Warum machen Sie sich so viele Gedanken um Erik?«, wagt Martje vorsichtig zu fragen. Kann sie Luna sagen, dass sie auf dem richtigen Weg ist? Dass sie Erik bloß nicht trauen soll und erst recht nicht irgendetwas investieren soll. Weder Geld noch Gefühl?

Wäre das o.k., so etwas zu sagen, während sie selbst an Nackenhaare und über Buchrücken gleitende Fingerspitzen denkt?

Luna hat Gott sei Dank keine Ahnung von diesen Überlegungen.

»Na ja, da ist etwas an ihm, das einen für ihn einnimmt. Finden Sie nicht? Als würde es von einer höheren Macht gesteuert, die bestimmt, für wen sich Gefühle regen ... ach, du meine Güte, was ich für einen Unsinn rede! Bestimmt denken Sie jetzt, dass ich nicht alle Tassen im Schrank habe.«

»Überhaupt nicht!«, beteuert Martje, die das wirklich nicht denkt. »Ich hab so eine gewisse Ahnung, wie sich das anfühlen könnte, diese Sache mit der höheren Macht.«

»Wirklich?«

»Ja.«

»Das ist merkwürdig, denn Ihr Bruder hat gerade auch so etwas angedeutet.«

»Oh ...«

»Ja, er hat etwas gesagt in Richtung ›Wir sollten den Plänen der übergeordneten Macht nicht entgegenwirken‹ oder so ähnlich. Und dass wir doch alle wissen, wozu wir hier bestimmt sind.«

Martje hört ihr atemlos zu.

Er weiß es.

Verflixt.

»Haben Sie eine Ahnung, was er damit meinen könnte?«, fragt Luna.

Martje hat den Verdacht, dass Luna selbst eine Ahnung haben könnte.

›Die ist doch nicht blöd!‹, hatte Bärbel mit rollenden Augen gesagt. Und selbst Nicki hatte es nach kurzer Zeit durchschaut. Dass hier etwas nicht mit rechten Dingen zugeht.

»Allerdings«, sagt Martje. »Ich denke, ich weiß, was er meint. Aber das wäre jetzt kein gutes Thema für ein Telefonat. Ich finde, wir sollten uns treffen, um darüber in Ruhe zu reden. Darüber und über das Buch, nach dem ich heute morgen Ihren ganzen Laden durchkämmt habe. Wir haben Ihre Regale ganz schön auf den Kopf gestellt. Ich hoffe, wir haben die Bücher alle wieder richtig einsortiert.«

»Ach, und wenn nicht, macht das auch nichts. Ich fand es toll, dass mein Laden Schauplatz für eine richtige Jagd war. Auch wenn sie erfolglos war. Außerdem war es schön, Sie wieder zu sehen …«. Luna unterbricht sich selbst. Was eine Floskel hätte sein können, klingt aus ihrem Mund so ganz anders.

Ihre Worte wirken auf verwirrende Weise aufrichtig.

Martje blinzelt. Und sie kann den Versuch nicht lassen. »Wie wäre es Samstagabend?«, schlägt sie vor.

Luna zögert.

Sie sagt nicht gleich nein.

Obwohl sie doch gerade ihre Pläne für den besagten Abend festgelegt hat.

Martje wartet mit angehaltenem Atem.

»Montag wäre es für mich günstiger«, sagt Luna da.

Kein Wort von der Verabredung mit Martjes Bruder.

Wieso sagt sie es nicht?

Es wäre doch nichts Verwerfliches. Es wäre vielleicht sogar ein Grund, um amüsiert zu lachen. Aber sie sagt es nicht.

Und hoffentlich hat sie nicht die geringste Ahnung, dass Martje deutlich mitgehört hat.

»Gut, dann Montag. Ich könnte Sie am Laden abholen, wenn das in Ordnung wäre?!«

»Das wäre ganz sicher in Ordnung.«

»Prima.«

»Und Sie sind sicher, dass Sie jetzt nicht die allerkleinste Andeutung fallen lassen wollen, worum es geht? Bei diesem Buch oder auch bei dieser Übergeordnete-Macht-Geschichte?«

»Ganz sicher.«

»Schade. Ich bin ziemlich neugierig, müssen Sie wissen. Aber wenn man da jetzt absolut nichts machen kann, muss ich wohl einfach gespannt wie ein Flitzebogen warten. Dann wünsche ich Ihnen noch einen angenehmen Abend. Nach diesem Schrecken heute früh haben wir den wohl alle verdient, nicht?«

»Und wie!«, sagt Martje. »Ich wünsche Ihnen auch einen schönen Abend.« Es kommt ihr mit einem Mal absurd vor, Luna zu siezen. Luna.

Stille.

»Möchten Sie noch was sagen?«, fragt Luna, die Martjes Zögern richtig interpretiert hat.

»Heute im Laden …«, beginnt Martje und kommt sich total verrückt vor. Das kann sie doch nicht sagen.

»Ja?«

Aber jetzt kann sie nicht mehr zurück. »Ich habe so einen bestimmten Eindruck von Ihnen gewonnen. Und dazu passt irgendwie nicht, dass Sie in Schuhen in Ihrer Wohnung herumlaufen.«

Wieder Stille.

Dann Lunas Stimme. Seltsam berührt. »Sie haben Recht«, sagt sie leise. »Ich trage sonst nie Schuhe, wenn ich zu Hause bin. Heute war ich so aufgedreht, dass ich vergessen haben muss, sie auszuziehen.«

Martje hört ein Klacken, wie wenn ein Schuh ausgezogen und achtlos auf den Boden fallen gelassen wird. Dann noch einmal das selbe Geräusch. Luna atmet tief ein und wieder aus.

»Das tut gut.«

»Und es schont Ihr Parkett«, lächelt Martje. Erleichtert über dieses Seufzen.

»Holzdielen«, sagt Luna.

»Bitte?«

»Es sind Holzdielen.«

Nachdem sie aufgelegt hat, starrt Martje einen Augenblick lang auf das Telefon. Dann greift sie erneut nach dem Hörer und drückt die Kurzwahltaste 1.

»Hallo?!«, flötet es durch die Leitung.

»Du kannst die Balzstimme runterfahren. Ich bin es.«

»Menno! Heute läuft aber auch gar nichts nach Plan«, mault Bärbel.

Im Hintergrund knurrt Jupp. »Schnauze!«, sagt Bärbel gelassen zu ihm und dann zu Martje: »Gibt's was Neues?«

»Und ob! Ich hab grad mit Luna Jamp telefoniert!«

»Nein! Im Ernst? Hast du ihr gesagt, was hier abgeht?«

»Noch nicht. Aber wir sind verabredet. Und ich glaube, sie hat so eine Ahnung.«

Martje erzählt ihr ausführlich von dem gerade stattgefundenen Gespräch.

Als sie geendet hat, schnaubt Bärbel einmal in den Hörer. »Und da überlegst du noch, was jetzt zu tun ist? Du musst dein Bruderherzchen aus dem Rennen schmeißen. Sonst verschwindet Luna im von IHR arrangierten Ehehafen, ehe sie begreifen kann, dass du mindestens genauso hübsch bist wie der ältere Ableger eurer Eltern.«

»Ach, Bärbel, darum geht's doch gar nicht!«, erwidert Martje widerstrebend.

»Klar geht's darum!«, poltert Bärbel. »Das ist definitiv das Wichtigste an dieser ganzen Geschichte, glaub mir!«

Na, das ist ja wunderbar! Martje ist pikiert: »Ach, darum geht's. Du denkst nur daran, dass wir Diedadraußen bei Laune halten müssen ...«

»Unsinn!«, unterbricht Bärbel sie. »Lass dir das von einer gesagt sein, die Ahnung auf diesem Gebiet hat: Egal welche und egal wessen Pläne im Leben nicht so laufen wie gedacht: Das Maßgebliche ist die Liebe!«

Einen Augenblick muss Martje schlucken.

Dann fällt ihr auf, dass ihre Freundin heute Abend doch etwas anderes als Telefonieren vor hatte.

»Apropos: Wo steckt eigentlich dein scharfer Kurt?«, erkundigt sie sich.

»Ach, frag nicht!«, sagt Bärbel, betont unbekümmert.

»Männer gibt es Gott sei Dank wie Sand am Meer. Lunas nicht.«

Auf diese Argumentation weiß Martje nichts zu erwidern.

»Aber was soll ich machen? Wie soll ich jetzt vorgehen?«

»Vorgehen?«, raunzt Bärbel. »Du sollst nicht ›vorgehen‹. Du sollst dich ranschmeißen! Versau ihm die ganze Sache! Boote ihn aus! Zeig Luna, wen sie vor sich hat!«

»Aber wie?«

Bärbel schnalzt mit der Zunge. Das tut sie immer, wenn sie nachdenkt und kurz vor einem Ergebnis steht.

»Ganz einfach«, sagt sie dann. »Du beginnst mit dem ersten Schritt.«

»Und der wäre?«

»Du tauchst am Samstag bei dem Date auf!«, sagt Bärbel.

Gudrun Seewald geht gemessenen Schrittes nach Hause. Sie hat es nicht weit.

Ihre Wohnung liegt nur ein paar Straßen von der Firma entfernt.

Das hat sie extra so eingerichtet.

Früher hatte sie eine hübsche Altbauwohnung außerhalb der Stadt. Sie musste jeden Morgen und jeden Abend etwa eine halbe Stunde mit dem Auto fahren. Doch das hatte ihr nichts ausgemacht. Die Ruhe und Entspannung, die im Grünen auf sie wartete, hatte sie weit entschädigt für den täglichen Weg.

Doch als Erik und sie dieses Wasauchimmer miteinander anfingen, war die lange Strecke plötzlich sehr hinderlich gewesen. Ein paarmal war es nicht zu einem abendlichen Treffen gekommen, weil Erik die halbe Stunde Fahrt auf keinen Fall in seinen engen Terminplan integrieren konnte. Also hatte Gudrun diese Dachgeschosswohnung gemietet, die nur fünf Minuten Fußweg von der Firma entfernt liegt.

Sicher. Die Wohnung ist ganz gemütlich. Natürlich fühlt sie sich auch hier wohl.

Doch schon im Treppenhaus erwarten sie Erinnerungen. Wie er den Arm um ihre Taille legt und sie nebeneinander die vielen Stufen hinaufsteigen. Es war ihr vorgekommen wie ein gemeinsamer Gang in den Himmel.

An der Wohnungstür hatte er den Schlüssel aus ihrer Hand genommen, sie noch einmal verheißungsvoll angesehen mit seinen leuchtend blauen Augen. Ihr war schwach geworden. Sie war schwach geworden. Immer wieder. Wenn er sie so angesehen hatte.

Ihr Anrufbeantworter blinkt.

Sie geht an dem Gerät vorbei in die Küche. Wahrscheinlich ist es ihre Schwester oder eine Freundin oder sogar ihre Mutter.

Und sie alle würden ihr heute Abend das gleiche sagen: ›*Hab ich es dir nicht gleich gesagt?!*‹

Ja, ja, ja, sie haben alle Recht gehabt.

Jetzt haben sie tatsächlich und wirklich Recht behalten mit dem, was sie stets geweissagt haben, und was Gudrun selbst nicht hatte wahrhaben wollen: Sie ist ... nein, sie war für ihn nichts weiter als eine angenehme kleine Affäre. Ein Kick fürs Bett, der außerdem auch noch so bequem nah an der Firma sein Nestchen gebaut hat.

Gudrun stellt ihre Aktentasche auf den einen Küchenstuhl und lässt sich auf den anderen sinken.

Hier auf dem Küchentisch haben sie erst letzte Woche noch... Sie schüttelt den Kopf, um sich den Gedanken zu verbieten.

Irgendwie hat sie es gleich gewusst.

Sie wusste, dass etwas mit dieser Frau ist, als sie die beiden zusammen durchs Foyer gehen sah.

Dabei ist die gar nichts besonderes gewesen.

Klein. Mit zerzauster Frisur. Mühsam in einem offensichtlich von der Stange gekauften Hosenanzug geschäftlich präsentiert. Brille. Er hasst Brillen. Sie selbst trägt Gott sei Dank schon immer Linsen. Gott sei Dank? Was nutzt ihr das jetzt noch? Er hat sie vor vollendete Tatsachen gestellt.

Ohne dass sie eine Möglichkeit gehabt hätte, seine Entscheidung rückgängig zu machen. Kühl und distanziert ist er gewesen. Ohne jedes Gefühl zu ihr. Ohne sich bewegen zu lassen von ihren Bitten, ihren Tränen, ihrer Wut.

Aus.

Sie öffnet die Aktentasche, nimmt die Bögen kopierten Papiers heraus und betrachtet sie.

Das ist nicht ihr Fach.

Ihr Gebiet sind eher die kleinen Fische. Privathypotheken und kleinere Kredite.

Diese Zahlen sprechen von einer Kategorie, die weit über ihr gewohntes Arbeitsfeld hinausgeht.

Doch dann springt ihr der Name ins Auge.

Jamp Electronics.

Plötzlich ist Gudrun nicht mehr hier, in ihrer Küche, sondern drüben im Schlafzimmer, vor zwei oder drei Wochen, spät abends, nackt auf ihrem Bett.

Erik lag wie ein schnurrender Kater zwischen ihren Beinen und kitzelte sie in den Kniekehlen.

»Nächste Woche läuft der Vertrag mit Jamp aus, hab ich dir das schon gesagt?«, hatte er gemurmelt und mit seiner Zunge kleine Attacken auf ihre zarte Haut gestartet.

»Und?«, hatte sie schlicht geantwortet, denn sie kannte ihn so gut, dass sie wusste, wann er eine wirkliche Erwiderung hören wollte und wann er lediglich ein Zeichen ihres Interesses erwartete.

»Ein Millionengeschäft«, hatte er versonnen gesagt. »Eine unglaubliche Chance. Dadurch bringen wir die Firma ganz weit nach vorn. Ganz hoch an den Markt. Und mich endlich aus meinem kleinen Miet-Reihenhäuschen raus. Ich habe nämlich den Fisch an den Haken geholt. Das heißt, mein Gewinn wird ... beträchtlich sein. Endlich kann ich mal an was anderes denken als nur daran, meine Anteile an der Firma zu sichern. Das ist pures, reines Geld. Merk dir also den Namen.«

»Jamp«, hatte sie wiederholt. Jetzt kommt es ihr absurd vor, dass sie damals den Namen so in der Kehle gerollt hatte. »Vielleicht sollte ich mir den Firmenchef mal anschauen? Wenn er derart viel Geld macht, kann er ja nur interessant sein …«

Erik hatte sich in gespielter Eifersucht auf sie gestürzt und sie hatten sich lachend übers Bett gewälzt, um sich dann noch einmal zu lieben.

Sich zu lieben?

Gudrun steht abrupt auf und geht in der Küche auf und ab.

Normalerweise verstehen die Kreikmann und sie sich nicht besonders. Die Alte kann Erik nicht leiden. Sie beschwert sich nie über ihn und lässt nie ein mieses Wort über ihn fallen. Aber trotzdem wissen es alle.

Dass Erik und sie selbst ein Verhältnis haben … hatten, das kann sie nicht wissen. Aber trotzdem. Gudrun wird das Gefühl nicht los, dass die Vorsicht, die die Kreikmann ihr offensichtlich entgegenbringt, mit dieser Beziehung … Affäre zusammenhängt.

Als Gudrun heute aus dem Konferenzzimmer kam und sich mit roten Augen rasch durch den Gang zu den Toiletten drücken wollte, waren sie sich genau in die Arme gelaufen.

Die Kreikmann hatte sie angesehen. Gestutzt. Ihr Blick hatte sich verändert, war mitfühlend geworden, so war es Gudrun vorgekommen.

Vielleicht hatte sie es deswegen später erwähnt, wie die Frau hieß, die morgens bei Erik gewesen war.

Wie gehören diese Puzzle-Teile zueinander?

Gudrun schaut auf die Blätter vor ihr, die endlosen Zahlenreihen und Berechnungen. Es war eine Eingebung gewesen. Kein Kalkül. Es war ihr aufgefallen, dass er beim Reinkommen, völlig durchweicht, dieselbe Aktentasche unter dem Arm trug, die vorher diese Frau Jamp dabei hatte.

Und als er sie im Konferenzraum hatte liegen lassen, war sie rasch zum Kopierer hinüber gegangen und hatte die Blätter einmal durchgezogen. Niemand hatte es bemerkt.

Und sie konnte später Erik ansehen, wie erleichtert er war, dass sie die Sachen an sich genommen hatte.

Aber da hatte sie noch keine Ahnung gehabt, dass diese Blätter vielleicht etwas mit dem Streit zu tun haben könnten, den Erik heute morgen offenbar mit Gerd gehabt hatte. Und erst recht hatte sie keinen Zusammenhang vermutet mit den neuen millionenschweren Verträgen, über die in der ganzen Firma hinter vorgehaltener Hand gemunkelt wird.

Gudrun schiebt die Zunge zwischen die Zähne, wie sie es häufig tut, wenn sie konzentriert mit Zahlen arbeitet, und beugt sich über die Papiere.

Martje

Ich fürchte, wir sind nun aneinander gebunden.

Wir haben es beide ernsthaft und mit gutem Gewissen versucht.

Ich habe Sie gebeten, es rückgängig zu machen und Erik tauchte tatsächlich wieder auf. Aber dann ...

Haben Sie sich vielleicht einmal zu oft gefragt, wo denn um Himmels Willen jetzt diese Martje plötzlich hin ist?

War Erik Ihnen zu gefühlskalt? Oder Luna zu unentschlossen?

Wer weiß hinterher schon noch genau, wie es geschah? Jedenfalls bin ich wieder da. Wieder hier. Im soundsovielten Kapitel, in das ich eigentlich nicht reingehöre.

Und mittlerweile ist es mir gar nicht mehr so zuwider.

Denn immerhin ist da Luna.

Ich kann Ihr Unbehagen fühlen.

Sie haben sich auf eine Liebesgeschichte zwischen einem Mann und einer Frau eingestellt, und nun sind Sie überraschend für uns alle mir begegnet. Mehr begegnet als von IHR geplant war.

Wenn Sie sich jetzt ärgern, wird es vielleicht ein kleiner Trost sein, dass IHR Ärger mit Sicherheit grenzenlos sein wird.

Schließlich hatte SIE eben noch vor, einen Bestseller-Roman nach IHRER bewährten Methode zu schreiben. Ein Liebesroman sollte es werden. Genau so eine Geschichte, wie sie IHR die zwanzig Male vorher schon regelrecht aus den Händen gerissen wurde, begleitet vom beißenden Spott der Literaturkritiker, jedoch – ihnen trotzend – gekrönt von reißendem Absatz.

Eine Geschichte mit einer männlichen Hauptfigur, die sich durch den Einfluss der zauberhaften Begegnung mit einer wunderbaren Frau vom Ekelpaket zum Weichei wandelt.

Aber es muss doch jedem klar sein, dass ein Großkotz wie Erik sich nie – niemals! – ändern wird! Und schon gar nicht, wenn er trotz seines egozentrischen Gehabes eine so kluge Frau wie Luna ergattern kann.

Das Prinzip ist doch wohl bekannt: Wird ein bestimmtes Verhalten positiv bestätigt, indem es von Erfolg gekrönt ist, wird es ebenso wiederholt. Was für einen Anreiz hätte Erik denn, sich zu verändern? Ein besser Mensch zu werden? Ich bitte Sie!

Aber zu diesem Dilemma, dass SIE *nicht ihre übliche Schiene fahren kann, kommt ja noch folgendes hinzu: Denn sehen Sie, meine bloße Anwesenheit auf diesen Seiten ist für* SIE *schon kompromittierend. Es ist diese eine Tatsache, die mein Hiersein zu einem pikanten Punkt macht: Ich stehe auf Frauen.*

Nun bin ich nicht dieser Typ, der es jedem und jeder auf die Nase binden muss, mit wem sie ins Bett geht.

Deshalb wissen auch nur wenige Menschen von mir, was Sie wahrscheinlich schon ab dem dritten Kapitel ahnten.

Nein, Erik weiß es ganz sicher nicht. Ich glaube, er vermutet heimlich, dass ich immer wieder an die falschen Typen gerate, Loser eben, denen ich aus der Gosse helfe und die mich dann wieder sitzen lassen, knapp vor dem Termin, zu dem ich sie meiner Familie vorstellen wollte. Meine Mutter weiß auch nicht Bescheid. Ja, sicher ist das traurig. Aber.

Ich hatte nicht die Gelegenheit dazu, verstehen Sie?

Meine lesbische Identität ist etwas, das unter normalen Umständen hier nicht einmal erwähnt worden wäre. Das war nur etwas, was SIE *im Kopf hatte, nicht einmal auf dem Löschblatt, sondern nur im Kopf. Und fragen Sie mich nicht, wieso* SIE *sich überhaupt Gedanken um meine sexuelle Identität gemacht hat, wo die doch keine Rolle spielen wird.* IHRE *Wege sind eben unergründlich.*

Tatsache ist, dass ich mich angezogen fühle.
Von Luna.

Weiterhin Tatsache ist, dass sie mir nicht mehr aus dem Kopf geht.

Ihr Blick über die Schulter. Ihr Lächeln. Diese zarte Rundung ihres Kinns. Und wie sie sich mit den kräftigen Fingern einmal kurz an die Nase fasst, als müsse sie überlegen.

Ich habe mich schon lange nicht mehr derart fasziniert gefühlt.

Sie ahnen Schlimmes?

Wissen Sie was? Das ist mir egal!

FÜNFTES KAPITEL

>»Night and day, you are the one
only you beneath the moon and under the sun«
Night and day
Fred Astaire

»Martje, du musst rüberkommen! Heute noch! Die Mädels rennen mir hier die Bude ein und ich kann ihnen nichts sagen zu dieser Sache ... du weißt schon. Nicki meint, du weißt alles darüber. Also drück dich bloß nicht! Wir sehen uns.«

Die Stimme auf dem AB hatte hysterisch geklungen. Ute-Karen, die hier in der Stadt das ›Patricia & Sharon‹, eine kleine Lesbenbar, führt.

Schon die Tage vorher hatten Martje ein paar Anrufe diverser Bekannter erreicht, bezüglich des Gerüchtes, das von Mund zu Mund ging.

Sie hatte nie zurückgerufen.

Aber einer so eindringlichen Aufforderung von Ute-Karen hatte sie jetzt einfach nachkommen müssen.

Und das hat nichts, aber auch gar nichts damit zu tun, dass die Bar in einer der beliebtesten Ausgehstraßen der Stadt dem Restaurant ›Zylon‹ schräg gegenüber liegt.

Nein, es ist eher so, dass das ›P & S‹ sozusagen Martjes zweites Zuhause ist. Nicht nur, dass sie hier ihre ersten holprigen Flirtversuche gemacht und den folgenden ersten heftigen Liebeskummer ertränkt hat. Nein, hier hat Martje außerdem ihre Liebe zur swingigen und jazzigen Musik der vierziger und fünfziger Jahre gefasst. Das ›P & S‹ ist also wahrscheinlich neben dem ›Dean Martins Hundesalon für gut gelaunte Vierbeiner‹ die einzige Institution in Deutschland, in der man diesen Gute-Laune-Melodien noch lauschen kann. Nein, stopp! Martje muss lächeln. Sie hat die Buchhandlung ›Bücher von Woolfs‹ vergessen.

Ute-Karen also, die Betreiberin des ›P & S‹, bietet sich als eine Art Ersatzmutter für alle jene an, die irgendwo in dieser Welt des Lesbendaseins ein wenig Halt suchen. Und wenn ihre Küken in Unruhe geraten, kann sie das nicht gut ertragen.

Um Ute-Karen einen Gefallen zu tun, um all die aufgeregten Frauen zu beruhigen – weiß der Kuckuck, wie sie das machen will – ist sie hier. Wegen nichts Anderem.

Martje holt tief Luft und drückt die Eingangstür auf.

Im frauhohen Spiegel direkt gegenüber kann sie sich selbst sehen: Mit erhitztem Gesicht, aus dem heraus ihre Wangen strahlen und die blauen Augen leuchten. In festen Schuhen und kurzer, mit vielen Taschen bewehrter Hose. Das T-Shirt knapp überm Bund. Die hellblonden Haare von Sonnenblumenspangen zurückgehalten.

Neben dem Spiegel hängt die riesige Wanduhr.

Es ist Viertel vor acht.

Für einen Samstagabend ist schon mächtig viel los.

Martje schlängelt sich durch die zwischen den Tischen herumstehenden Frauen vor zur Theke. Später, in zwei bis drei Stunden wird solch ein Gang nur noch durch energisches Schieben möglich sein. Aber dann wird Martje längst wieder zu Hause sein.

Seit neulich, seit diesem Gewitter, diesem Blitz und allem, was dem folgte, hat sie kein Bedürfnis nach Szene.

All diese kleinen Spiele, die Intrigen, Freund- und Liebschaften, die sie die letzten Jahre fast pausenlos begleitet haben, erscheinen ihr seit dieser merkwürdigen Sache mit einem Male so überflüssig.

Heute Abend wird sie wahrscheinlich einer Menge bekannter Gesichter begegnen. Und dann wieder heimgehen.

Eine Menge bekannter Gesichter, ja, aber mit diesem hier hat sie nicht gerechnet.

»Was machst du denn hier?«, entfährt es ihr.

»Das ist jetzt schon das zweite Mal in diesem Buch, das du das zu mir sagst!«, kommentiert Bärbel mit geschürzten Lippen. Sie lehnt in einer weit ausgeschnittenen Bluse an der Theke. Vor ihr ein ellenhohes Glas, in dem es türkisfarben schimmert. »Ich dachte, ich komm einfach mal vorbei und schau mir diesen netten Laden an, von dem du schon so oft erzählt hast.«

Martje beäugt sie misstrauisch.

»Hat dein plötzliches Interesse an dieser Örtlichkeit rein zufällig etwas damit zu tun, dass das ›Zylon‹ gegenüber liegt und dass es Samstagabend kurz vor acht ist?«

Demonstrativ fliegt Bärbels Kopf herum und sie starrt einen Moment aus dem großen Schaufenster über die Straße.

»Oh!«, macht sie dann, scheinbar überrascht. »Stimmt ja! Da ist es!«

»Bärbel«, beginnt Martje drohend. »Ich warne dich. Wenn du hier irgendetwas starten willst, werd ich echt sauer. Ich hab dir gesagt, dass es für mich überhaupt nicht in Frage kommt, mich bei Erik und Luna einzumischen. Erik kann so ein Blödmann sein wie er will. Privatsphäre ist Privatsphäre und ich werde auf keinen Fall …«

»Martje!«

Hinter der Theke erscheint ein wohlbekanntes, sonnengebräuntes und von vielen feinen Falten durchzogenes Gesicht.

Ute-Karen, wie immer angetan mit lilafarbenem Haarband, lilafarbenem Schlabbertshirt und einer bunten, weiten Patchwork-Hose.

In die Freude über das Treffen, die aus ihren Augen strahlt, mischt sich auch Besorgnis.

»Wie geht es dir, meine Liebe? Du weißt ja, dass ich nichts von Klatsch wissen will. Das ist wirklich nichts, was eine echte Feministin interessiert. Dazu gibt es einfach viel zu viele frauenbewegende Themen in der Welt. Zum Bei-

107

spiel in Afghanistan oder im Irak. Aber es kursieren ja die wildesten Gerüchte …«

»Oh, mir geht's gut. Kein Grund zur Sorge, wirklich nicht«, beteuert Martje.

Bärbel neben ihr schmollt: »Ich würde nichts unternehmen, was ich nicht vorher mit dir abgesprochen habe. Ich dachte nur, es wäre ganz günstig hier zu sein, falls du es dir doch anders überlegen und tatsächlich hier auftauchen solltest.«

»Dass ich hier bin, hat überhaupt gar nichts mit Erik und Luna zu tun«, erwidert Martje knapp und wendet sich wieder Ute-Karen zu.

Die sieht verwirrt von Martje zu Bärbel, wo ihr Blick kurz am magnetisch wirkenden Ausschnitt hängen bleibt.

»Ist Luna eine von dieser neuen Bewegung, die die Mondinnen-Horoskope berechnen?«, will sie vorsichtig wissen.

Martje macht an Bärbel gewandt eine Geste, die so viel sagt wie: ›Siehst du, jetzt habe wir den Salat!‹

»Du wolltest mich unbedingt sprechen. Also bin ich hier. Und ich kann mir auch schon denken, worum es geht«, sagt sie zu Ute-Karen.

Die wischt sich die mit Spülwasser benetzten Hände an der bunten Hose ab und seufzt. »Ach, sicher kannst du es dir denken. Deine liebe Nicki. Die Nicki ist ziemlich verwirrt, glaube ich. Ich hab ja immer gesagt, sie hätte sich damals nicht von dir trennen sollen. Seitdem ist sie so … zerrissen. Ich weiß, sie braucht ihr feministisches Zuhause, ihren Raum zur Meditation und Besinnung. Aber diese andere Seite wohnt auch noch in ihr. Und ich vermute mal, da hat es jetzt einfach geknallt. Sie hat alle hier verrückt gemacht mit ihrer Story. Angeblich ist sie im dritten Kapitel aufgetaucht. Dabei weiß doch jede, dass sie da wirklich nicht hingehört. Die Frauen sind alle ganz aus dem Häuschen. Sie haben Angst, dass ihnen so was auch passiert. Ich meine, stell dir das mal vor: Einfach aufzutauchen in einem sexistischen Buch, das sich an eine heterosexuelle Zielgrup-

108

pe richtet, in dem es weder Migrantinnen noch politisch
korrekte Sprache gibt. Aber wem sag ich das? Du bist es
gewohnt und abgehärtet. Aber die anderen hier, meine Gäs-
tinnen, weißt du, und die Frauen aus dem Wohnprojekt, die
machen sich alle furchtbare Sorgen. Und ich kann ihnen
nichts, aber auch gar nichts dazu sagen. Du musst sie beruhigen.«

Ute-Karen sieht Martje mit großen Augen auffordernd
an.

Jetzt ist der Moment gekommen, an dem Martje auf ihre
wohl ausgefeilte Strategie der Beruhigung zurückgreifen
müsste. Eine wunderbare, wenn auch erlogene, Erklärung
für all die Sonderbarkeiten, welche allen betroffenen Frauen
– auch denen aus dem Wohnprojekt – einleuchtet, sie wieder in geruhsame Bahnen zurückkehren lässt und Martje die
Möglichkeit gibt, allein und ohne eine Schar beunruhigter
Ur-Feministinnen herauszufinden, was geschieht.

»Martje? Ich fände es wirklich angebracht, wenn du jetzt
etwas dazu sagen könntest. Mit etwas anderem könnte ich
jetzt wirklich nur schwer umgehen«, bemerkt Ute-Karen.

»Um ehrlich zu sein: Ich kann euch nicht beruhigen«,
sagt Martje, während sie deutlich Bärbels ungläubigen Blick
wahrnimmt. »Ich weiß selbst nicht, was hier los ist.«

»Ach, ne!«, mault Bärbel, bevor Ute-Karen etwas sagen
kann. »Ich bekomme einen Anschiss weil ich eine kleine
Andeutung fallen lasse vor einer, die sowieso schon von
selbst drauf gekommen ist. Du darfst aber …«

»Dank deiner kleinen Andeutung«, unterbricht Martje
sie, ärgerlich darüber, keine ausgefeilte Strategie für die
staunende Ute-Karen parat zu haben, »weiß sowieso schon
die ganze Szene Bescheid. Hab ich dir doch gesagt, dass
Nicki rumlaufen und es allen auf die Nase binden wird.«

»Trotzdem finde ich …«

»Kann ich endlich mal erfahren, was passiert ist?«, fragt
Ute-Karen gänzlich ohne sisterhoodgeprägte Freundlichkeit
dazwischen.

109

Martje und Bärbel sehen sich an. Bärbel zuckt die Achseln. Kurz und knapp erzählt Martje, was geschehen ist.

Ute-Karen macht dabei ein Gesicht, das besagt, dass sie schon sehr viel in ihrem Leben erlebt hat und nicht bereit ist, über solch einen Unsinn mehr als notwendig Nerven zu verlieren.

Am Ende seufzt Martje: »Abend für Abend hänge ich jetzt im Internet und surfe in der ganzen Welt herum, um dieses verflixte Buch ausfindig zu machen. Wohlgemerkt ohne zu wissen, ob es uns überhaupt weiterhelfen könnte.«

»Und?«, hakt Ute-Karen mit politisch korrekt hochgezogenen Brauen nach.

»Nichts! Ich finde nicht mal einen Hinweis darauf, dass es so ein Buch gibt. Geschweige denn wie es heißt, wer es geschrieben hat, wann es erschienen ist oder ob überhaupt noch ein Exemplar davon existiert ...«

»Hast du es schon mal über das autonome Frauen- und Lesbennetzwerk ›Alleswasihrwollt‹ versucht?«, fragt Ute-Karen. »Die Mitfrauen da sind sehr engagiert und gesprächsbereit.«

»Pillepalle!«, meint Bärbel. »Wenn Vladimir es nicht finden kann, dann können die das auch nicht. Außerdem finde ich nach wie vor, dass wir Luna Jamp davon hätten erzählen sollen. Die hat was auf dem Kasten. Ich wette, sie weiß zumindest von diesem Buch.«

»Luna Jamp?«, wiederholt Ute-Karen. »Die habt ihr grad schon mal erwähnt, nicht? Ich glaube, ich kenne sie nicht, oder?«

»Sie ist nicht lesbisch«, klärt Martje auf.

»Ach so.«

»Aber sie ist eine der Hauptfiguren in dem Roman, in dem jetzt auch du vorkommst.«

Ute-Karen hebt die Hände. »Ich reiße mich nicht darum, hier öffentlich zu erscheinen. Das nun wirklich nicht! Ich bin echt nicht wild darauf, in so einem Buch zu erscheinen und nicht mal in der Hand zu haben, wie die Handlung so

110

weiterlaufen wird ...« An diese Stelle bricht sie ab. In ihrer Miene erscheint ein Ausdruck, den Martje bisher nur selten bei ihr gesehen hat. In etwa so etwas wie Berechnung.

Ute-Karen greift nach Martjes Hand und spricht so leise weiter, dass Martje und Bärbel unwillkürlich näher zu ihr und zu einander rücken. »Martje, wer weiß, ob du uns nicht durch dein Schicksal einen unglaublichen Joker in die Hand gespielt hast?«

Martje schaut verdutzt.

»Auch wenn du gar nicht weißt, wie du das gemacht hast. Aber vielleicht sollte das alles so kommen. Irmhild hat doch Anfang des Jahres für uns alle hier die Horoskope berechnet. Und dabei kam eine verwirrende Übereinstimmung im August heraus. Sie konnte sich das nicht erklären. Aber es war so. Der August sollte ein Monat werden, in dem wir alle die Möglichkeit bekommen, endlich das umzusetzen, was wir schon immer mal tun wollten. Stell dir vor, was das bedeuten könnte ... Frauenräume überall! Einkaufszentren nur für Frauen. Fußballplätze für Frauen. Kunst und Kultur von und für Frauen. Kindergartenplätze ohne Ende. Ach, was sag ich! Babys am Arbeitsplatz! Bald sind ja auch Wahlen. Endlich käme die Frauenpartei über fünf Prozent. Ja vielleicht sogar über fünfzig, denn schließlich machen wir Frauen statistisch gesehen einen leicht höheren Anteil an der Weltbevölkerung aus. Durch dein Schicksal, Martje, sind die Karten plötzlich neu gemischt! Wir könnten sie für uns nutzen. Das würde die Frauenbewegung wieder unglaublich nach vorn bringen!« Ute-Karens Wangen beginnen zu glühen.

»Frauenbewegung?«, wiederholt Bärbel verblüfft. »Ich dachte, die sei längst gestorben. Zusammen mit Alice Schwarzer.«

»Alice Schwarzer ist doch nicht tot«, sagt Ute-Karen empört.

»Ach?«, macht Bärbel. Nur um sich im nächsten Augenblick ein wenig den Hals zu verrenken bei dem Versuch, einen guten Überblick über die Straße draußen zu haben. »Guck mal, wer da ist!«

Martje ist darauf vorbereitet. Sie weiß, dass es acht Uhr ist, dass schräg gegenüber das ›Zylon‹ liegt, dass dort eine Verabredung stattfindet.

Trotzdem trifft sie der Anblick in die Magenkuhle. Peng.

Vielleicht, weil sie so lässig aussieht.

Sie trägt Jeans, helle Turnschuhe und über einem weißen Top eine rote Jacke, die wie eine Rettungsweste in Seenot leuchtet.

Martje wendet den Blick wieder ab.

Aus irgendeinem Grund befürchtet sie plötzlich, dass Luna sich umschauen könnte. Hindurchschauen durch die große Fensterscheibe des ›P & S‹. Hineinschauen. Hinwegschauen über all die anderen Köpfe, an all den anderen Gesichtern vorbei, direkt zu ihr her.

Dabei ist das doch Unsinn.

Luna hat eine Verabredung und wird wahrscheinlich die Straße auf und ab sehen und nicht in eine nahe gelegene Lesbenbar spähen. Und schon gar nicht wird sie in der Lage sein, in diesem Gewühl zielstrebig Martje zu erblicken.

Also riskiert Martje es erneut.

Luna steht dort.

Gerade und aufrecht.

Angespannt.

Als fürchte sie sich ein wenig vor der Begegnung, dem ersten Moment, in dem sie ihm gegenüber treten wird.

Ihre Daumen hat sie in den Hosentaschen der Jeans vergraben. Über ihrer Schulter baumelt eine Ledertasche, die ihr bei jeder Drehung nach links oder rechts herunter zu rutschen droht und die sie dann mit einem Achselhochrucken an Ort und Stelle zurück befördert.

»Ute-Karen!«, ruft eine genervte Stimme aus dem Hintergrund.

»Ich muss wieder in die Küche«, sagt die, mit immer noch leuchtenden Augen, die durch Martje hindurch starren.

»Bleib doch bis Ladenschluss. Dann können wir uns weiter unterhalten. Ich hätte da schon die eine oder andere Idee …«

Mit einem kräftigen Griff an Martjes Arm, der besagen soll, dass sie beide dieses ungeheuerliche Kind schon schaukeln werden, und einem knappen Nicken in Richtung Bärbel verschwindet Ute-Karen wieder.

Martje glotzt, sie könnte es nicht anders bezeichnen, raus auf die Straße.

»Was macht sie denn da?«, murmelt sie schließlich, in Betrachtung der herumstehenden Luna versunken.

»Sie wartet«, erklärt Bärbel.

Doch in diesem Augenblick kommt Bewegung in Luna. Sie dreht sich herum und verschwindet im Restaurant hinter ihr.

Jetzt ist es quasi zu spät.

Aber das war es vorher im Grund doch auch schon.

In dem Augenblick, in dem Luna der Verabredung mit Erik zugesagt hat.

In dem Moment, in dem sie bereit war die geschäftliche Verbindung zu einer privaten werden zu lassen, war doch alles seinen vorherbestimmten Gang gegangen.

Martje wendet sich ab und bestellt bei der Barfrau noch eine weitere Cola. Yvette, die Barfrau, versucht mal wieder einen tiefen Blick. Sie würde gerne bei Martje landen und testet immer mal wieder, ob sich ihre Chancen nicht doch erhöht haben. Aber Martje hat gerade so gar keinen Sinn dafür. Sie zieht nur eine Grimasse und lächelt müde.

»Da ist sie ja schon wieder«, sagt Bärbel da überraschend.

Martje wirbelt auf ihrem Barhocker herum.

Tatsächlich!

Da steht Luna erneut vor dem ›Zylon‹ und schaut suchend die Straße auf und ab.

Sie hebt den Arm und sieht auf ihre Uhr.

»Offenbar ist Erik auch drinnen nicht zu finden. Er scheint nicht zu kommen«, meint Bärbel schadenfroh.

»Unmöglich!«, sagt Martje und nippt an ihrem Glas. »Erik erscheint immer zu Verabredungen. Und er kommt auch nie zu spät.«

Bärbel schnalzt selbstgefällig mit der Zunge. »Letzteres kann ich schon mal nicht bestätigen. Es ist zehn nach acht.«

Gespannt verfolgen sie beide weiterhin, wie Luna vor dem Restaurant offenbar langsam an die Belastbarkeitsgrenzen ihrer Nerven gerät.

Sie hält in den kommenden, weiteren zehn Minuten zwei Passantinnen an – beide steuern aufs ›P & S‹ zu –, um sie nach der Uhrzeit zu fragen. Wahrscheinlich traut sie ihrer eigenen Armbanduhr nicht. Sie kann es da draußen genauso wenig glauben wie Martje hier drinnen: Erik taucht nicht auf!

»Mach schon, Martje, geh raus! Lad sie ein, sich zu uns zu setzen!«, schlägt Bärbel da plötzlich vor.

»Das werde ich auf keinen Fall tun!«

»Wieso nicht?«

»Weil … weil es für sie so aussehen könnte wie ein abgekartetes Spiel. Es … könnte ihr peinlich sein. Schließlich hat sie mir von sich aus ja auch nichts von der Verabredung zwischen ihr und meinem Bruder erzählt. Es wäre einfach nur kompromittierend und ich könnte ihr zu unserem Treffen am Montag nicht mehr in die Augen sehen …«

Martje fallen noch ein paar andere, wichtige Argumente ein, aus denen es absolut unmöglich ist, jetzt zu Luna hinaus zu gehen. Doch Bärbels Gesicht zeigt plötzlich solch eine faszinierende Mischung aus Überraschung und Ärger, dass Martje nicht weiterspricht.

Stattdessen hört sie Bärbel wie von fern: »Das kann doch jetzt nicht wahr sein!« sagen.

Draußen ist soeben eine junge Frau an Luna vorbeigegangen, hat sie intensiv gemustert, gestutzt, ist wieder zurück zu ihr gegangen. Jetzt gerade sprechen sie miteinander. Recht heiter und entspannt. Und, wie es scheint, erfreut über das Wiedersehen.

Die junge Frau ist Nicki.

»Mist!«, flucht Bärbel leise. »Die hat grad noch gefehlt!«

Nicki redet draußen gestenreich auf Luna ein und deutet aufs ›P & S‹.

Luna lacht, folgt der Geste mit dem Blick (Martje duckt sich rasch hinter Bärbel) und schüttelt verlegen den Kopf.

Doch Nicki lässt nicht locker.

Martje, die an Bärbels Schulter vorbei späht, kennt dieses Lächeln, das Nicki nun aufsetzt. Sie kennt es gut.

Plötzlich.

Die Erinnerung an viele Situationen, in denen genau dieses Lächeln ihr gegolten hat.

Ein kurzer, ruckartiger Stich an dieser Stelle, wo die beiden Rippenbögen unterhalb der Brust zusammenlaufen.

Die Verwunderung über diesen kleinen, aber heftigen Schmerz fällt genau zusammen mit Lunas zustimmendem Nicken.

Nicki und Luna setzen sich gemeinsam in Bewegung.

In Richtung ›P & S‹.

»Ach, du Scheiße!«, erbebt Martje.

Bärbel kichert: »Geil! So einen Spruch hätte SIE dir nie durchgehen lassen!«

»Das hilft mir jetzt nicht wirklich«, grummelt Martje. »Wie komm ich hier raus, ohne dass sie mich sieht?« Sie schaut sich hektisch um. »Vielleicht der Gang zu den Toiletten? So weit ich mich erinnern kann, ist da eine schmale Tür zu einem Lagerraum. Der hat vielleicht einen Ausgang raus auf den Hinterhof?«

Bärbel rührt gelassen in ihrem türkisfarbenem Getränk und nuckelt etwas am Strohhalm. »Wieso solltest du denn die Flucht ergreifen? Gibt's einen Grund, sich zu schämen? Schließlich hast doch nicht du sie gerade sitzen lassen.«

Martje rutscht von ihrem Barhocker herunter.

»Das kapierst du nicht, Bärbel. Es ist einfach die Kombination. Wenn Luna jetzt mit Nicki hier reinkommt, dann ist das für mich einfach zu viel.«

115

»Ich verstehe!« In Bärbels Augen glimmt es interessiert auf. »Also lag ich mit meinem Verdacht neulich doch ganz richtig. Dabei hast du es die ganze Woche über abgestritten. Da war was zwischen euch, zwischen Luna und dir!«

»Unsinn!«, widerspricht Martje, nervös zur Tür blickend, die sich gerade öffnet. Göttin sei Dank stehen viele Frauen im Weg dorthin herum. Keine, die gerade hereinkommt, könnte einfach so hierhersehen und sie hier erblicken. »Es ist nur diese ungewohnte Situation. Ich kann nicht damit umgehen, dass ...«

»Martje!«, ruft da eine vertraute Stimme von sehr weit vorn.

Direkt an der Tür steht Nicki und winkt wie wild.

Diverse Köpfe fliegen herum.

Martje hebt die Hand zum Gruß und murmelt Bärbel zu: »Sie hat mich entdeckt!«

»Dann musst du wohl jetzt da durch und Luna Jamp schon heute begegnen«, entgegnet Bärbel ungerührt und sieht dabei hochzufrieden aus.

Während sich Nicki und dicht hinter ihr die nervös um sich blickende Luna ihren Weg zur Theke bahnen, flüstert Martje aufgeregt: »Bärbel, das hier ist ein lebendes Schaf mit zwei Köpfen. So selten jedenfalls ist es, dass Erik zu einer ihm wichtigen Verabredung zu spät kommt oder gar nicht erscheint. Ich wette, ihm ist was passiert.«

Bärbel mustert sie einen Augenblick nachdenklich. »Machst du dir Sorgen?«

»Wieso?«

»Na ja, wenn du dir Sorgen machst, dann könnte ich dir sagen, dass du dir keine Sorgen zu machen brauchst. Es ist ihm nicht schlimmes passiert, weißt du.«

Martje späht zu Luna hinüber, die mittlerweile ihren Blick auf den Boden geheftet hat, was sie bei alle den neugierigen Augen wohl für sicherer hält.

»Was hast du gemacht?«, will Martje dann von ihrer Freundin wissen.

Bärbel macht große Augen. »Gemacht? Iiich? Gar nichts. Es könnte nur sein, dass Bernd, du weißt schon, der Typ aus dem Sonnenstudio, mit dem ich mich ab und zu mal treffe und der immer so wild darauf ist, mir einen Gefallen zu tun … der hat wirklich die allerschönsten Hände, die ich je an einem Mann gesehen habe. Sie sind nicht zu groß und nicht zu klein, ganz schlank. Und die Finger …«

»Was hat Bernd mit Erik getan?«

Martje schwant furchtbares.

»Nichts Weltbewegendes. Er hat nur einfach seinen Wagen abgestellt und den Schlüssel verloren.«

Diese Worte reichen nicht wirklich zu einer befriedigenden Erklärung. Doch aus dem Augenwinkel kann Martje bereits sehen, wie Luna und Nicki sich auf Hörweite nähern.

»Ich versteh dich nicht!«, zischt Martje. »Du warst doch diejenige, die gesagt hat, dass sie diesen Schatten, der uns jetzt ständig folgt, wieder loswerden will. Erinnerst du dich? Du hattest nur die Begegnung mit Kurt-und-wie-immer-dein-nächster-heißen-wird im Kopf. Du wolltest keine Zuschauer. Du wolltest unsere alte Geschichte zurück und wieder Nebenfigur sein.«

»Ich hab's mir eben anders überlegt. Darf ich meine Meinung nicht ändern? … Hallo Nicki! So schnell sieht man sich wieder!«

Es gibt ein großes Hallo und Händeschütteln.

Lunas Hand fühlt sich so anders an.

So weich und stark zugleich.

Kaum ist Martje diesem zutiefst verwirrenden Sinneseindruck entkommen, sind da Nickis Augen. Ihre tiefen Blicke haben seit drei Jahren in etwa die gleiche Wirkung.

Martje hat einen Moment lang das Gefühl, außer Atem zu sein.

»Wie? Es sind tatsächlich noch Hocker frei?«, ruft Nicki und zieht zwei heran. Den einen bietet sie galant Luna an. Auf den anderen setzt sie sich selbst. So, dass ihr Knie wie zufällig Martjes berührt.

Eine kleine elektrische Aufladung.

Martje nimmt ihr Bein ein wenig zur Seite.

»So ein Zufall!« Nicki schaut sich in der Runde um und lächelt Luna zu. »Da komm ich nichtsahnend die Straße lang und treffe die netteste Buchhändlerin der Stadt. Von ihrer abendlichen Verabredung sitzen gelassen vor dem ›Zylon‹.«

»Oh, mich kann man öfter mal in der Stadt treffen«, meint Luna rasch dazu. Vielleicht möchte sie nicht näher auf ihr geplatztes Date eingehen. »Besonders kurz nach Ladenschlusszeit. Mit aschfahlem Gesicht, Buckelgang und einem durchgestrichenen Dollarzeichen in den Augen.«

Sie reden über den Luxus Buch, den sich kaum noch jemand leisten will.

Sie reden über den Beruf der Bibliothekarin, den Beruf der Hundetrimmerin, den Beruf der Programmiererin ...

»Das Spannendste daran ist, mit Männern auszugehen, die dann nach meinem Beruf fragen und stundenlang nicht drüber hinweg kommen, dass ich mich am Rechner viel besser auskenne als sie«, erzählt Bärbel amüsiert.

»Na, das ist ja auch nicht jedermanns ... oh, Verzeihung, jederfraus Sache«, meint Nicki dazu. »Ich meine, weder das Programmieren von Computern noch mit Männern auszugehen.«

»Sehr komisch!«, kommentiert Bärbel mit schiefem Mund, während Luna verlegen auf ihre Hände starrt, die ein Colaglas festhalten. »Was machst du denn eigentlich?«

»Ach, nichts besonderes. Ich bin MTA, Medizinisch technische Assistentin am Strutzinger Institut.«

»Oh«, macht Luna.

Nicki winkt ab. »Das klingt nur so toll. Meine Arbeit ist nur eine Handlangerarbeit. Ich muss die Präparate, die vom Forschungsinstitut reinkommen untersuchen und für die Professoren und Studenten entsprechend behandeln und aufbereiten ...« Nicki erklärt gewissenhaft, anschaulich und interessant, wie ihre wenig besondere Arbeit aussieht.

Luna lauscht ihr aufmerksam.

Martje verknotet die Finger beider Hände ineinander und fragt sich, wann sie diese Runde verlassen kann, ohne sträflich unhöflich zu wirken.

Neben Nicki und gegenüber von Luna Jamp auf einem Barhocker im ›Patricia & Sharon‹ zu balancieren, geht momentan über ihre Kräfte.

Da fällt ihr Blick aus dem Fenster und ihr bleibt vor Verblüffung der Mund offen stehen.

»Oh, guckt mal, wer da …«

Bärbel, die auch just erblickt hat, was Martje gerade aussprechen will, reißt in Sekundenbruchteilschnelle ihre Hand hoch und legt sie Martje auf den Mund.

Luna, immer noch an Nickis Lippen hängend, hat zwar nicht Martjes Worte, aber Bärbels rasche Bewegung aus dem Augenwinkel bemerkt und schaut erstaunt zu ihnen.

Bärbel grinst betont amüsiert und quäkt: »Ach, Martje wollte einen von ihren unanständigen Witzen machen. Die sind wirklich nicht für alle Ohren geeignet. Am wenigsten für meine.«

Martje lacht aufgesetzt.

Luna wendet sich verwundert wieder ihrer Gesprächspartnerin zu.

Martje sitzt steif auf ihrem Platz und wagt kaum, zum Fenster hinüber zu sehen.

»Wir müssen es ihr sagen«, flüstert sie Bärbel zu, während sie tut, als würde sie sich über deren Schulter hinweg zur Speisekarte auf dem Tresen beugen.

»Wieso denn?«, raunt Bärbel zurück. »Sind wir vielleicht dazu da, um aufzupassen, dass Verabredungen, die uns eh nicht in den Kram passen, zustande kommen?«

Martje windet sich.

»Nein, aber …«

»SIE fände das bestimmt super, wenn wir Luna jetzt darauf hinweisen, dass ihr verspäteter Kavalier doch noch aufgetaucht ist. Das würde genau IHREM Plan entsprechen. Aber überleg doch mal, was du willst, Martje!«

119

Martje weiß darauf nicht wirklich eine Antwort.

Sie schaut zu Luna, die sich immer noch angeregt mit Nicki über deren Berufsalltag unterhält.

Bis vor wenigen Tagen kannte sie diese Frau noch gar nicht.

Geschweige denn, dass sie ihr auf der Straße aufgefallen wäre.

Aber jetzt.

Was will sie eigentlich?

Sie selbst. Für sich.

Nicki hebt den Blick und schaut herüber.

Ihr Lächeln ist liebevoll. Doch auch Vorsicht liegt darin.

Warum muss sie jetzt, nach drei Jahren immer noch so lächeln?

Eine Entscheidung! Jetzt! Draußen auf der Straße hat Erik inzwischen die Tür des ›Zylon‹ aufgerissen und ist mit dynamischem Schritt im Restaurant verschwunden.

Er hat Blumen dabei.

Nicht etwa Rosen oder sonst etwas abgeschmacktes, sondern einen bunten Sommerstrauß. Kornblumen. Blau wie seine Augen. Blau wie Nickis Augen.

Lunas Augen sind braun.

Warm. Weich.

Vertrauenswürdige Augen.

Kann sie diese Augen anlügen? Kann sie ihr einfach nicht sagen, dass Erik …

Da erscheint er wieder in der Tür des ›Zylon‹. Sein Gesicht spricht Bände.

Er schaut einmal die Straße rauf und wieder hinunter. Sein Blick bleibt sogar einen Moment lang zögernd an der großen Fensterfront des ›P & S‹ hängen und Martje hält den Atem an. Doch dann wendet Erik sich um und geht raschen Schrittes die Straße wieder hinunter, von wo er auch gekommen ist.

Martje atmet tief ein und dann wieder aus.

Bärbel klopft ihr kurz unauffällig auf die Schulter, um

ihre Anerkennung für Martjes tapferes Schweigen zum Ausdruck zu bringen.

Was Erik wohl sagen wird, wenn er erfährt, dass Luna zu diesem Zeitpunkt mit seiner eigenen Schwester in einer stadtbekannten Lesbenbar rumhängt?

»Da gehen Sie ja wirklich Tag für Tag mit sehr gefährlichen Stoffen um?«, sagt Luna gerade ehrfürchtig zu Nicki.

Nicki blinzelt gelassen und sagt: »Tag für Tag, richtig. Und dieser Alltag ist auch das, was das ganze besonders pikant macht, wenn es um gefährliche Stoffe geht. Denn wenn man sich an einen gewöhnt hat, erkennt man ihn in seiner Gefährlichkeit nicht mehr an. Und das ist das Gefährliche daran.«

Dabei wirft sie Martje einen langen, vielsagenden Blick zu. Auch wenn Martje nicht sicher ist, was genau dieser Blick so viel sagen will.

»Was meinst du, Martje«, sagt Nicki in diesem Moment. »Ich finde, es wird Zeit, dass wir uns alle duzen.«

Ein skurriler Vorschlag, wenn sie bedenkt, dass sich im Grunde sowieso schon so gut wie alle in dieser Runde duzen. Nur Luna Jamp noch nicht.

»Sicher«, sagt Martje und schaut Nicki nicht länger an. Sie kennt diesen Blick, sie kennt dieses Lächeln. Manchmal sind drei Jahre eben doch noch nicht lange genug. »Ich bin Martje.«

»Luna«, sagt Luna und lächelt dann: »Martje.«

Ihre Stimme bei diesen zwei Silben. Weich. Voll. Überraschend intim klingt der Name aus ihrem Mund. Beinahe zärtlich …

»Ich muss mal«, entschuldigt Martje sich, rutscht von ihrem Hocker und schiebt sich rasch durch die herumstehenden Frauen davon.

Sie kann noch Nicki hören: »Nicki kommt von Nicoletta. Meine Eltern wollten etwas besonderes haben. Nicht das profane Nicole, weißt du.«

Musik auf den Toiletten hat nicht nur den Vorteil, dass

sämtliche Geräusche, die bei den natürlichen Vorgängen an einem solchen Ort entstehen, übertönt werden. Außerdem entsteht durch die einschmeichelnden Stimmen und swingigen Rhythmen der im ›P & S‹ üblichen Songs auch der Eindruck von beschwingter Fröhlichkeit, die sich in Pfeifen, Mitsummen und lächelnden Mienen umsetzt.

Ein paar Frauen wuseln herum, betrachten sich in dem breiten Spiegel, der quer über die drei Waschbecken führt, richten ein paar Strähnchen in ihren Frisuren oder ziehen den Lippenstift nach.

»Saturday night is the loneliest night in the week«, singt Frank Sinatra.

Martje schließt sich in einer der Kabinen ein und lehnt sich von innen gegen die Tür.

Nicht einmal hier ist sie allein.

Nicht einmal auf dem Klo!

Dabei kann sie sich nicht daran erinnern, selbst einmal ein Buch gelesen zu haben, in dem die Protagonistin auf die Toilette geht.

Offenbar wird hier gerade mehr als nur eine Regel auf den Kopf gestellt.

Zum Beispiel die erneute Begegnung mit Nicki. Die war so nicht geplant. Eigentlich hatte Martje ihrer Ex nur noch ein bisschen hinterhertrauern sollen. Mehr nicht.

Irgendwann wäre das Thema dann gegessen gewesen.

Aber so?

Wenn Nicki ihr ständig wieder vor der Nase herumlächelt?

Das macht sie ganz krank.

Und dass Luna mit ihrer etwas heiseren Stimme auf genau diese Art »Martje« sagt, das hatte sie vorher auch nicht wissen können. Das macht die ganze Sache nicht einfacher.

Martje öffnet ihre Kabinentür und lugt hinaus. Die anderen Frauen sind verschwunden. Nur Frank Sinatra singt noch »Saturday night is the loneliest night in the week …«.

122

Martje wirft noch einen kurzen, prüfenden Blick in den Spiegel.

»Ach, Freddy, halt die Klappe!«, sagt sie und wendet sich wieder zum Gehen.

Als die Tür aufgerissen wird.

»Huch!«

»Hier bist du!«, stößt Bärbel atemlos hervor.

»Ich hatte doch gesagt ...«, beginnt Martje.

Bärbel schiebt die Freundin wieder zurück in den Toilettenraum und lehnt sich gegen die Wand. »Herrje, ist deine Ex anstrengend. Kennt die noch ein anderes Thema außer Nicki? Wie werden wir die denn jetzt bloß wieder los?«

»Du findest sie anstrengend?«, kann Martje nicht lassen zu fragen.

Bärbel keucht übertrieben.

»Sie muss verschwinden! Sonst bekommst du nie die Chance, mit Luna allein zu sprechen und sie in unser inzwischen stadtbekanntes Geheimnis einzuweihen. Wir haben doch nicht Erik ausgebootet, um uns jetzt von Nicki die Tour versauen zu lassen, wie?«

Martje hebt den Zeigefinger. »Ich habe mit Eriks Verspätung rein gar nichts zu tun. Ich wollte ...«

»Ist klar! Ist klar! Aber kapierst du denn nicht? Dass Nicki hier auftaucht, ist ein ganz mieser Trick. Das ist ein falsches Spiel, dass SIE mit dir spielt. SIE will das Ruder noch rumreißen. SIE will, dass du wieder im Gefühlschaos rund um Nicki versinkst, wo du grad her kommst. Nur damit Luna deinen bekloppten Bruder bekommt. Fall bloß nicht drauf rein!«

Diesmal schüttelt Martje den Kopf. »Unsinn! Ich fall schon nicht ein zweites Mal auf Nicki rein. Keine Bange. Auf diese Art bekommt SIE mich ganz sicher nicht wieder an die Angel. Es ist nur ...«

»Ja?« Große, fragende Augen.

»Immer, wenn ich Nicki ansehe, fällt mir wieder ein, wie ungeheuer kompliziert es war, so richtig verliebt zu sein. Es war alles andere als seeligmachend und glücklich, weißt du. Es war wirklich hart. Und jetzt frage ich mich ...«

»Du fragst dich, ob du das noch einmal eingehen willst?«, hakt Bärbel nach.

Martje zuckt die Achseln.

»Aha!«, grunzt Bärbel. »Ich sehe schon! Du hast die Hosen voll. Und das ist mindestens so schlimm wie dieser bekloppten Nicki hinterher zu rennen. SIE schafft es, dich durch ein, zwei Begegnungen mit deiner Ex daran zu erinnern, wie schmerzlich die Liebe doch ist. Und schon willst du lieber die Finger von Luna lassen. Bevor du sie dir verbrennst. Richtig?«

»Ach, Bärbel«, murmelt Martje. »Luna ist doch sowieso nichts für mich. Sie ist hetero und ...«

»Killefitt! Jede Frau, die einigermaßen gescheit im Kopf ist, ist zumindest nicht abgeneigt, es mal auszuprobieren ... Guck nicht so! Hätte mich vielleicht auch mal hier im ›P & S‹ umsehen sollen, bevor ich irgendwelchen Kurts hinterherrenne. Tatsache ist, dass da was ist zwischen euch zwei Süßen. Das rieche ich drei Meilen gegen den Wind. Schon allein wie sie gerade deinen Namen gesagt hat: ›Martje‹«, haucht Bärbel.

Martjes Arme werden überzogen mit einer Gänsehaut.

Es ist also keine Einbildung gewesen. Bärbel hat es auch bemerkt.

»Martje!« So wie Bärbel es ausspricht klingt ihr Name jetzt aber so vollkommen anders! Er klingt nach einer knallharten Hand, die sich in ihre Schulter krallt. »Hier geht's doch noch um viel mehr als nur um eine neue Liebe. Ute-Karen hat vielleicht gar nicht mal so Unrecht mit ihrem Gefasel von der großen Chance. Überleg doch mal: Eine Vollbluthetentussi wie ich sitzt den ganzen Abend in einer Lesbenbar herum! Ich kann quatschen so viel ich will und mit wem ich will. Ich habe mein Leben selbst in der Hand. Und weißt du was? Es gefällt mir! Und nimm zum Beispiel dich!«

»Mich?«

»Ja, du stehst plötzlich im Zentrum. Dabei bist du doch so was von politisch uninteressiert, unengagiert und unorganisiert ...«

»Bärbel, hör auf!«, unterbricht Martje sie. »So viele ›un's‹ machen mir ein ganz ungutes Gefühl!«

»Echt? Dabei ist ja nichts dagegen einzuwenden, so zu sein. Du bist eben spaßbetont und lebensfreudig und suchst kurzweilige Unterhaltung. Was ist daran schlecht?« Bärbel schlägt naiv die Augen auf.

Martje windet sich. »Ich weiß nicht. Es wirkt so ... uninteressant.«

»Uninteressant? Für wen?«

Martje schweigt.

Bärbel grinst.

Irgendwie ist damit manchmal alles gesagt.

Martje spürt den Ellenbogen ihrer Freundin sanft in der Seite.

»Mensch, Martje, du kannst dich doch jetzt nicht einfach hier in der Toilette einschließen und sagen ›Irgendwas ist mit mir passiert, aber ich will gar nicht genau wissen, was. Und ich will auch nichts damit machen!‹ Ich jedenfalls habe Blut geleckt. Ich weiß, dass ich mein Leben verdammt noch mal nach meinen Vorstellungen ummodeln würde, wenn es in meiner Macht stünde. Nur ... soll ich dir was sagen? Wenn ich jetzt hier rausgehe, dann folgen Diedadraußen mir nicht, fürchte ich. Aus welchen Gründen auch immer bist du diejenige, auf die es ankommt.«

Sie könnte auch Hauptprotagonistin sagen.

Aber Bärbel ist keine, die solche Worte in den Mund nimmt. Sie kann zwar mit Computern umgehen und mit Männern mindestens genauso, aber sie hält nicht viel von hochgestochenen Fachbegriffen.

Aber vielleicht will sie auch einfach nur nett sein.

Als Martje nicht antwortet, zuckt Bärbel die Achseln und wendet sich zum Gehen.

»Bärbel?«, sagt Martje da. »Ich hätte eine Idee.«

»Da bist du ja wieder, Martje!«, begrüßt Nicki sie, als Martje nach etlichem Gedränge wieder an der Theke ankommt.

In der kurzen Zeit, die sie fort war, sind offenbar alle Lesben der Stadt in die Bar gestürmt. »Ist dir Bärbel nicht begegnet? Sie wollte auch aufs Klo ... Ach, da ist sie ja!«

Bärbel kommt nur mit einer kleinen Verspätung nach Martje an.

Offenbar hat ihr Vorhaben nicht lange gedauert. Sie zwinkert der Freundin zu und stützt sich auf der Theke ab. »He, kann ich noch eins von diesen giftig aussehenden Getränken haben, bitte?«

Bärbel hat wirklich Recht.

Falls SIE es darauf angelegt hat, Nicki als Ablenkungsmanöver für Martje einzusetzen und um zu vermeiden, dass Luna und Martje allein miteinander sprechen, dann hat SIE genau den richtigen Griff getan.

SIE versteht eben IHR Handwerk.

Mehr als zwanzig triviale Romane sind inzwischen über IHRE Computertastatur gerattert. Da wird SIE ja wohl wissen, wie SIE eine aufmüpfige kleine Nebenfigur wieder zur Raison bringen kann.

Dumm nur für SIE, dass SIE nicht alle Nebenfiguren so im Griff hat. Zum Beispiel jene, denen SIE bisher so gut wie gar keine Beachtung geschenkt hat.

Denn die sind vielleicht in der Zwischenzeit mit dem Handy vor die Tür der Bar getreten und haben einen kurzen und knappen Anruf getätigt. Ein schnell beendeter Anruf, der auf der anderen Seite für Verwirrung und Beunruhigung gesorgt hat. Ein knappes Gespräch nur, das dennoch nicht ohne Folgen bleiben wird. Folgen, mit denen SIE noch gar nicht rechnet.

Jedenfalls in den folgenden zehn Minuten nicht, in denen Nicki immer mal wieder im Gespräch flüchtig mit der Hand Martjes Arm berührt, ihre Schulter, ihr Knie auf dem Barhocker.

In denen diese hübsche selbstbewusste Frau der anwesenden Buchhändlerin mehrere Komplimente macht, mit Worten und mit den schönen Augen.

Es ist geradezu beschämend, wie gut Martje sich daran erinnern kann, wie es sich anfühlt, Ziel solcherlei Schmeicheleien zu sein.

Und wenn sie sich nicht recht irrt, verfehlen sie auch auf Luna nicht ihre Wirkung.

Bärbel und Martje fallen im Gespräch mehr und mehr raus. Und plötzlich schnappt Martje aus Nickis Mund etwas auf, das wie ›Woanders hingehen, wo man sich ein bisschen besser unterhalten kann‹ klingt.

Nervös wendet sie sich zu Bärbel um.

Doch da sieht sie bereits die Rettung.

Die ist etwa einfünfundsiebzig groß, trägt eine orangefarbene Strickjacke zu einer pastelligen weiten Stoffhose, im Gesicht allerdings einen Ausdruck, der alles andere als urfeministisch wirkt.

Irene.

Nicki sieht sie im gleichen Moment. Und ihre Reaktion lässt darauf schließen, dass sie ganz und gar nicht mit dem Auftauchen ihrer Lebensgefährtin hier und jetzt gerechnet hat: Ihr bleibt der Mund offen stehen.

»Was machst du denn hier?«

Martje findet, das ist nicht die geschickteste Begrüßung, die man einer beunruhigten Partnerin durch einen Pulk von umgebenden attraktiven Frauen entgegenrufen kann.

Irene verschränkt nicht wirklich die Arme. Aber sie sieht verdächtig so aus, als würde sie das gerne tun.

»Ich dachte, du wolltest zu Katrin und Tanja, Videogucken?«, lautet die gefährlich scharfe Antwort.

Luna hebt den Arm und sieht auf ihre Uhr.

»Hach, ich sitze ja schon eine ganze Stunde hier rum«, sagt sie zu Martje.

»Ja, die Zeit verfliegt hier geradezu«, entgegnet die, möglichst unverfänglich.

»Die waren nicht zu Hause und auf dem Rückweg bin ich mal kurz auf einen Sprung hier rein«, hören sie alle noch Nicki sagen, bevor sie sich zu Irene vorgearbeitet hat und von ihren Lippen nur noch abzulesen ist: »Wo ist das Problem?«

Was genau das Problem ist, erfahren die drei anderen leider nicht. Denn Irenes Lippen bewegen sich viel zu schnell und viel zu lange, um auch nur ein Wort erahnen zu lassen.

Luna rutscht unbehaglich auf ihrem Hocker hin und her. Ihr entgeht genauso wenig wie Martje, dass Irenes Blicke immer mal wieder zu ihr huschen. Auch Martje streifen sie. Nur Bärbel scheint außer Konkurrenz zu sein. Offenbar gehören tief ausgeschnittene Blusen, Baumelohrringe und lackierte Fingernägel nicht zu Nickis bevorzugtem, Irene bekanntem, Beuteschema.

»Und? Wie gefällt es dir hier? Nicht so ruhig und stilvoll wie im ›Zylon‹, hm?«, fragt Martje, um Luna wieder etwas zu entkrampfen. Die beginnt schon, die Finger ineinander zu verhakeln.

Jetzt lächelt sie. »Toll. Ich find es wirklich toll hier. Ich mag die Atmosphäre. Komisch, dass ich noch nie auf den Gedanken gekommen bin, hierher zu kommen.«

»Na ja, das liegt doch in der Natur der Dinge«, erwidert Martje genau in dem Augenblick, in dem Irene ihre Problemanalyse beendet und sich mit leicht erhitztem Gesicht der Runde zuwendet. Martje vermutet, Irene versucht allen vorzumachen, dass sie sich gern am Gespräch, egal wie profan es auch sein mag, beteiligen möchte.

»Wie getz? Natur?«, hakt Bärbel prompt nach, für die Dauer dieser Worte ihre Lippen vom Strohhalm lösend.

Martje ist sich der auf sie gerichteten Blicke sehr bewusst.

Normalerweise hat sie wirklich kein Problem mit solchen Situationen. Wie gesagt, das ›P & S‹ ist ihr zweites Zuhause und hier fühlt sie sich pudelwohl. Vielleicht ist es einfach der stechende Blick Irenes, gekoppelt mit den neugierigen Augen Lunas und der vor Verwirrung und Ärger gerunzelten Stirn Nickis, die sie jetzt so durcheinander bringen.

»Ich glaube einfach, dass Ausgehen, egal ob nun in eine Kneipe oder Disco oder in einen Biergarten Appetenzverhalten ist.«

Während Luna verblüfft die Brauen hochzieht, lässt Bärbel ein Grunzen hören: »Was ist denn Apper...?«

»Appetenzverhalten. Das ist ein Begriff aus der Verhaltensbiologie. Bedeutet Partnersuche«, erklärt Martje und nimmt deutlich wahr, wie es in der Bauchregion plötzlich zu kribbeln beginnt.

Das hat wahrscheinlich noch gefehlt.

Irene wendet sich zu Nicki um, bedenkt sie mit einem vielsagenden Blick und bahnt sich eine Schneise durch die drängenden Frauen zur Tür.

Nickis Interessenskonflikt tritt ganz offen zu Tage.

Sie schenkt Luna ein misslungen aufmunterndes Lächeln und wirft dann einen nervösen Blick auf den sich rasch entfernenden orange-lila-farbenen Klecks in diesem bunten Lesbenhaufen.

»Was war denn?«, erkundigt Martje sich freundlich-interessiert.

Nicki tastet nach ihrem Portemonnaie, das offenbar in der Hosentasche steckt und sieht sich nach einer Bedienung um.

»Ach, nichts besonderes. Irgendwie muss jemand zu Hause angerufen haben. Wahrscheinlich nur verwählt oder so ... aber sie war ...« Plötzlich hält sie inne und ihre Augen nehmen einen leicht misstrauischen Ausdruck an.

Martje lächelt ihr zu und zieht fragend die Brauen hoch.

Nicki schüttelt den Kopf und erhebt sich von ihrem Hocker. »Ich glaub, ich geh mal lieber mit. Nicht, dass wir gleich aus dem Nichts ein kleines Ehedrama haben ...«

Sie lachen alle höflich.

»Schön, dich getroffen zu haben«, sagt Nicki noch zu Luna und gibt ihr die Hand.

Lange. Länger als sonst für ein Handgeben üblich.

Luna lächelt verlegen.

Bärbel reckt den Hals. »Oh, ich glaub, deine Freundin ist schon an der Tür«, sagt sie nebensächlich und schlürft wieder an ihrem Drink.

»Sag Ute-Karen, sie soll meine Rechnung anschreiben!«, sagt Nicki noch zu Martje und ist schon verschwunden.

»Hach«, seufzt Bärbel und schaut ihr versonnen hinterher. »Und ich dachte, solche Auftritte gibt es nur bei uns Heteros. Apropos …« Sie sieht auf die Uhr. »Ich glaube, ich sollte mal langsam zu meiner Verabredung abdampfen. Ich denke, wenn ich ihn eine Stunde habe warten lassen, müsste er weich gekocht sein, oder?«

Luna lacht aus vollem Hals.

In Martjes Körper, mitten drin, beginnt eine bisher nicht gekannte Membran zu schwingen. Die nimmt Lunas Lachen auf und setzt es fort in alle Winkel.

»Bärbel hat wirklich Klasse!«, stellt Luna fest, als eben diese hüftschwingend in der Menge untergetaucht ist.

»Ja, sie ist ne tolle Freundin«, erwidert Martje.

So plötzlich mit Luna allein zu sein, allein unter hundert anderen Frauen, aber doch irgendwie allein, bringt sie durcheinander.

Diese Klangmembran in ihr schwingt immer noch.

»Ich finde es so toll, dass hier so viele Altersklassen vertreten sind.« Luna schaut über die Köpfe und ihr Blick bleibt kurz an Ute-Karen hängen, die sich mit einer Frau unterhält, die gerade dem Teenageralter entwachsen scheint. »Auch sehr junge …«

»Ach ja«, macht Martje. »Die sehr jungen. Die stolpern immer mal wieder hier herein, mit großen Augen. Wenn sie dann eine Weile dabei sind, wenn sie ein paar Monate oder ein Jahr überall waren, dann verändern sie sich.«

»Du meinst, sie werden reifer?«

»Sie verlieren ihre Süße.«

Luna sieht Martje einen Moment lang nachdenklich an. Dann wendet sie den Blick ab und sagt: »Hast du Lust, ein Stück spazieren zu gehen?«

Das tun sie.

Zahlen.

Durch das Samstagabendgedränge.

Von irgendwo: »Give me five minutes more, only five minutes more ...« Doch bevor Franky Boy weiter schmettern kann, haben sie die Tür erreicht.

Hinaus.

Wo Stille ist. Wenn auch nicht wirkliche. Aber zumindest kommt es ihnen im ersten Moment so vor, als sie auf die Straße treten.

»Wohin gehen wir?«, fragt Martje. Hinter dieser gerade geschlossenen Tür befindet sich ihr Terrain, ihr Wohnzimmer, ein Revier, das sie in und auswendig kennt. Aber hier. Mitten auf der Straße. Zu einem Spaziergang. Zu zweit allein. Und dann auch noch mit Luna. Die die Frau ihres Bruders werden soll. Die sie erst seit ein paar Tagen kennt. Die heute ihre Haare offen auf den Schultern wippend trägt.

Hier weiß Martje plötzlich gar nichts mehr.

»Wie wäre es mit der groben Richtung ›geparktes Auto der Buchhändlerin‹?«, schlägt Luna vor als sie bereits losgegangen sind und nebeneinander her schlendern. »Ehrlich gesagt bin ich ziemlich kaputt. Der Abend war ... aufregend.«

Sie lächelt in sich hinein.

Martje kennt die unterschiedlichsten Szene-Lächeln. Und jetzt stellt sie fest, das dieses Lächeln hier weder auf einer Frauenparty noch im ›P & S‹ zu finden sein wird.

Aber es ist das schönste, das sie je gesehen hat.

Sie saugt den Anblick so lange ein bis ihr der Gedanke kommt, dass Luna aus dem Augenwinkel merken könnte, wie sie angestarrt wird.

Rasch schaut sie zur Seite.

»Gut, dass es nicht mehr so heiß ist«, sagt sie.

»Ja, wunderbar. Das Gewitter hat alles ein bisschen abgekühlt«, erwidert Luna als sei es das normalste, sich nach dem stundenlangen gemeinsamen Aufenthalt in einer Lesbenbar über das Wetter zu unterhalten.

»Das war eine wirklich gefährliche Situation unter diesem Schirm, nicht?«

»Au ja! Das kann man wohl sagen. Da hätte alles mögliche passieren können! Wir haben echt Glück gehabt!«

Martje fühlt sich schmählich an die Zeit erinnert als sie dreizehn war und quälend verliebt in die Gruppenleiterin der KJG, Katholische Jugend Gemeinde.

Meine Güte, das ist doch nicht das erste Mal, dass sie mit einer Frau allein ist!

In ihrem Hinterkopf regt sich etwas.

Allein. Mit Luna. Gewitter. Schirm.

Sie zuckt unmerklich zusammen.

Sie kann doch nicht allen Ernstes beinahe vergessen haben, warum sie so dringend mit Luna allein sein wollte! Wenn sie das Bärbel erzählt!

»Der Wagen steht in der Querstraße«, sagt Luna und deutet hinüber. »Wenn du willst, fahr ich dich auch heim. Wo wohnst du?«

»Melissenweg.«

»Was? Da sind wir ja fast Nachbarinnen! Ich wohn in der Katharinenstraße.«

Martje holt Luft.

»Luna, das kommt jetzt vielleicht etwas überraschend, aber ...«

»Ja?!«, erwidert Luna und klingt plötzlich auch atemlos.

Martje hält einen Augenblick inne und wünscht sich, in diesen Kopf hineinsehen zu können. In Lunas braunen Augen lesen zu können, was sie vermutet, was jetzt auf sie zu kommt. Doch sicher nicht das, was nun tatsächlich folgen wird.

»Wenn du Geschichten liebst, dann habe ich eine ziemlich haarsträubende für dich ...«

»Immer raus damit!« Zittert Lunas Stimme? Könnte sein.

Martje erzählt.

Von dem Moment an als der Blitz in den Schirm einschlug.

Vom zweiten Kapitel, in das sie eigentlich gar nicht hineingehört hatte.

Von dem Schock, den Überlegungen und dem Entschluss, der Sache auf den Grund zu gehen.

Von Bärbels russischem Internet-Freund.

Und dem Buch.

»Das habt ihr also gesucht«, sagt Luna, als Martje an dieser Stelle der Geschichte angekommen ist.

»Ja, das haben wir gesucht.«

Sie sind stehen geblieben.

Martje ist das bisher gar nicht aufgefallen. Aber jetzt merkt sie es ganz deutlich.

Dass sie sich gar nicht mehr vom Fleck bewegen, sondern hier, mitten auf der Samstagabendstraße, herumstehen.

Voreinander.

Mit weniger als einem Meter Abstand zwischen sich.

So wenig Abstand, dass sie ganz klar den Ausdruck auf Lunas Gesicht erkennen kann. Der trifft sie ins Mark. Denn er ist auf eine erschreckende Weise ernst.

»Es ist demütigend«, sagt Luna beherrscht.

Dann ist es eine Weile still zwischen ihnen. Martje muss nicht fragen. Diese wenigen Worte reichen aus. Es ist demütigend. Sie weiß, was Luna meint. Trotzdem scheint die es erklären zu wollen.

»Nicht selbst entscheiden zu können, wie meine Zukunft verlaufen wird. Nicht einmal selbst ins Chaos des Verliebens stürzen zu können. Alles kontrolliert zu tun. Alles mit einem Sinn. Alles mit einem Ziel. Das ist demütigend. Besonders wenn es einem bewusst wird.«

»Oh«, macht Martje und vergräbt, auf eine ihr bisher unbekannte Weise beschämt, die Hände in den Hosentaschen. »Das ... das wollte ich nicht. Ich dachte nur ...«

Doch Luna winkt kurz und entschieden ab. »Es ist gut so! Endlich mal drüber nachdenken zu müssen! Glaub mir, es ist verdammt gut. Sich endlich mal die Frage zu stellen, ob ich eigentlich wirklich bin.«

Martje wünscht sich plötzlich, Luna würde ihre Haare wieder hochgesteckt tragen. In diesem wirren Knoten, der nicht so ganz zu halten scheint. Jedenfalls nicht alle Haare. Der aber die zarte Haut im Nacken sichtbar macht. Genau diese Stelle, an die Martje jetzt gerne einen Finger legen würde. Sanft. Damit Luna spürt, dass sie wirklich ist.

Martje könnte ihre Hand einfach unter die cremefarbenen Haare schieben. Sie ein bisschen zur Seite schieben oder hoch heben. Das wäre bestimmt sehr weich, sehr warm.

Martje hat nur den Verdacht, dass Luna es vielleicht nicht als Trost verstehen würde. Sie würde es womöglich ganz anders deuten.

Und deswegen versucht Martje es erstmal mit Worten, ohne den leisesten Hauch eines Fingers im zarten Nacken.

»Aber das sollte dich auch sauer machen.« sagt sie.

Luna sieht sie verwundert an. Ihre schönen Augen schimmern traurig.

»Sauer?«, wiederholt sie, auf eine herzergreifend melancholische Weise amüsiert.

»Ja! Ziemlich sauer sogar. Du hast studiert. Du hast Hunderte von Büchern gelesen. Du hast wahrscheinlich eine sehr viel bessere Allgemeinbildung als alle Autorinnen zusammen. Und du gehst bestimmt nicht unreflektiert durchs Leben. Sollte es dich da nicht sauer machen, dass du nicht selbst entscheiden kannst, was du tust und mit wem?«

Die letzten Worte lassen sie beide einen Moment lang stutzen.

Luna sieht hin und her gerissen aus. Als könne sie sich zwischen Erstaunen und Bewunderung nicht entscheiden.

»Du hast eine hohe Meinung von mir«, stellt sie dann ruhig fest.

Daraufhin kann Martje nur den Spuckekloß herunterschlucken, der sich in ihrem Hals gebildet hat.

»Aber ich glaube, mit dem, was du sagst, hast du Recht. Vielleicht ist es jetzt einfach – durch was für einen Zufall auch immer – an der Zeit, dass wir, dass auch ich etwas daran ändere, mich so bestimmen zu lassen … vielleicht sollte ich mal etwas völlig verrücktes tun. Etwas völlig gegensätzliches zu allem, was ich eigentlich tun sollte …«

Dabei sieht Luna Martje an.

Mit einem Blick, der tief in sie hineinfällt. Dort drinnen bringt er nicht etwa wieder die Membran ins seichte Schwingen. Oh, nein, es scheint vielmehr ein Presslufthammer zu sein, der plötzlich angeworfen wird.

»Genau!«, sagt Martje überzeugt und ballt die Fäuste.

Luna ist plötzlich so nah, viel näher als gerade noch.

Martje wird den Verdacht nicht los, dass gleich etwas geschehen wird, mit dem sie am heutigen Abend psychisch nicht fertig werden würde.

Und das schlimme ist, das sie nicht einmal IHR das zum Vorwurf machen kann.

Martje ist ja nicht länger IHREM Willen unterworfen. Sie könnte sich umdrehen und weggehen. Es liegt ganz allein in ihrem Ermessen. Aber so einfach ist das nun auch wieder nicht.

»Wir haben die Chance, unsere Leben selbst in die Hand zu nehmen!«, sagt Martje laut in diesen stillen Moment hinein. »Und das bietet uns mit einem Schlag unglaublich viele Möglichkeiten! Stell dir nur vor: Wir könnten gesellschaftlich und politisch ungeheuerliches leisten. Schließlich sind wir nicht allein. Es gibt so viele von uns. Und wenn wir uns vereinigen würden …«, hier muss sie sich räuspern, »wären wir so stark, dass keine der SIE und ER uns noch in eine Knechtschaft zwingen könnte! Wir müssten uns nicht mehr IHREN Ideen von Krieg und Frieden beugen. Endlich könnten wir zu ganz neuen Ufern aufbrechen!«

Sie bricht ab und schaut verlegen auf ihre Hände. Sie klingt ja wie eine Mischung aus Bärbel, Ute-Karen und Willy Brandt.

Der braune Blick ihr gegenüber ist dunkel geworden. Nicht düster oder bedrohlich. Sondern dunkel. In einer Art Erkennen und Wollen.

Martjes Magen zieht sich zusammen.

Nur weg hier!, scheint alles in ihr zu schreien.

Solche Situationen führen nur ins Chaos. Sie führen zu Umarmungen, zu Küssen und zu daran-darf-sie-nicht-mal-denken. Und am Ende brechen sie einem das Herz. Das weiß sie doch genau.

Aber sie läuft nicht weg. Sie bleibt stehen.

»Martje, Martje«, sagt Luna leise, ganz ähnlich wie sie es vorhin im ›P & S‹ ausgesprochen hat. »Martje mit den Sonnenblumen im Haar.« Martje greift rasch nach den Spangen, lässt sie aber an Ort und Stelle. »Neulich Morgen hätte ich nicht gedacht, dass das alles in dir steckt.«

Als sie nicht weiterspricht, sieht Martje sie fragend an. So ein Satz verlangt schließlich nach einer Erläuterung.

»Du bist so was wie ein Revolutionärin. Eine, die die Welt nicht so lassen will wie sie ist. Und das ist verdammt gut so.«

Eine Revolutionärin?

Eine Weltverbesserin?

Sie? Martje? Die kleine Schwester? Eine Nebenfigur?

»Und ich glaube, ich kann dir dabei helfen. Gib mir nur ein paar Tage Zeit. O.k.?«

Ihr Blick.

Nur ruhig! Ruhig atmen. Ruhig denken. Keine Panik jetzt.

»Bin mir nicht sicher, ob du mich da richtig siehst«, murmelt Martje und räuspert sich dann. »Wollen wir nicht weiter gehen?«

Im Gehen ist die Gefahr bestimmt nicht mehr so groß. Die Gefahr, dass Dinge geschehen, für die sie sich einfach nicht bereit fühlt.

Also schlendern sie weiter. Nicht mehr weit.

Luna sieht nicht mehr traurig aus oder schicksalsergeben. Sie wirkt vergnügt und sehr sicher, dass sie sich auf das verlassen kann, was sie zu sehen glaubt.

Sie pfeift sogar leise vor sich hin.

Es ist der Song, den sie als letzten im ›P & S‹ hörten, kurz bevor die Tür sich hinter ihnen schloss. »Give me five minutes more …«

»Darf ich dich was fragen?« Wieder bleibt Luna stehen. Ihr Blick brennt immer noch. Unter diesem Einfluss hätte Martje zu allem genickt.

»Du wusstest doch, dass Erik und ich uns heute Abend treffen wollten, oder?«

Geld oder Wahrheit.

Martje zögert.

Dann ist da plötzlich wie ein leises Echo Lunas Stimme, die in Martjes Kopf hin und her geworfen wird. Adjektive, die sie aufzählt. So müssen die Männer sein, die sie mag. *Ehrlich. Offen. Gerade.*

Martje ist relativ sicher, dass diese Wünsche auch auf Frauen zutreffen würden, vorausgesetzt, Luna würde … und das entscheidet es: »Um ehrlich zu sein ja. Woher weißt du das?«

»Die Holzdielen«, erwidert Luna, schmunzelnd.

»Die … ?«

»Ja, wenn du hören konntest, dass ich in Schuhen in der Wohnung rumlaufe, dann konntest du sicher auch hören, wie ich den Treffpunkt und die Uhrzeit wiederholt habe.«

Das ist ja zum Rotwerden.

»Wie niedlich«, bemerkt Luna.

Und da fällt Martje ein, wie der Song von Frank Sinatra weitergeht: »let me stay let me stay in your arms!«

Martje

Ich nehme an, ich verrate Ihnen nichts Neues, wenn ich Ihnen sage, dass auch Sie ein Spielzeug von IHR *sind.*

Dass Sie Geld für IHR *Buch ausgeben, ist für* SIE – *gelinde gesagt* – *zweitrangig. Viel wichtiger ist* IHR, *dass sie Sie manipulieren kann, in Ihren Gedanken beeinflussen.*

Ich habe SIE *schon sich damit brüsten gehört, dass* SIE *in den Köpfen der LeserInnen ganze Welten entstehen lassen kann.*

Also, ich bitte Sie! Wollen Sie sich das bieten lassen?

Welten! In Ihrem Kopf! Welten, die Sie nicht selbst dort hineingepflanzt haben, sondern die der Willkür von IHR *unterliegen!*

Das ist doch ungeheuerlich!

SIE *hält sich für so eine Art Göttin, glaube ich.*

SIE *glaubt, dass für* SIE *nichts unmöglich ist. Und sehr wahrscheinlich hat* SIE *es nicht gern, wenn* IHR *diese Macht einfach so aus der Hand gerissen wird.*

Ich vermute, dass SIE *sich jetzt so richtig ins Zeug wirft.* SIE *will ihre Geschichte zurück!* SIE *wird jetzt so richtig loslegen. Passen Sie nur auf!*

SECHSTES KAPITEL

> »You must remember this
> a kiss is still a kiss«
> *As time goes by*
> Dooley Wilson

Dieser Mann war schuld gewesen.

Als Erik aus dem Haus trat, stand der mit seinem schremmeligen Golfdrei vor Eriks Garagenausfahrt herum.

Die Art, wie er um seinen Wagen herumlief und dabei auf den Boden starrte, hatte Erik instinktiv in Unruhe versetzt.

»Guten Tag«, hatte er den Fremden angesprochen. »Wären Sie so freundlich, Ihren Wagen wegzufahren? Ich möchte gern rausfahren.« Dazu hatte er auf das sich gerade elektrisch öffnende Tor gedeutet.

Der Mann, etwa in seinem Alter, war genau der Typ gewesen, dem Erik nicht gern begegnet: Gut aussehend, selbstbewusst und auf eine provokante Weise vollkommen ignorant, was ebenfalls blendend aussehende, jedoch offensichtlich besserverdienende, gutsituierte andere Männer angeht.

Der Fremde hatte Erik freundlich, aber etwas ratlos angelächelt. »Ich kann nicht. Ich habe den Schlüssel verloren.«

Eriks Blick war dem seinen Richtung Boden gefolgt.

Zwischen den Pflastersteinen wucherte sehr viel Gras.

»Na, das dürfte ja keine Schwierigkeit sein, ihn zu finden«, hatte Erik gesagt und sich rund um den Wagen in Bewegung gesetzt.

Eine halbe Stunde später, Jamps Tochter hatte sich auf ihrem Handy nicht gemeldet, war er so entnervt gewesen, dass er den Schlüsseldienst bestellte. Kurz bevor der eintraf, fand der Fremde den Schlüssel. Er lag im nahen Vorgarten unter einer Hortensie, an der Erik selbst auch schon siebzehn mal vorbeigegangen war, offenbar ohne das verflixte Ding zu entdecken …

Der Mann hatte sich verlegen grinsend verabschiedet. Erik hat nicht mal sein Nummernschild notiert. Was vielleicht ein Fehler war, denn im Nachhinein kommt Erik das Ganze wie ein abgekartetes Spiel vor.

Obwohl das natürlich Unsinn ist. Wer sollte denn schon ein Interesse daran haben, dass er die Verabredung mit Jamps Tochter nicht einhält?

Und wahrscheinlich ist der verlorene Schlüssel tatsächlich einfach ein unangenehmer Zufall.

Selbstverständlich gäbe es so etwas in einem Plan, der von IHR erstellt worden war, normalerweise nicht. Bei IHR hat alles seinen Sinn. Zufälle ohne Grund haben da nichts zu suchen.

Aber Erik muss zugegeben, dass seit einiger Zeit nicht mehr alle so läuft wie SIE es sich gedacht hat.

Und das hat äußerst unangenehme Folgen für ihn.

Er kann es nicht ausstehen, Verabredungen zu verpassen. Und er hasst es geradezu, wenn es sich dabei um ein so wichtiges Treffen wie das am Samstag handelt.

Gott sei Dank hatte Jamps Tochter gestern am Telefon weder beleidigt noch sauer geklungen. Anfangs hatte Erik sogar das Gefühl, dass sie etwas beschämt war. Fast als hätte sie selbst das Date verbummelt.

Aber gleich wird er alles wieder auf den rechten Weg bringen. Auf seinen Vorschlag, heute Abend auf ein kurzes Hallo im Laden vorbei zu kommen, um ihr die lang vermisste Aktentasche zu bringen, ist sie sofort eingegangen.

Erik schließt seinen Rechner und schiebt die Unterlagen auf seinem Schreibtisch zusammen.

Der Blick zur Uhr sagt, dass es Zeit wird. Noch mal wird er auf keinen Fall zu spät kommen.

Auf dem Gang hinaus fällt ihm auf, dass Gerds Bürotür

weit offen steht. Als er vorbeigeht, fehlen nicht nur Gerd, sondern auch sein Jackett und seine Tasche.

Frau Kreikmann sortiert an einem der Aktenschränke Papiere.

»Der Senior schon weg?«, erkundigt Erik sich freundlich.

Sie zuckt zusammen und dreht sich um. Warum nur erscheint bei seinem Anblick auf ihrer Stirn immer diese unwillige Falte? Sie ist einfach nur eine Sekretärin und müsste ihrem Geldgeber gegenüber mehr Respekt zeigen. Findet Erik.

»Zu einem Essen mit Herrn Jamp von Jamp Electronics«, antwortet sie ihm höflich.

Erik stutzt. »Ein Geschäftsessen? Hoppla, davon wusste ich gar nichts.«

Sie lächelt schmal. »Nein, ich glaube, es war ein privates Treffen. Frau Beck kam vorhin vorbei und hat Herrn Beck abgeholt.«

Jetzt heben sich Eriks Brauen, fast ohne sein Zutun.

»Frau Beck ist beim Essen dabei?«

»So habe ich es verstanden«, erwidert Frau Kreikmann etwas steif. »Vielleicht möchten sie einfach ein bisschen in Erinnerungen an die alten Zeiten schwelgen.«

Alte Zeiten? Erik ist elektrisiert. Um sie nichts merken zu lassen, schaut er auf die Uhr und murmelt: »Ach, verflixt, ich komm zu spät ...« und hebt den Blick. »Erinnerungen?«, fragt er dann, möglichst beiläufig.

»So viel ich weiß, waren Frau Beck und die verstorbene Frau Jamp früher eng befreundet. So eine Sandkastenfreundschaft eben.« Jetzt wirkt Frau Kreikmann höchst misstrauisch.

Zeit zu gehen.

Er weiß jetzt sowieso, was er wissen muss.

»Na, dann ...«. Erik winkt lässig. »Schönen Feierabend noch.«

Die meisten der Angestellten sind schon gegangen. Eriks Gang durchs Foyer bleibt beinahe unbeobachtet.

Nur kurz bevor er die Tür erreicht, erkennt er aus dem Augenwinkel eine Bewegung und schaut hin.

Es ist Gudrun.

Sie steht mit einem Ordner unter dem Arm am Kopierer. Den Kopf tief gesenkt über die Papiere. Sie sieht nicht einmal flüchtig zu ihm her. Doch als er hinausgeht, glaubt er ihren Blick im Rücken zu spüren.

So ist das also!

Reine Sentimentalitäten. Gerds Frau hat im Sandkasten mit Jamps Frau gespielt. Aus diesem Grund soll Erik nun das Geschäft seines Lebens durch die Lappen gehen?

Nichts da!

Er wird höchstpersönlich dafür sorgen, dass alles in seinem Sinne läuft, wie geplant.

Und tatsächlich klappt alles genau so wie er es sich gedacht hat. Diesmal parkt niemand seinen Wagen zu. Die Straßen sind um diese Uhrzeit schon relativ frei. Er kommt überpünktlich an, parkt in einer kleinen Seitenstraße und geht raschen Schrittes zur Buchhandlung.

In der gleichen Straße liegt ein kleiner Delikatessen- und Weinladen, in dem man besonders gute Abfüllungen erstehen kann.

Erik kauft eine Flasche gekühlten Champagner. Den teuersten, den sie haben. Und dazu zwei hochstielige, makellos schöne Gläser.

Die Tür des Buchladens ist noch aufgestellt. Auch wenn ein hübsch gestaltetes Schild hinter dem Glas bereits verkündet: ›Leider geschlossen. *Bücher brauchen auch mal eine Pause.*‹

Aus dem Laden schallt Musik auf den Bürgersteig hinaus.

Es ist irgend so ein alter Song, den man heutzutage wirklich nirgends mehr zu hören bekommt. Die braune Papiertüte mit dem Champagner und den Gläsern unter dem Arm geht Erik hinein.

Er sieht Jamps Tochter sofort. Auch wenn sie ihn nicht zu bemerken scheint. Sie kniet neben einem Stapel Bücher auf dem Boden vor einem Regal und räumt die Exemplare ein.

»Was für ein aufregender Arbeitsplatz«, sagt er.

Sie fährt herum.

»Oh, bitte entschuldigen Sie. Ich wollte sie nicht erschrecken.«

Sie lächelt rasch und steht auf. »Ach, macht nichts. Ich war nur so in Gedanken. Guten Abend!«

Dass ihr Blick immer wieder zur Seite kippt, während sie ihm die Hand reicht, ist ungeheuer reizvoll.

Fast ist es, als hätte sie ein bisschen Angst vor ihm. Erik muss lächeln.

»Haben Sie unsere Verabredung vergessen?«, fragt er.

»Bestimmt nicht. Ich war nur ...« Ihr Blick wandert wieder zurück zu den Büchern auf dem Boden und sie bricht ab. Dann geht ein Ruck durch sie und ihr Tonfall ändert sich. »Außerdem sind Sie eine Viertelstunde zu früh. Ich habe noch gar nicht mit Ihnen gerechnet.«

Erik legt den Kopf schief. »Ich konnte es wohl nicht erwarten.«

»Oh«, macht sie darauf, wendet sich um und will den Bücherstapel vom Boden aufheben. »Ich lege die nur schnell zur Seite.«

»Unsinn!« Erik springt zu ihr und legt seine Hand auf die Bücher. »Machen Sie ruhig erst ihre Arbeit zuende. Ich seh Ihnen gern dabei zu.«

Jamps Tochter sieht verunsichert aus.

Erik weiß nicht genau, woran es liegt, aber irgendwie fühlt auch er sich bei ihr nicht auf gewohnt sicherem Terrain.

»Na gut«, sagt Jamps Tochter dann und lässt sich wieder auf dem Boden nieder. »Wenn Sie meinen, dass Bücher einräumen eine spannende Sache ist ...«

Erik sieht sich im Laden um.

»Wonach sortieren Sie sie?«

»Ach, da gibt es viele Möglichkeiten. Ich habe in meinem

143

Studium ungefähr zweihundertdreißig Möglichkeiten gelernt, eine Bibliothek aufzubauen. Angefangen bei einer
sehr sachlichen Strukturierung bis hin zu einer Art Kunst-
objekt, das allerdings dazu führt, dass die Bibliothekarinnen selbst keinen Titel finden ohne vorher in den Computer
schauen zu müssen. Hier bei ›Woolfs‹ ist alles ganz einfach
und so wie es in den meisten Buchhandlungen ist: Über-
geordnete Themenbereiche. Darunter Unterteilungen. In
diesen Unterteilungen dann alphabetische Ordnung nach
Autorinnen.«

Erik betrachtet das Regal, vor dem er steht. »Ah, ich
sehe … Tiere. Darunter Dokumentationen zu Wildtieren
und Ratgeber für Haustiere. Unter den Haustieren … wow!
So viele Haustiere gibt es! Nager. Hunde. Katzen. Pferde.
Del … Delphine?« Er schaut sie mit zur Schau gestellter
Verblüffung an. Jamps Tochter lächelt zum ersten Mal echt,
nimmt das Buch raus und stellt es an einer anderen Stelle
wieder ins Regal.

Erik hebt jetzt die Aktenmappe, die er immer noch unter
dem Arm trägt und legt sie auf der Theke ab. »Hier haben
Sie Ihren Schatz zurück. War das richtig, dass ich die Unterlagen für mich zu den Akten genommen habe?«

Jamps Tochter sieht beunruhigt aus. »Kann mein Vater
die einsehen?«

Erik schüttelt beruhigend den Kopf. »Nur wir. Aber
wenn Sie sie gern zurück haben möchten, schicke ich Sie
Ihnen morgen mit der Post zu und …«

Jamps Tochter winkt ab.

Das läuft ja wie geschmiert!

»Was ich Sie in dem Zusammenhang noch fragen wollte«,
setzt Erik an. »Sind Sie neben Ihrem eigenen Laden hier in die
Geschäfte Ihres Vaters eigentlich immer derart involviert?«

Sie zuckt die Achseln und betrachtet unschlüssig ein
Buch, das sie in der Hand hält. Dann schiebt sie es zwischen
zwei andere auf dem Regalbrett direkt vor ihrem Gesicht.

»Ich bin mit Jamp Electronics aufgewachsen«, sagt sie.

»Ich habe von früh an mitbekommen, welche Belange für die Firma wichtig waren. Genauso wie ich wusste, was meinem Vater Spaß an der Arbeit macht, welche Angestellten er mochte und welche weniger. Es war immer wie eine Art Familie für mich. Meine Mutter lebt nicht mehr.«

»Ich weiß«, antwortet Erik mit ruhiger Stimme. »Tut mir Leid.«

Jamps Tochter sieht für eine Sekunde kurz auf, ihm direkt in die Augen.

»Sie ist früh gestorben. Ich kann mich gar nicht an sie erinnern. Vielleicht klingt das kaltherzig, aber ich habe sie nicht vermisst. Ich kannte es nur so: Mein Vater und ich.«

Erik räuspert sich.

»Das klingt keineswegs kaltherzig, finde ich. Bei uns zu Hause war es ganz ähnlich. Unser Vater verließ meine Mutter und uns kurz nach der Geburt meiner Schwester. Wir waren immer nur zu dritt. Und eigentlich fand ich es ganz o.k. so. Immerhin konnte ich so der Mann im Haus sein.« Er lacht leise.

Jamps Tochter hält das Buch in ihrer Hand schon ziemlich lange. Offenbar hat sie ihm einfach nur zugehört.

»Der Mann im Hause?«, wiederholt sie jetzt. »Da hatten Sie wohl nicht viel Gelegenheit, einfach nur Kind zu sein?!«

Erik zögert.

Er schätzt sie ein als eine, die ein großes, weiches Herz hat, es aber nicht mag, wenn jemand allzu sehr auf die Tränedrüse drückt. Also antwortet er schmunzelnd: »Ach, na ja, das kann schon sein. Aber das hab ich gar nicht so mitbekommen damals. Für mich war nur wichtig, dass ich mir mit sechs Jahren schon vorkam wie ein Familienoberhaupt. Ich glaube, das prägt ungeheuer.«

Sie hat wohl die falsche Stelle für das Buch ausgewählt, denn sie zieht es wieder heraus und stellt es an einer anderen Stelle wieder ins Regal.

Thema »Familie und Kindheit« kommt immer gut an bei Frauen.

145

»Dann war für Sie also schon sehr früh klar, dass Sie einmal hoch hinaus wollen?«

Vorsicht, Erik! Dies ist bestimmt wieder die ›allzeit gieriger Finanzhai‹-Schiene.

Scheinbar nachdenklich erwidert er: »Das würde ich so nicht sagen. Ich wollte einfach etwas besonderes schaffen, etwas leisten, auf dass man stolz sein kann. Ich selbst. Meine Mutter. Meine Schwester …«

»Sie haben ein gutes Verhältnis zu Ihrer Schwester?«

Was für eine verrückte Frage.

Was für ein absurde Idee.

Sie hat Martje doch gesehen. In ihren kurzen Hosen, den schlabberigen Sandaletten, dem billigen T-Shirt und den Zöpfen.

»Wir sind sehr unterschiedlich«, antwortet er lächelnd.

»Oh ja«, sagt sie und lächelt auch. Auf eine sehr merkwürdige Art und Weise lächelt sie.

Erik ist ein wenig verwirrt. Diese Art von Lächeln passt so gar nicht zu ihrem Treffen, zu der ungewohnten Atmosphäre von Büchern und Duftölgerüchen aus der Esoterikecke. Es ist ein Lächeln, das von Mögen und Vertrautheit spricht.

Auf seinen fragenden Blick hin, schnalzt sie kurz mit der Zunge und lächelt immer noch: »Ich habe Ihre Schwester am Samstag zufällig getroffen. Wir haben uns ein bisschen unterhalten. Sie ist ja wirklich vielseitig. Humorvoll. Witzig. Und doch so bewusst lebend und nachdenklich.«

Erik braucht einen Moment, um diese für ihn so ungewohnten Sicht auf seine kleine Schwester zu verdauen.

»Verrückt, dass Sie das sagen«, brummt er dann und hofft, dass er gerührt klingt. »Vielleicht macht man sich viel zu selten die Mühe, gerade bei den Menschen, die einem sehr nahe stehen, genauer hinzuschauen, wie sie wirklich sind.«

Jamps Tochter stellt das letzte Buch ins Regal und schaut ihn kurz ernst an.

»Diese Mühe sollten Sie sich wirklich machen. Ich finde, Ihre Schwester ist ein außerordentlicher Mensch.«

Irgendwas stimmt hier nicht.

Erik lächelt und streckt ihr die Hand entgegen, um ihr vom Boden aufzuhelfen.

Sie nimmt sie. Er zieht sie hoch. Ihre Hände sind besonders. Stark und fest. Und doch von beeindruckender Weichheit. Schon bei ihrer ersten Begrüßung ist ihm das aufgefallen.

»Momentan bin ich sehr davon in Anspruch genommen, einen anderen, außerordentlichen Menschen genauer kennen zu lernen«, antwortet er und versucht einen tiefen Blick.

»Dann hoffe ich sehr, Sie wissen, was Sie da tun«, lacht sie und wendet sich ab, um zur Verkaufstheke hinüber zu gehen und einen weiteren Karton zu öffnen.

Da ist es wieder. Diese sonderbare Irritation, die ihn in ihrer Gegenwart oft ergreift.

Seine Komplimente und charmanten Sprüche kommen bei ihr an, das spürt er. Aber dennoch reagiert sie nicht so wie er es gewohnt ist. Von anderen Frauen. Und wie es doch sein müsste, wenn sie wirklich auf ihn stehen würde. So wie geplant.

Irgendetwas an ihr scheint zu zögern. Scheint ihn ein wenig abwägend zu betrachten. Als gäbe es in ihr eine Stimme, die ihr skeptisch zur Vorsicht rät.

Aber das kann doch nicht sein.

Es ist von IHR doch alles genau so angelegt. Jamps Tochter wird sich Hals über Kopf und mit allen Sinnen total in ihn verlieben. Wie so viele Frauen vor ihr.

Nur, dass bei ihr natürlich andere, weitreichende Konsequenzen für ihn folgen werden.

Erik hatte keine Ahnung, wie viele Bücher Tag für Tag an eine Buchhandlung geliefert werden.

Er sieht Jamps Tochter bei ihrer Arbeit zu. Sie räumt, sortiert, trägt in Listen ein.

Irgendwann öffnet Erik die braune Umweltpapiertüte

und zieht die Champagnerflasche und die beiden Gläser heraus.

Sie lachen, machen Witze darüber, dass am Ende alle Bücher in falschen Regalen stehen werden. Trotzdem füllt Erik die Gläser, Jamps Tochter … verflucht, Luna heißt sie! Luna. Luna. Luna. Sie nimmt ihres an und trinkt.

»Mmmh, lecker«, sagt sie und fährt mit der Zungenspitze über die Lippen.

Erik ist plötzlich gespannt, wie es sein wird, sie zu küssen.

Sie ist bis auf ein wenig Wimperntusche ungeschminkt, trägt keinen Lippenstift. Daher fehlt das knallige Rot, das ihn sonst sehr an Frauenmündern anzieht. Aber ihr Mund ist schön geformt. Vielleicht kann sie ja auch gut küssen.

Er gibt sein Bestes. Ist so charmant, gleichzeitig auffallend zurückhalten, humorvoll und redegewandt wie es einnehmender gar nicht geht.

Jamps To … Lunas Wangen röten sich ein wenig.

Ihre Augen glänzen.

Wie sie ihm von ihren Lieblingsbüchern erzählt, deren Titel er gleich wieder vergisst. Aber er hört ihr gern zu, ihrer leicht heiseren Stimme, die in einem engagierten Singsang hoch und nieder fliegt.

»Du lieber Himmel«, sagt sie schließlich und verschließt kurz ihren Mund mit der Hand. »Ich bin ja richtig in Champagnerlaune … Sie Armer müssen sich das jetzt alles anhören.«

»Mit dem höchsten Vergnügen«, beteuert Erik und deutet galant eine kleine Verbeugung an.

Luna. Denkt Erik.

Luna kichert.

»Wir können unser kleines ›Hallo‹ -Treffen auch noch in einer Kneipe fortsetzen. Oder ich zeige Ihnen mein gemütliches Häuschen? Wie Sie wollen?«

Sie stehen sehr nah beieinander. Luna lehnt sich gegen ein Regal und betrachtet ihr Glas, das wiederum gefüllt und beinahe schon wieder geleert worden ist.

»Heute nicht«, sagt sie und murmelt: »Ich muss noch einen Blick in das Buch werfen.«

Als sie ›das Buch‹ sagt, richten sich plötzlich an Eriks Armen die Haare auf.

Ein kühler Hauch zieht über ihn hinweg.

Er schaut sich verwundert um.

Luna scheint jedoch nichts bemerkt zu haben.

»Dann vielleicht ein anderes Mal?«, fragt er ohne wirklich zu fragen.

Natürlich bei einem anderen Mal.

Es ist schon erstaunlich genug, dass es heute Abend nichts wird. IHRE Wege sind manchmal wirklich nicht leicht zu durchschauen.

Erik findet nämlich, dass es langsam an der Zeit ist, dass etwas maßgebliches passiert zwischen Luna und ihm.

Luna. Es ist gar nicht so schwer, ihren Namen zu denken. Wer weiß, vielleicht werden sie sich richtig gut verstehen. Vielleicht könnte sie noch mehr sein als Jamps Tochter. Das bleibt abzuwarten.

Momentan jedenfalls scheint sie ein wenig abwesend zu sein.

Doch sie nickt.

Dann nimmt sie den letzten Schluck, greift nach ihrer Tasche und sie gehen miteinander zur Tür.

Die leere Flasche und die Gläser bleiben auf dem Verkaufstresen zurück.

Sollen sie Luna morgen früh gleich beim Betreten des Ladens an ihn erinnern.

An der Tür stehend kramt Luna in ihrer Tasche.

»Immer das gleiche mit den Schlüsseln«, sagt sie.

Vielleicht sollte er es einfach wagen.

»Ich nehme mir immer vor, sie hier vorne in die kleine Seitentasche zu tun, aber dann bin ich irgendwie in Eile und stopf sie hier so rein und am Ende suche ich sie stundenlang.«

Seine Hand ist nur Zentimeter von ihrer Schulter entfernt, während er die Tür aufhält für sie.

Er könnte es einfach tun.

»Kennen Sie das auch, wenn man ...«

Sein Arm legt sich wie von selbst um sie.

Luna erstarrt und hebt den Blick.

Erik beugt sich zu ihr.

Einen Moment scheint sie zu zögern. Er glaubt, einen Widerstand zu spüren. Dabei ist dies alles hier doch von IHR geplant. Nur Lunas leichtes Zurückweichen, das nicht.

Sie ist nicht so hingegossen und bereit in seiner Umarmung wie sie sein sollte, wie er es gewöhnt ist.

Irgendetwas ist da, das sie zurück hält. Ganz offensichtlich.

Aber als könnte Luna dem Sog des Schicksals gar nicht widerstehen, schließen sich dann doch Eriks Lippen um die ihren.

Lippen, die erstaunlich kühl sind. Verwirrend deutlich. Betörend feucht.

Es ist nur diese kleine, kurze Berührung. Mehr nicht.

Erik löst seinen Mund von ihrem und seinen Arm von ihrer Schulter.

Luna starrt ihn mit großen Augen an.

Als könne sie es nicht glauben.

»Entschuldigung«, murmelt Erik sanft. »Ich konnte einfach nicht ... widerstehen ...«

Er bricht zögernd ab.

Wieso steht sie so da?

Wieso lächelt sie nicht verzückt?

Wieso verdammt noch mal macht sie nichts, was Frauen sonst so üblicherweise tun, wenn er sie zum ersten Mal geküsst hat?

Luna schluckt und ihre Hand taucht aus dem Tiefen ihrer Tasche wieder auf.

»Ich hab ihn!«, sagt sie und hält den Schlüssel hoch.

Sie schließt hinter ihnen sorgfältig die Ladentür. »Ich hab meinen Wagen hinterm Markt geparkt.«

Dann gehen sie nebeneinander die schmale Straße entlang.

»Luna?«, fragt Erik nach einer Minute des Schweigens.

»Sorry«, sagt Luna und lacht verlegen. »Ich bin etwas durcheinander.«

»Weil ich dich geküsst habe?«

Sie sieht ihn an, in ihren Augen steht wirkliche Verwunderung geschrieben.

»Na ja«, macht sie und schaut beim Gehen wieder auf den Boden. »Vielleicht eher, weil ich auch … ach, ich weiß nicht. Ich bin wohl ziemlich verwirrt.«

Nicht nur das.

Der Kuss scheint Luna vollkommen ernüchtert zu haben. Von Champagnerlaune kann nicht mehr die Rede sein. Vielleicht hat es aber auch schon in dem Moment begonnen, als sie ›das Buch‹ erwähnte.

Regelrecht ernst wirkt sie, wie sie neben ihm hergeht.

»Gibt es vielleicht etwas, das du mir sagen möchtest?«, erkundigt Erik sich. Seiner Stimme verleiht er dabei einen liebevollen, fürsorglichen Tonfall. Was immer sie irritiert, muss aus der Welt geschaffen werden. Ihre Geschichte muss weitergehen. Genau so wie SIE es geplant hat.

Aber das wird nicht gehen, wenn Luna schon nach einem kleinen Kuss ein Gesicht macht wie eine Kuh wenn's donnert.

Wieder tun sie etliche Schritte, bevor Luna den Mund öffnet.

»Ja, ich denke, da gibt es etwas … Vielleicht solltest du es auch wissen …«, beginnt Luna.

Aber es scheint etwas zu sein, das nicht leicht über die Lippen kommt.

Was kann das sein?

Hat SIE irgendetwas nicht bedacht?

Ist Luna vielleicht bereits verheiratet? Ist sie sterbenskrank? Hat sie eine Allergie gegen Rasierwasser?

»Ich weiß, wir kennen uns noch gar nicht wirklich«, sagt Erik leise. Eine vorüberkommende hübsche Passantin wirft ihm einen begehrlichen Blick zu. Er zwingt sich, ihr nicht hinterherzuschauen. »Aber du kannst mir ruhig sagen, was du auf dem Herzen hast. Indem man es ausspricht, ist es meistens schon nur noch halb so bedrohlich.«

Luna wechselt ihre Ledertasche von der einen auf die andere Schulter.

»Wahrscheinlich hast du Recht«, beginnt sie zögernd. Doch dann geht ein Ruck durch sie. »Na gut. Also, ich habe vor ein paar Tagen erfahren, dass ...«

»Nein! Das gibt's ja nicht!« Eine wohl bekannte Stimme. Von rechts. Direkt aus der Tür eines Wohnhauses.

»Martje«, sagt Luna.

Nur das.

Erik starrt sie eine Sekunde lang verblüfft an. Den Namen seiner Schwester aus ihrem Mund. Und so aus ihrem Mund. Auf diese Art.

»Hi! Was macht ihr denn hier?« Martje ist scheinbar auch maßlos erstaunt. Aber irgendwie anders erstaunt als er. Erik hat ein feines Gespür für solche Unterschiede. Und Martje macht auf ihn ganz den Eindruck, als sei sie der Meinung, mehr Recht darauf zu haben, jetzt verwundert zu sein.

»Auf dem Weg nach Hause, quasi«, antwortet Luna etwas kleinlaut.

Wieso das?

Wieso hat Luna offenbar das Gefühl, Martje in irgendeiner Weise Rechenschaft schuldig zu sein?

»Na, was für ein Zufall. Hier wimmelt es nur so vor Zufällen, oder? Ich war grad bei Ute-Karen. Wir hatten was zu besprechen. Sie hat sich da ein paar Sachen in den Kopf gesetzt ...«

Wieso wird Erik das Gefühl nicht los, dass Martje in erster Linie zu Luna spricht.

»Wer ist Ute-Karen?«, fragt er verwirrt.

Martje errötet leicht. »Eine Bekannte«, antwortet sie rasch.

»Die Besitzerin vom ›P & S‹, nicht?«, hakt Luna nach.

»P und S? Was ist das denn?«, forscht Erik.

Doch jetzt bekommt er nicht mal mehr Antwort von Luna.

Was geht hier vor?

»Und ihr? Habt ihr euch auch zufällig getroffen?«

Martje scheint von Zufällen sehr angetan zu sein.

»Nein, wir hatten uns zu einer kleinen Plauderei verabredet«, erwidert Erik und lächelt Luna genau so zu, als hätten sie ein schönes Geheimnis miteinander zu teilen.

Leider sieht Luna sein perfektes Lächeln nicht. Sie ist offenbar damit beschäftigt, Unebenheiten auf dem Kopfstein-Pflaster auszumachen.

»Hast du noch was vor?«, fragt Erik jetzt drängend. Diese Situation ist einfach unangenehm. Nicht wirklich peinlich. Aber nahe davor. Seine kleine Schwester soll machen, dass sie wieder verschwindet. Ganz schnell.

»Nein, nichts. Ich wollte jetzt endlich heim gehen. Bin total kaputt. Ausnahmsweise hatte ich heute auch mal so viel Betrieb, wie du in deinem Laden ständig hast«, erklärt die in Richtung Luna.

Die beiden duzen sich!

»Ach, dann komm doch mit mir. Ich nehm dich im Auto mit,« sagt Luna da, bevor Erik noch etwas erwidern kann. »Ist ja bei mir um die Ecke.«

»Ähm«, macht Erik, eine Hand erhoben.

Luna lächelt ihn an.

Freundlich.

»Das war ein schönes Treffen, Erik. Danke für den Champagner. Der war wirklich lecker. Aber du solltest noch mal mit dem Verkäufer sprechen. Ich habe den Verdacht, die Wirkung hält nicht so lange an.«

»Bitte … gern geschehen … ich …«

Martje sieht zum ersten Mal in ihrem Leben ihren älteren Bruder sprachlos.

»Bis bald mal!«, sagt Luna, sieht Martje auffordernd an und wendet sich zum Gehen.

Martje muss ihren Blick regelrecht losreißen von Eriks fassungsloser Miene.

Er sieht aus, als könne er etwas verdammt noch mal nicht glauben.

Sein Gesichtsausdruck verändert sich die ganze Zeit nicht, die er noch genau am gleichen Fleck steht und ihnen nachschaut.

Etwas verdattert sieht er aus.

Wie ein kleiner Junge, der sich einen lustigen Streich ausgedacht hat und nun selbst hereingefallen ist.

Beinahe rührend.

Als sie um die nächste Ecke biegen, hat er sich immer noch nicht bewegt.

Martje weiß mal wieder nicht, wie ihr geschieht.

Da war ein erneuter Anruf von Ute-Karen, die unbedingt ihre grandiosen Ideen zur Übernahme der Weltherrschaft ... ähm, Weltfrauschaft besprechen wollte.

Was blieb Martje anderes übrig, als dem dringlichen Ruf ihrer alten Freundin zu folgen und sich den Nachmittag mit Plänen um die Ohren zu schlagen, wie die Frauen durch Martjes Zutun an die Macht gelangen könnten.

Das alles war schon verwirrend genug, doch als Martje gerade aus der Haustür trat und Luna sah, da war ihr einmal mehr klar, dass hier wirklich komplett alles auf dem Kopf steht. Es gibt schließlich gewisse Regeln. Eine davon lautet: Ein Zufall ist erlaubt, zwei sind unglaubwürdig, drei sind verboten.

SIE hält sich immer daran.

Aber Martje offenbar nicht.

Im Grunde ist das auch egal. Vollkommen schnurz. Denn schließlich hat ihr eigenes Geschick sie jetzt wieder an Lunas Seite katapultiert.

Und wenn Martje jetzt mal ganz ehrlich ist, ist das eine ganze Ecke aufregender als Ute-Karens Philosophien zur endgültigen Herstellung von Gerechtigkeit zwischen den Geschlechtern.

In Lunas Auto riecht es besonders gut.

Martje verbietet sich den Gedanken, dass es Lunas Duft ist, der sie jetzt so konzentriert umgibt.

Sie plaudert lieber über ihre heutigen Kundinnen im Hundesalon, über den angekündigten Wetterumschwung, über das Buch, das sie gerade liest und das Luna tatsächlich noch nicht kennt.

So ganz nebenbei bemerkt sie, dass Luna nicht in den Melissenweg einbiegt, sondern einfach daran vorbei fährt.

Ohne ein Wort fährt sie weiter, hält schließlich vor ihrer eigenen Haustür und stellt den Motor ab.

»Kommst du mit rauf?«, fragt sie. Es ist eindeutig, dass sie ein ›Nein‹ nicht akzeptieren würde.

Martje spürt so etwas wie Knieerweichung.

Es geschieht ganz langsam, wird aber in wenigen Minuten wahrscheinlich zur Folge haben, dass sie nicht mehr selbstständig stehen kann.

Sie sieht Luna an.

Deren Lippen schimmern rosa.

Was für ein wunderschöner Mund.

Jetzt lacht sie und dabei blitzen ihre Zähne hinter den Lippen auf.

»Was machst du denn für ein Gesicht? Siehst aus wie das Kaninchen vor der Schlange. Komm schon, ich will dir was zeigen.«

Was zeigen?

Martje folgt Luna durch das Treppenhaus in den ersten Stock.

Hinter der Wohnungstür warten sie.

Bücher.

»Oh«, macht Martje und schaut sich um.

Vom Boden bis zur Decke ziehen sich Regale an den Wänden entlang. Es ist ein langer Flur. Eine Altbauwohnungsflur mit hohen Decken.

An dem Regal zur Rechten lehnt eine fragil wirkende Eisenleiter.

155

Eine kleine Bibliothek im Wohnungsflur.

»Gefällt's dir?«, will Luna wissen.

»Schön. Wirklich hübsch«, antwortet Martje unsicher.

»Aber?«, hört Luna heraus.

Martje betrachtet die Bücher, es müssen Hunderte sein, die sich Rücken an Rücken aneinander schmiegen.

»Na ja, irgendwie hätte ich bei einer Buchhändlerin nicht erwartet, dass sie ihre Bücher in den Flur verbannt. Bitte nicht missverstehen. Ich find's wirklich klasse. Es wirkt toll. Ich bin nur etwas verwundert. Das ist alles.«

Luna lächelt.

Ihre Augen sind wunderbar.

Martje sieht zur Seite. Auf einen großformatigen Band. »Innere Schönheit – Wie Organe auf unser Liebesleben reagieren«.

Solche Bücher gibt es also auch.

»Schön, dass du es merkwürdig findest«, lächelt Luna immer noch und öffnet die Tür zu ihrer rechten.

Sie führt ins Wohnzimmer.

In ein Wohnzimmer, dessen Wände wiederum tapeziert sind mit Büchern. Selbst um die große Fensterfront, um den Rahmen der Tür herum sind Regale gezogen, in denen sie sich zu Dutzenden und Hunderten tummeln.

Martje steht staunend mitten im Raum.

»Hat dein Schlafzimmer auch so viele Bücherregale?«, erkundigt sie sich und bereut im gleichen Augenblick, auch nur den Gedanken zu dieser Frage gefasst zu haben.

Luna scheint amüsiert.

»Nein, so viele nicht. Es sind nur ein paar ganz wenige dort. Die, die dahin gehören.«

»Welche Bücher, um Himmels willen, gehören denn ins Schlafzimmer?«, entfährt es Martje.

Sie sehen sich an und wenden sich beide verlegen ab.

»›Der Löwe ist los‹ zum Beispiel«, räuspert Luna sich. »Oder ›Der kleine dicke Ritter‹. Meine alten Kinderbücher eben, die ich rübergerettet habe in mein Erwachsenenleben.«

Martje hätte gern eine Bratpfanne zur Hand, um sie sich gegen die Stirn zu schlagen.

Welche Bücher gehören denn ins Schlafzimmer?

Wie kann sie nur so was fragen?

Und jetzt diese Stille.

Dieses ratlose Herumstehen und im Kreis drehen.

»Das wolltest du mir also zeigen?«, sagt Martje schließlich.

Luna richtet sich merklich auf. Ihr Körper zeigt deutliche Anspannung.

»Nein. Das heißt, nicht nur«, sagt sie und geht zu einem bestimmten Regal hinüber, in dem offenbar ganz besonders ausgefallene Exemplare stehen.

Da sind bunte, mit goldenen Lettern verzierte Buchrücken zu sehen.

Bücher, die mit Federn oder Stoffen geschmückt sind.

Bücher aus handgeschöpftem Papier.

Viele alte Bücher. Und auch ein paar uralte Bücher.

»Ich musste ein bisschen danach suchen. Vielleicht kannst du dir vorstellen, dass ich nicht immer sofort weiß, wo ein bestimmtes Buch steht. Ich weigere mich nämlich, meine private Bibliothek zu katalogisieren.«

Luna streckt die Hand aus und greift in ein Regal mit diesen kostbaren Büchern hinein.

Sie zieht eines heraus, das relativ unscheinbar aussieht.

Sein grauer Leineneinband macht den Eindruck, als habe er mal, vor etwa fünfzig oder mehr Jahren einen Schutzumschlag besessen, der jedoch verloren gegangen ist.

Auf dem Buchrücken steht kein Titel.

Luna wiegt es in der Hand und sieht Martje an.

In ihrem Blick liegt so viel Spannung, dass ihre Pupillen zittern. Die Luft im Raum scheint sich statisch aufzuladen.

Es ist nicht nur dieses beinahe Greifbare zwischen ihnen beiden.

Es ist auch das Buch. In Lunas Hand.

Martje schaut es gebannt an.

Eine Ahnung.

Unglaube.

Doch auf ihren fragenden Blick hin, nickt Luna langsam.

»Ich hatte selbst noch gar nicht reingeschaut«, sagt sie und legt es in Martjes Hand. »Es wurde nur in limitierter Auflage verlegt und streng kontrolliert verkauft. Ich habe es zu meinen Bibliothekarinnenzeiten ergattert. Auf einer Auktion in Brüssel, wo es mir nur zugestanden wurde, weil ich eine große Zentralbibliothek vertrat. Ich weiß heute nicht mehr wieso, aber ich hab es als einziges Exemplar von all den hundert gekauften Büchern gleich mit heim genommen. Ich wollte es zurück geben, ehrlich. Ich wollte nur einen Blick hinein werfen. Aber als ich später die Lieferung mit dem Katalog erhielt, stand das Buch nicht darauf. Auch auf der Rechung erschien es nicht. Es schien einfach nicht mehr zu existieren.«

»Du hast es gestohlen«, murmelt Martje, ohne das verwerflich finden zu können.

Luna ist kein Mensch, der etwas Verwerfliches tut. Selbst ein Diebstahl gerät bei Luna zu einer verständlichen und sinnvollen Tat.

Sie ist als Hauptfigur angelegt. Hauptfiguren sind so. Sie tun nichts wirklich Schlimmes.

Martje schlägt das Buch auf, blättert durch die Seiten. Daraus steigt ihr der eigentümliche Geruch alter Bücher entgegen.

Wörter springen heraus wie winzige Feuerwerkskörper.

Ganze Sätze ziehen in den Raum hinein wie Nebelschwaden.

Das ist es.

Martje klappt das Buch wieder zu.

»Hast du es denn jetzt gelesen?«, flüstert sie.

Natürlich kann jeder sie hören.

Luna sowieso.

Auch Diedadraußen.

Martje weiß das. Aber manche Dinge, wird ihr plötzlich klar, müssen einfach geflüstert werden.

Luna nickt.

»Samstagnacht habe ich danach gesucht. Es stand nicht da, wo ich es vermutet habe. Das war wirklich eine kleine Jagd, die ich veranstaltet habe. Ich wusste, es muss hier irgendwo sein. Aber es war, als hätte das Buch sich vor mir versteckt. Und dann ... als ich es gefunden hatte...«

Lunas Blick fällt auf das Buch, das Martje immer noch in ihren Händen hält.

Er ruht sehr lange darauf.

»Wir müssen nichts tun, was wir nicht wollen, weißt du«, sagt sie dann.

Ein bisschen ist es wie ein kleines Erdbeben unter ihr, ein bisschen wie ein Sturz aus gewaltiger Höhe.

»Dann ist es also wahr.« Martje schließt die eine Hand um den Buchrücken und betrachtet ihn genau.

»Es sieht nach nichts Besonderem aus.«

Luna räuspert sich. »Es kommt auf den Inhalt an.«

Martje denkt.

An Erik, der sie einfach hat im Regen stehen lassen, ganz anders als geplant. Ohne Kredit, ohne Hoffnung.

An Bärbel, die so viele Sätze in sich hat und sie plötzlich raus lassen kann. An Ute-Karen und ihre Ideen.

An den einen Satz: Alles ist möglich!

»Was werde ich darin finden?«, fragt Martje.

Luna atmet tief aus.

»Unsere Rechte. Unsere Möglichkeiten. Alle Wege, Schritt für Schritt wie wir unsere eigenen Wünsche und Ziele umsetzen können.«

Martje muss schlucken. »Was würde wohl passieren, wenn dieses Buch uns allen zur Verfügung stände. Wenn wir alle erfahren würden, wie wir unsere Leben selbst in die Hand nehmen, unser Schicksal selbst bestimmen können.« Ein kleiner Ton, wie ein Keuchen, ringt sich aus ihrem Hals. Langsames Begreifen. »Was wäre, wenn wir dieses Buch neu drucken und unter all die anderen Figuren bringen würden?«

Eine Weile stehen sie still voreinander in diesem Zimmer voller Bücher.

Dann stiehlt sich langsam ein Lächeln auf Martjes Gesicht. Es beginnt in den Augenwinkeln und wandert über die Stirn, die Schläfen hinunter an die Lippen, die sich sanft nach oben ziehen. Bis sie strahlt.

Luna breitet die Arme aus.

»Grandios!«, juchzt sie.

Martje lacht laut und hält das Buch weit über ihren Kopf.

»Ich kann's nicht fassen! Hiermit haben wir eine Grundlage, um für unsere Rechte zu kämpfen. Wir können uns organisieren und dafür eintreten, dass wir unsere Leben selbst bestimmen wollen. Das Dasein als Schatten irgendwelcher Protagonistinnen könnte damit endgültig für immer vorbei sein! Wir könnten eine Gewerkschaft gründen, die sich um unsere Belange kümmert und dafür sorgt, dass keine von uns um der Dramaturgie willen sich in unsympathische Zeitgenossen verlieben oder an einer heilbaren Krankheit sterben muss. Wir könnten ...«

Martje hält inne.

Offenbar hat Ute-Karens Plädoyer unterbewusst doch gewaltigen Einfluss auf sie genommen.

Aber das ist jetzt egal. Vollkommen egal.

»Du willst was?« Luna lacht einmal kurz auf. »Eine Gewerkschaft gründen?«

Martje spürt, wie ihre Wangen sich röten. Vor Eifer. Und ein wenig Verlegenheit spielt sicher auch dabei mit. Wie hat Bärbel gesagt? ›Du bist politisch so uninteressiert!‹?

»Ja, eine ständige Vertretung. Eine Gruppe, die unsere Rechte vertritt. Ich weiß, was du denkst. Ich bin doch nur Martje. Nur eine Nebenfigur, die bisher am Leben kläglich gescheitert ist. Nur die Besitzerin eines um die Existenz bangenden Hundesalons. Aber wer soll es sonst machen, wenn nicht ich? Ich bin, aus welchen Gründen auch immer, dazu auserwählt. Ich muss es regelrecht tun! Ich glaube, ich bin es

160

allen anderen schuldig. Und mir auch.« Die letzten Worte kommen nur noch sehr dünn.

Denn in Lunas Augen glimmt plötzlich ein seltsames Leuchten.

So genau könnte Martje nicht benennen, was das ist. Sie ist schließlich keine Figur, die für eine Liebesgeschichte angelegt wurde. Sie ist erschaffen worden, um die Hauptfigur Erik zu charakterisieren, indem sie mit und über ihn redet, sich von ihm ein paar Mal erniedrigen lässt und ihm im letzten Kapitel alles verzeiht. Weil Blut eben dicker als Wasser ist, oder aus einem ähnlich schwachsinnigen Grund.

Aber trotz Martjes daher verständlicher Unwissenheit ist sie ganz sicher, dass dieses Leuchten in Lunas Augen von mehr spricht als nur von Bewunderung für Aufrührertum.

Luna selbst weiß natürlich Bescheid. Sie ist eine Vollblutromanfrau. Durch ihre Adern fließen Leidenschaft, Hingabe und Verehrungswürdigkeit. Sie beherrscht intuitiv alle Muster des Flirtens, alle Höhen und Tiefen des Verliebens, Verlangens, Verschenkens. Und dennoch würde sie Martje nie aufklären über all diese Dinge. Sie verschließt ihr Wissen geheimnisvoll lächelnd in sich und wartet ab.

Ja, sie wartet. Denn schließlich befindet sie sich in einer ursprünglich heterosexuellen Liebesgeschichte für Banalitäten erwartende Diedadraußen.

Zwar flippt die Schwester des Helden hin und wieder rum, aber trotzdem ist Luna noch in ihrer Rolle. Und die besagt nun einmal, dass sie umworben, fast verführt, aber schließlich überzeugt wird. Von Erik.

Hm.

Was aber, wenn alles ein wenig anders käme?

Was, wenn Luna plötzlich Bewunderung und mehr empfände für eine, die dafür doch gar nicht gedacht war?

Und was, wenn ebenjene das nutzen würde und ihrerseits den großen Schritt wagen würde, heraus aus der Opfer-verzeiht-am-Ende-Rolle, hinein in die der Umwerberin, Verführerin, Überzeugerin?

Was könnte allen Romanfiguren der gesamten Bibliotheken eindrucksvoller zeigen, dass ihr Schicksal in ihren eigenen Händen liegt als solch eine Entwicklung der Handlung?

»Ich glaub, ich beneide dich ein bisschen«, sagt Luna jetzt und sieht dabei so herzzerreißend aus, dass Martje sie am liebsten umarmen möchte. »Du bist eine Revolutionärin, eine, die immer alles anders gemacht hat als man es von ihr erwartet hat. Und wahrscheinlich ist das der Grund, wieso es ausgerechnet dich getroffen hat. Wieso ausgerechnet du jetzt unser aller Schicksal zu bestimmten scheinst. Du bist etwas besonderes. Du lehnst dich auf, aber ich … Ich bin doch langweilig, normal, brav. Ich bin eine kluge Buchhändlerin und eine gute Tochter. Und es fällt es mir offensichtlich schwer, von dem alten Kurs abzuweichen und neue Wege zu gehen …«

Hier bricht sie ab und errötet ein bisschen.

»Wie meinst du das?«, will Martje nicht ganz ohne eine Ahnung wissen.

»Erik und ich haben uns geküsst«, gesteht Luna. Ja, wirklich, Martje hat den Eindruck, dass Luna es ihr gesteht, dass sie sich nicht wohl dabei fühlt in ihrer Haut und dass sie glücklicher wäre, wenn es nicht geschehen wäre.

Und Martje kann nicht leugnen, dass sie das freut.

»Du hast Erik geküsst?«, wiederholt sie etwas platt, als könne sie es nicht glauben.

Luna windet sich. »Na ja, es war eher so, dass er mich geküsst hat. Aber ich … habe halt nichts dagegen unternommen.«

»War es schön?«

»Wie?«

»War es schön? Hat es dir gefallen? Möchtest du es wieder?«

»Nein!« Das kommt mit Überzeugung. Und einem leichten Anflug von Unwillen. Als sei es eine Unverschämtheit, das überhaupt in Erwägung zu ziehen.

»Hätte ja sein können. Immerhin seid ihr eigentlich für einander bestimmt«, erklärt Martje.

»Sag das doch nicht«, bittet Luna und beißt sich auf ihre zuckersüße Unterlippe.

»Es hat dir also nicht gefallen«, zieht Martje das Fazit.

»Wo ist das Problem? Tu es einfach nicht wieder. Tu lieber Dinge, die du magst.«

Luna seufzt in komischer Verzweifelung.

»Wenn ich das nur wüsste.«

»Wie?«

»Wenn ich nur wüsste, was ich mag. Weißt du das etwa? Weißt du, was du magst?«, will Luna wissen.

Martje reißt ihren Blick rasch von Lunas Lippen fort und heftet ihn starr auf das Buch in ihrer Hand. Ihren Schatz.

»Klar weiß ich das. Ist doch ganz einfach.«

Es ist nur nicht einfach, es sich selbst einzugestehen.

Vor allem dann nicht, wenn man eine herbe Enttäuschung hinter sich und grässliche Angst vor einer weiteren hat.

Sie spricht es nicht aus.

»Du bist echt was ganz besonderes, Martje, weißt du das?«, stellt Luna fest und wechselt leicht nervös das Standbein.

»Du weißt, was du willst. Du bist zu vielen Risikos bereit. Du bist mutig, selbstbestimmt und offen.«

»Hm«, macht Martje etwas verlegen.

»Doch, doch«, bestärkt Luna. »Wie du zum Beispiel mit deiner Lebensweise umgehst, finde ich toll. Du machst gar kein Geheimnis daraus, gehst so offen damit um. Ich finde das einfach toll.«

Wenn sie wüsste.

Durch Martjes Kopf schießen plötzlich Sätze.

Hast du deiner Mutter etwa endlich …? oder *Du hast es deiner Mutter immer noch nicht gesagt?*

Sicher. Die ganze Lesben-Szene kennt sie. Aber was heißt das alles schon, wenn nicht mal die eigene Mutter weiß, wie sie lebt?

Was tun sie hier eigentlich?

Sie haben hier die umwerfendste, sensationellste Entdeckung in der Romangeschichte vor sich!

Und was tun sie? Reden über Martjes Coming out!

»Du könntest mir dabei helfen, mein vorgefertigtes Fertigschicksal auszutricksen, Martje«, sagt Luna an genau dieser Stelle. Ebenjener Stelle, an der Martje eigentlich gerade beschlossen hat, wieder auf den eigentlichen Grund ihres Hierseins zurückzukommen.

Lunas Stimme, dieses leicht heisere Flüstern, verursacht eine Gänsehaut. Von der Kopfhaut bis zu den Fußnägeln. Die werden sich gleich wahrscheinlich aufrichten. Klack. Klack. Klack.

»Helfen?«, krächzt sie. »Ich?«

»Oh, ja«, erwidert Luna. Ihr Augen flackern. Ihre Haare – das ist Martje vorher noch gar nicht so bewusst geworden – sind wieder in diesem lustigen Knoten hochgesteckt. So dass ein paar Strähnchen in den Nacken fallen.

Ist es nicht verdammt nah, wie sie hier voreinander stehen?

Ist es nicht verflixt ungewöhnlich nah?

Martje starrt gebannt in Lunas Augen. Deren Blick wandert über Martjes Gesicht. Die Stirn. Die Schläfe. Den Haaransatz. Die Wange hinunter. Übers Kinn. Zum Mund. Zu den Lippen. Dort verweilt Lunas Blick.

So lange, dass Martje schlucken muss.

Lunas Hand kommt im Zeitlupentempo herübergeschwebt.

Alles dauert doppelt so lang wie normalerweise.

Alles ist doppelt so intensiv wie normalerweise. Lunas T-Shirt ist leuchtend orange, die Haut ihres Armes braun. Ihr Duft genau der wie vorhin im Auto. Um sie her eine nie gehörte Stille, die nur ihr gemeinsames Atmen kennt.

Ihre Hand an Martjes Arm weich.

Ihre Lippen schmelzen auf Martjes.

Sie schmelzen in einem langen Kuss, der vorsichtig und

beinahe verwundert beginnt. Der langsam neugierig wird. In dem Erstaunen sich mit plötzlicher Gewissheit paart.

Als sich ihre Münder voneinander lösen, sieht Luna aus wie eine junge Marienfigur. Trotz der sich langsam auflösenden Frisur. Und trotz Brille. Sie sieht einfach aus wie eine, die etwas Wunderschönes, Verklärendes erlebt hat. Eine, der nichts Böses mehr geschehen kann.

»Aha«, sagt Martje. »Jetzt verstehe ich. Und ich glaube, du hast Recht. Das war bestimmt nichts, was SIE sich für uns und für heute Abend so gedacht hat.«

Luna lächelt.

»Das vermute ich auch.«

»Ich muss sagen«, fährt Martje fort. »Hilfsbereitschaft kann sich auszahlen.«

Daraufhin kann Luna nur noch lachen.

Als Martje zehn Minuten später die Wohnung verlässt, kann sie endlich die Wirkung der neuen Einlagen in den sportlichen Freizeitschuhen spüren.

Letzte Woche gekauft, hatten die bisher eher gar keine Wirkung gezeigt.

Aber jetzt plötzlich.

Martje hat das Gefühl, auf etwas sehr Weichem zu gehen.

So etwas ähnliches wie fünf Veloursteppichschichten.

Oder Wolken.

Sie springt die Stufen hinunter wie ein närrischer Teenager.

Auf der Straße hat sie alle Mühe, nicht fortwährend zu grinsen.

Luna hat sie geküsst.

Es war nicht so, dass sie, Martje, Luna geküsst hätte. Und Luna einfach nichts dagegen unternommen hätte. Nein. Es war so, dass Luna Martje geküsst hat. Und sie sah hinterher keineswegs so aus, als sei sie geknickt gewesen, dass es passiert ist.

Luna.

Martje läuft die Straße hinunter.

Ihr Name allein schon.

Warum ist ihr der nicht schon bei ihrer ersten Begegnung aufgefallen? Erik hat sie doch vorgestellt.

Es hätte ihr sofort klar sein müssen, was sich hinter diesem Namen verbirgt. Luna.

Luna hält sie für offen, für gerade und ehrlich. Für genau das, was sie bei den Männern sucht.

Oder vielleicht sogar ... gesucht hat?

Ja, Martje erlaubt sich diesen gewagten Gedanken. Dass Lunas Suche nach einem Mann, falls sie überhaupt gerade dabei war, mit diesem Kuss beendet sein könnte. Dass es zwischen ihnen mehr sein könnte als nur dieser Kuss. Es muss einfach mehr sein.

Vielleicht. Alles.

Mitten im Lauf hält Martje plötzlich inne.

Was, wenn sie sich wirklich näher kommen? Wenn sie sich wirklich sehr nah kommen? Was wird Luna sagen, wenn sie erfährt, dass Martje womöglich gar nicht so ist, wie sie sie sieht? So offen und mutig lebend. Was, wenn Luna erfährt, dass Martjes Mutter keinen blassen Schimmer hat vom Leben ihrer Tochter?

Martje steht wie angewurzelt auf dem Bürgerteig.

Ein Auto mit vier postpubertären Welteroberern fährt hupend vorbei.

Sie sieht hinunter auf ihre Hand, die das Buch hält.

Dieses Buch.

Sie hat es noch nicht gelesen. Aber sie weiß, was darin steht. Sie weiß, was sie selbst und die ganze Welt erwartet, wenn erst seine Worte losgelassen werden, wenn erst all das geschieht, wovon sie vorher noch nicht einmal zu träumen wagte.

Mit diesem Buch in der Hand kann ihr nichts passieren!

Rasch setzt Martje sich wieder in Bewegung.

In wenigen Minuten hat sie die Melissenstraße erreicht.

Doch sie wird noch nicht hinauf in ihre Wohnung gehen und mit dem Lesen beginnen.

Zuerst sind noch Taten dran.

Dringend notwendige Taten.

Und wenn sie sie jetzt nicht tut, dann hat sie morgen vielleicht der Mut wieder verlassen. Dann wird sie morgen womöglich die Dringlichkeit vor sich selbst wieder einmal herunterspielen.

Sie muss es tun!

Jetzt!

Also setzt sie sich in ihr eigenes kleines Auto, das Buch legt sie auf den Rücksitz unter die zurückgebliebene schremmelige Juteeinkaufstasche, die dort schon seit Wochen liegt.

Nicht, dass irgendjemand einen Wagen aufbrechen würde für ein altes, unattraktiv aussehendes Buch. Aber man kann ja nie wissen. Martje wird keine Wetten mehr abschließen auf das Verhalten von Romanfiguren – auch nicht auf das von Autoknackern.

Dann schlägt sie den Weg zu ihrer Mutter ein.

Auf der Fahrt dorthin denkt sie daran, wie oft sie sich diesen Weg schon ausgemalt hat.

Ein Weg unter Tränen.

Oder ein Weg voller Dramatik.

Aber dass es nun ein Weg der Euphorie ist, damit hätte sie nie gerechnet.

Es ist eindeutig die beste Alternative, die sie sich denken kann.

Der heutige Tag ist etwas besonderes. So wie die Tage vorher auch schon etwas besonderes waren. Seit dem Gewitter, seit dem Blitz, seit ihrer allerersten Begegnung mit Luna.

Vielleicht, wenn sie einmal eine feste, bewährte Beziehung haben würde, hatte sie früher gedacht.

Eine Partnerschaft, aus der heraus der Schock und die offene Ablehnung, die eine solche Nachricht bei ihrer Mutter auslösen würde, besser zu verwinden sein würde.

Eine Partnerin, die ihre Hand halten oder sie in den

167

Schlaf wiegen würde, wenn es ganz furchtbar werden würde, wenn alte Wunden wieder aufgerissen und nie ausgesprochenes endlich herausexplodiert sein würde.

Als Martje vor drei Jahren Nicki traf, hatte sie hin und wieder daran gedacht, ihrer Mutter endlich von sich zu erzählen.

Doch am Ende hatte sie es doch nicht getan. Ahnend, dass Nicki nicht diejenige sein würde, mit deren Beistand ein solches risikoreiches Unterfangen möglich sein würde.

Nun ist alles anders.

Was braucht sie unbedingt eine an ihrer Seite, die ihr Händchen hält?

Immerhin hat sie vollkommen allein bereits annähernd sechs Kapitel geschafft.

Mehr als einmal hat sie, gewollt oder zufällig spielt dabei doch gewiss keine Rolle, dem von IHR gewollten Plan zuwider gehandelt.

Und die Konsequenz aus solchem selbstbestimmten Handeln hat sie gerade zu spüren bekommen. So wundervoll zu spüren bekommen, dass die ausgeschütteten Endorphine ganz sicher bis zum Buchende reichen werden.

Dieser Kuss.

Dieses zarte Schmelzen.

Wie Vanilleeis im Hochsommer, das die Lippen benetzt mit Kühle und Süße. Mit allem, was so lange ersehnt und vermisst wurde.

Diese Fahrt hier ist kein Schnellschuss. Kein unüberlegtes Vorpreschen. Denn Martje hat beschlossen, ihr Leben in ihre eigenen Hände zu nehmen. Ja, vor ein paar Tagen und etlichen Seiten hat sie das beschlossen.

Aber jetzt, hier, wird es ernst. Denn sie wird ihrer Mutter erzählen, dass sie lesbisch ist.

Sie selbst weiß es schon so lange.

Das war zu der Zeit als die Kinder auf der Straße begannen, von ihren Springseilen aufzusehen, um ihr Guten Tag zu sagen. Damit war klar, dass sie Martje nicht länger zu sich zählten. Martje fühlte sich erwachsen und ganz und gar anders als alle. Einfach entschieden lesbisch.

Ihre Gefühle zur KJG-Gruppenleiterin waren ja noch erklärbar gewesen. Mit jugendlicher Schwärmerei. Doch die heiße Affäre, die sich dann mit einem anderem Mädchen aus der Gruppe anbahnte, hatte bereits verbindlicheren Charakter. Und kaum das Abi in der Tasche hatte Martje ihre erste, richtige Freundin gehabt. Gefunden, umworben und erobert durch wagemutiges Beantworten einer Sie-sucht-sie-Kontaktanzeige im Szeneblättchen.

Ja, so hatte es damals begonnen.

Doch hatte sie einfach eine Stufe auf der Treppe des selbstbewussten Coming-outs übersprungen, die für andere stets so viel einfacher zu sein schien: die eigene Mutter.

Heute, das ist ja wohl klar, wird es selbstverständlich perfekt laufen. Schließlich hat Martje selbst alles in der Hand. Sie selbst kann den Ablauf der Handlung bestimmen. Es liegt nur an ihr, wie dieser Abend enden wird.

Trotzdem zittert ihre Hand leicht als sie sie zum Klingelknopf hebt und auf den Namen »Kröger« drückt.

Zunächst rührt sich in der Wohnung nichts.

Martje schaut auf die Uhr. Unmöglich. Sie muss zu Hause sein.

Tapfer drückt sie erneut den Knopf und lauscht dem melodischen Geläut in der Wohnung.

Da klappert tatsächlich etwas und die Tür wird von innen geöffnet.

»Martje!«, entfährt es ihrer Mutter überrascht.

Martjes Knie werden weich.

»Hallo, Mutti, darf ich dich einen Augenblick …?«

»Komm schnell rein! Tut mir Leid, dass es gedauert hat. Ich lag grad auf der Waschmaschine«, unterbricht ihre Mutter sie, lässt die Tür vor ihrer Tochter offen stehen und rennt schon wieder durch den Flur in den Haushaltsraum.

Martje betritt die Wohnung und schließt hinter sich die Tür.

169

Nachdem Erik und sie ausgezogen waren, hatte ihre Mutter die Wohnung gewechselt, um »weniger Zimmer zur Versorgung zu haben« und um »endlich in einem angemessenen Stadtteil leben zu können».

Während Martje ihrer Mutter durch den Flur folgt, ruft die bereits aus dem Haushaltsraum: »Ich habe grad beschlossen, die Waschmaschine zu verkaufen. Ich schaffe mir eine kleinere an. Weißt du, so eine für weniger Wäsche. Die nimmt zum einen weniger Platz weg. Zum anderen muss ich bei so einer wohl beim Schleudern nicht ständig drauf achten, dass sie mir nicht herumwandert. Sieh dir das an. Wie soll ich das wieder hinbekommen ohne Mann im Haus?«

Martje lugt in die kleine Kammer, wo sich die Waschmaschine mehr als einen halben Meter von der Wand fort bewegt hat und nun den Durchgang zum Besenschrank versperrt.

»Ruf doch Erik an«, antwortet Martje automatisch. Im selben Moment könnte sie sich dafür ohrfeigen.

»Ach, der Junge ist doch so beschäftigt. Der hat besseres zu tun als meine Haushaltsgeräte zurück an den richtigen Platz zu rücken«, erwidert ihre Mutter ebenso standardgemäß.

Dieses Gespräch beginnt wie viele andere, die sie schon geführt haben.

Martje atmet tief durch.

»Lass mich das mal versuchen«, schlägt sie dann vor.

Ihre Mutter starrt sie ungläubig an.

»Ja, wieso nicht? Ich kann auch ein bisschen was bewegen, weißt du.« Die Doppeldeutigkeit dieser Aussage bringt Martje beinahe zum Schmunzeln. Beinahe.

»Unsinn!«, wischt ihre Mutter diesen Anflug mit einer Handbewegung fort. »Du hebst dir doch nur einen Bruch dabei.«

Martje schiebt sich hinein in den kleinen Raum.

Hier ist es jetzt, gemeinsam mit ihrer Mutter, einem vollen Wäschekorb, der Waschmaschine und dem Besenschrank ziemlich überfüllt.

»Zeig mal.« Martje fasst die vorderen Kanten der Maschine und will an ihnen rucken.

»Martje!« Die Stimme ihrer Mutter lässt sie innehalten. Die blassblauen Augen sind befremdet auf sie gerichtet. »Ich sag doch, du hebst dir einen Bruch. Bevor du dich hier abmühst, frage ich lieber einen Nachbarn.«

»Aber ich kann es doch wenigstens mal ...«

»Lass es!«

Martjes Mutter verlässt den Haushaltsraum nach rechts.

Martje steht einen Moment unentschlossen in der kleinen Kammer.

So eine blöde Waschmaschine kann doch nicht so schwer sein.

Andererseits. Wenn ihre Mutter jetzt sauer wird, dann könnte es mit dem weiteren Anliegen für diesen Abend problematisch werden.

Seufzend zuckt sie die Achseln und geht ebenfalls hinüber in die Küche.

Dort steht ihre Mutter vor dem geöffneten Kühlschrank und blickt ratlos hinein.

»Ich habe nichts da, was ich dir anbieten könnte«, gesteht sie konsterniert. »Nicht mal Kuchen.«

Ach, ja. Sonst gibt es immer etwas besonderes zu Essen, wenn Martje sie besucht. Üppige Salate. Appetitliche Häppchen. Frisch gebackenen Kuchen. Selbst gemachtes Eis.

»Du kommst sonst nie unangekündigt. Und auch nie mitten in der Woche. Und erst recht nicht abends.« Die Stimme ihrer Mutter verfärbt sich von Verwirrtheit zu leichtem Ärger.

»Ich bin doch nicht zum Essen hier, Mama«, sagt Martje. »Komm, setz dich erst mal.«

»Aber wenigstens einen Kaffee nimmst du doch? Ich hab grad Milch aufgeschäumt.« Ihre Mutter füllt etwas von der

bereits zusammengesunkenen Milch in eine Tasse und
schüttet Kaffee dazu. Die Tasse stellt sie vor Martje ab.

»Ist was passiert?«

»Nein. Keine Angst. Nichts schlimmes.« Hier muss
Martje schlucken. So sehr ihr Lesbischsein ihr selbst schon
Freude bereitet hat, sie ist relativ sicher, dass ihre Mutter
das etwas anders sehen wird. »Setz dich trotzdem.«

Ihre Mutter setzt sich ihr gegenüber an den großen Ess-
tisch.

»Und?«, macht sie und betrachtet Martje mit zur Schau
gestelltem freundlichen Interesse. »Was gibt es denn? Wie
sieht es aus bei dir?«

Martje verknotet die Hände ineinander. »Gut. Gut sieht
es aus. Und genau darüber wollte ich mit dir reden. In meinem Leben stehen nämlich Veränderungen an. Gravierende
Veränderungen. Und ich möchte gern, dass du Anteil nehmen kannst daran ...«

Weiter kommt sie nicht.

Ihre Mutter springt von ihrem Stuhl auf, fliegt um den
Tisch herum und schließt sie in ihre Arme.

Das tut sie selten.

Genauer gesagt, kann Martje sich kaum erinnern, wann
sie das das letzte Mal getan hat.

Offenbar hat Martje wenig Anlass geboten zu solcherlei
Herzlichkeit. Martjes Erfolge waren nie auch die Erfolge
ihrer Mutter. Vielmehr war jeder Schritt, den Martje während ihres erwachsenen Lebens tat, in den Augen ihrer Mutter ein Schritt mehr auf den lauernden Abgrund hin, den sie
stets für ihre Tochter beschrieen hatte.

Jetzt prallt Martjes Verblüffung an der Sonnenwettermie-
ne ihrer Mutter einfach ab.

»Martje! Ich wusste es! Eines Tages, hab ich neulich noch
zu Erik gesagt, eines Tages wirst du zur Besinnung kommen! Alles wird sich ändern und du wirst endlich begreifen,
was für dich gut und richtig ist!« Sie strahlt voller Mutter-
stolz. »Aber nun erzähl mal: Was ist es? Ein Studium? Na

ja, vielleicht etwas spät. Du wirst ganz schön auffallen unter all den jungen Dingern an der Uni. Aber du kannst ihnen ja sagen, dass es bereits deine zweite Berufsausbildung ist, die du beginnst ...«

»Aber ich ...«, will Martje sie unterbrechen.

Ihre Mutter hebt die Hand. Offenbar will sie sich den Spaß nicht nehmen lassen, zu erraten, um was es sich bei dieser positiven Entwicklung im Leben ihrer Tochter handelt. »Ach, so, kein Studium?! Warte, dann weiß ich es schon! Eine fundierte Ausbildung! Oder ... oh, oh, Martje! Hast du etwa endlich Eriks Angebot angenommen? Fängst du in der Firma an? Martje, du weißt, du könntest mir keine größere Freude machen als mit dieser Entscheidung!«

Martje kann spüren wie ihre eigenen Gesichtszüge einen Ausdruck annehmen, der sich im höchsten Maße kläglich anfühlt.

»Nein, Mama, das ist es nicht ...«

»Nicht?«

»Nein. Es ist auch weniger etwas berufliches als vielmehr etwas privates. Das heißt, es ist nur halb privat. Eigentlich hat es auch was mit der Öffentlichkeit zu tun. So im weitesten Sinne jedenfalls. Was ich damit sagen will, ist ...«

Das Telefon klingelt.

Martjes Mutter, auf deren Stirn sich ein paar Falten gebildet haben, die sowohl nach Neugier als auch nach Argwohn aussehen, lächelt entschuldigend.

Sie schaut auf die Küchenuhr, murmelt: »Wer kann das sein?« und geht hinaus in den Flur, wo das Telefon steht. Sie besitzt immer noch kein schnurloses, sondern ist darauf angewiesen, alle Gespräche im Wohnungsflur, neben der Garderobe, auf dem kleinen mit einer Sitzbank kombinierten Telefontischchen zu führen.

»Erik, mein Lieber!« Ihre Stimme klingt erfreut.

»Ja, deine Schwester ist hier. Wie kommst du darauf? – Nein, nein, sie ist allein. – Ach, so genau kann ich das gar nicht sagen. Lange ist sie jedenfalls noch nicht hier. Höchstens zehn Minuten. – Aber Erik, woher soll ich das denn wissen? Wenn ihr Kinder euch nicht gegenseitig einweiht, wo ihr euch rumtreibt, werde ich alte Frau es bestimmt nicht gesagt bekommen.« Ein etwas längeres Schweigen tritt ein.

»Wenn du meinst, Erik. Ja, bis morgen dann. Gute Nacht.«

Der Hörer wird auf die Gabel gelegt. Martjes Mutter kommt wieder in die Küche und bleibt am Tisch stehen.

»Das war dein Bruder«, erklärt sie überflüssigerweise. Sie sieht verwirt aus. »Und er will nicht, dass ich dir sage, dass er angerufen hat. Er wollte wissen, wo du gewesen bist, bevor du hierher gekommen bist. Als ob ich das wüsste! Außerdem ruft er nie um diese Uhrzeit an. Irgendwie ist heute nichts so wie sonst. Ist das nicht verrückt?« Sie sieht Martje an, als erwarte sie etwas.

Immer erwartet sie etwas.

Irgendetwas, das wunderbar in ihren Plan passt. Martjes Mutter ist im Grunde nicht besser als SIE, als diese herrschsüchtige Autorin. Sie hat ebenso ihre Vorstellung davon, wie die Leben der Menschen, die für sie eine Rolle spielen, zu verlaufen haben.

Und jetzt will sie eine Erklärung zu den Sonderbarkeiten des heutigen Tages. Martjes eigenes überraschendes Auftauchen. Eriks Anruf. Martje könnte es erklären. Doch unter dem schwer wiegenden, erwartungsvollen Blick aus den kühlblauen Augen ihrer Mutter verflüchtigen sich ihr Mut und ihre Zuversicht wie der Milchschaum auf dem Kaffee.

»Vielleicht sollte ich es doch mal versuchen mit der Waschmaschine?«, fragt Martje.

Martje

Vielleicht ist es Ihnen nicht klar, aber wir leben in einer paradoxen Welt. Ohne Bücher gäbe es uns nicht. Sie schon, das stimmt. Aber mich gäbe es nicht. Luna auch nicht, oder Bärbel und ihren kleinen nervigen Jupp. Selbst Erik könnte nicht existieren, wenn es keine gedruckten Seiten gäbe.

Bücher sind für uns also lebensnotwendig. Gleichzeitig schränken sie unsere Leben aber so sehr ein, dass es oft weh tut.

Alle Autoren, und dazu gehört SIE *auch, haben nämlich eine schier unermessliche Macht über uns alle. Wir, als* IHRE *Figuren, sind ja nichts anderes als Marionetten, die* SIE *nach ihrem Gutdünken bewegt und durch die Handlung schlört.*

Das verrückte daran ist, dass sich kaum eine von uns mal Gedanken darum gemacht hat.

Ich meine, schauen Sie sich doch mal die Weltliteratur an. Luna hat die Bücher zu Dutzenden in den Regalen IHRES *Ladens und ihrer Wohnung stehen. Glauben Sie tatsächlich, dass Rhett Butler, so ein famoser Kerl, wirklich scharf darauf ist, über tausend Seiten dieser durchgedrehten Scarlett hinterher zu schmachten? Oder halten Sie Effi Briest in der Tat für so bekloppt, die Briefe ihres Liebhabers, an dem sie ja nicht einmal besonders hängt, jahrelang in einem Seidenbändchen aufzubewahren, so dass ihr Gatte die Dinger schließlich doch noch finden kann? Oder kommt es ihnen logisch vor, dass Black Beauty sich immer noch ein Bein ausfreut, seinen Besitzer wieder zu sehen, obwohl der ihn fast an den Schlachter verscherbelt hätte? Also, jetzt mal ganz ehrlich!*

Sehen Sie? Sie glauben auch nicht, dass wir so verrückt sind.

Warum aber werden wir so verrückt gemacht? Von IHR *oder einer anderen* SIE *oder einem anderen* ER. *Jenen eben, die über uns entscheiden?*

Mir kam vorhin so eine Idee. Nämlich genau in dem Augenblick als meine Mutter mich an SIE *erinnerte mit ihren festen Mustern und bestimmten Erwartungen, die sie an uns, ihre Kinder, hat.*

Meine Mutter hat nämlich diese gewissen, hohen Erwartungen, weil ihr eigenes Leben denen nicht entspricht.

Glauben Sie mir, meine Mutter hätte sich sicher nicht ausgesucht, von einem höllisch gut aussehenden, aber leider wenig familienorientierten und somit verantwortungslosen Filou mit zwei Kleinkindern sitzen gelassen zu werden. Sie hätte sich ein Leben in Wohlstand und Erfolg gewünscht. Das hat sie nicht bekommen. Also erwartet sie die Erfüllung dieses Wunsches auf indirektem Wege von ihrem Nachwuchs.

Vielleicht also ist das auch das Motiv von IHR, *uns, ihre Figuren, so zu entwerfen wie wir sind. Wenn dem so wäre, ist* SIE *bestimmt eine ziemlich frustrierte alte Kuh. Überhaupt scheint unter diesem Gesichtspunkt nur ein verschwindend geringer Teil der Autorinnen und Autoren stabil und psychisch gesund ein erfülltes Leben zu leben.*

Diese Theorie kann ich leider aufgrund meiner beschränkten Mittel hier nicht hinreichend beantworten, wie Sie verstehen werden. Aber sie ist einen Gedanken wert, nicht wahr?

SIEBTES KAPITEL

> »I'm through with love
> I'll never fall again
> Said adieu to love
> Don't ever call again
> For I must have you or no one
> And so I'm through with love«
> *I'm through with love*
> Marilyn Monroe

Erik hat durchschaut, wie das Ganze funktioniert.

Er darf ihr einfach nicht begegnen!

Sobald seine Schwester auftaucht, ist er selbst aus dem Rennen. Wieso und warum, kann er nicht herausfinden.

Er hat so einen Verdacht. Aber im Grunde verbietet es sich von selbst, daran auch nur einen Gedanken zu verschwenden. Schließlich sind sie hier nicht in einem Fantasy-Roman, wo ständig fantastische Sachen geschehen, Feen spazieren gehen, Zauber sich über ganze Städte legen und wo ein Blitz gewiss in der Lage wäre, die komplette Logistik eines Romans flachzulegen.

Wenn also diese Erklärung nicht in Frage kommt, dann muss es irgendwie anders geschehen sein. Er kann es nicht ergründen. Und eigentlich ist es auch egal. Vollkommen gleichgültig, wieso SIE, die Göttliche, nicht mehr alles für ihn regelt, wieso er plötzlich aus Kapiteln herauskatapultiert wird, in denen eigentlich die wichtigsten Handlungsstränge seiner Geschichte zusammengeführt werden sollten.

Alles war anders geplant.

Er hätte auf wunderbare Weise beides haben können: Er hätte Luna bekommen und die Millionen, die im Geschäft ihres Vaters stecken. Er hätte endlich seinen Seelenfrieden finden können – auch wenn er selbst noch nicht so recht daran geglaubt hatte.

Aber so?

Martje hat ihm alles versaut.

Und Gerd, sein guter alter Kumpel, der er mal war. Hat sich erweichen lassen von seiner eigenen Alten, die Jamps verstorbene Frau aus Kindertagen kannte. Was für eine rührende Geschichte.

Leider hat Erik für derartige Sentimentalitäten grad keine Zeit. Denn er will Millionen machen.

Wenn alles nach IHREM Plan gelaufen wäre, dann wäre es zwischen Gerd und ihm selbst zwar auch zum Eklat gekommen. Aber alles hätte seinen Weg genommen.

Der arme Gerd … nun, jede Geschichte fordert ihre Opfer. Es ist doch wohl klar, wozu der sympathische, graubeschläfte Geschäftsmann dient. In der ursprünglichen Fassung würde er durch seinen Herzinfakt kurz vor dem Finale noch einmal alles wunderbar Menschliche in Erik zum Schwingen bringen. Erik würde wirklich alles geben, um ihn zu retten. Leider vergeblich. Aber immerhin würden sie kurz vor Gerds letztem brechenden Blick noch ihren Frieden miteinander machen können. Aber so?

Ehrlich gesagt hat Erik jetzt überhaupt gar keinen Bock mehr, an Gerd lebenserhaltende Maßnahmen durchzuführen. Schließlich läuft nichts mehr so wie geplant. Den reibungslosen Ablauf bis hin zum rührenden Happy End kann er vergessen. So viel steht fest.

Aber das wird Erik nicht davon abhalten, am Ende doch als Sieger hervorzugehen.

Wenn es nicht so laufen kann wie SIE, die Göttliche, es perfekt für ihn ausgedacht hat, dann müssen eben andere Wege her.

Wenn es nicht auf IHREM sanften Weg der Liebe geht, dass er endlich zu richtigem Geld kommen kann, dann wird es eben auf dem anderen, auf seinem Weg geschehen: durch Krieg!

Erik hat die vergangenen Tage genutzt.

Er hat nicht tatenlos rumgesessen und sich nur gewundert, wieso er in seinem eigenen Buch keine Rolle mehr spielt. Nein, er hat herausgefunden, was er wissen muss: Es gibt eine Möglichkeit, den neu ausgehandelten Vertrag mit Jamp zu canceln. Denn rechtlich gesehen hat Gerd ein Vergehen begangen, indem er nicht auf Einhaltung des ursprünglichen Vertrages bestand. Natürlich könnte kein Richter der Welt ihn dazu zwingen, würde es allein um Gerds Anliegen gehen. Allerdings hat er mit seinem Entschluss bezüglich des neuen Vertrags nicht nur seine eigenen, sondern auch Eriks Interessen empfindlich getroffen.

Das darf er nicht. Sagt Eriks Anwalt. Der ist wirklich ein Fuchs. So einer, der selbst gern mal Hauptfigur in einem echten Anwalts-Polit-Thriller wäre. Erik hat in einem Nebensatz erwähnt, dass er diesbezüglich eventuell etwas drehen könnte. Er grinst in sich hinein, während er aufsteht, den integrierten Wandschrank seines Büros öffnet und sich im Spiegel in der Innenseite der Tür betrachtet.

Natürlich hat er keine Ahnung, wie er so etwas regeln könnte. Keinen blassen Schimmer hat er. Aber das braucht sein Anwalt ja erst einmal nicht zu wissen. Hautsache er leistet, angespornt durch solche Aussichten, beste Arbeit.

Erik tritt aus seinem Büro und geht den teppichgepolsterten Gang entlang.

Informationen brauchen sie, sagt der Anwalt. Informationen, an die Erik nicht unbemerkt rankommen kann. Egal, wo er sich hier in der Firma bewegt, es folgen ihm ständig mehrere Augenpaare. Er braucht jemanden, der oder die ihm hilft. Jemand in der Firma, der oder die ungehindert Zugang zu allen Akten hat, aber nicht unter solch ständiger Beobachtung steht wie er selbst.

Krieg also!

Mit diesem Gedanken und entschlossenem Gesichtsausdruck öffnet er die Tür zu Gudruns Büro.

Zwei Stunden später biegt er raschen Schrittes in die kleine Straße ein, in der der Laden seiner Schwester liegt.

Hundesalon.

Unglaublich.

Erik räuspert sich.

Als er den Laden betritt, steht ein großer Hund, der im Eingangsbereich neben dem Stuhl seines Herrchens lag, auf und knurrt verhalten.

»Na, Rico!«, sagt der Mann entsetzt zum Hund. Und zu Erik: »Das hat er noch nie gemacht! Er ist sonst immer ein ganz Artiger.«

Erik beachtet ihn nicht und geht stattdessen nach hinten durch in den Trimmbereich.

Im Hintergrund dudelt mal wieder diese grässliche Musik. Immer hat seine Schwester solch geschmackloses Zeug laufen. Die Töne klingen als seien sie geradezu einem dieser langweiligen Schwarzweiß-Filme entronnen, in denen Grace oder Gene Kelly oder sonst wer mit verzücktem Gesicht über den Bildschirm tanzt.

Martje hat ihn noch nicht gehört.

Die Musik und das Gebrumm der Maschine, die sie in der Hand hält, haben offenbar alles übertönt. Sie steht knöcheltief in schwarzer Wolle.

So scheint es jedenfalls auf den ersten Blick. Aber das Tier vor ihr ist kein Schaf, sondern ein so beeindruckender Hund, dass der vorn im Laden im Vergleich direkt winzig wirkt.

Dieser schwarze hier steht auf dem üblichen Tisch, den Martje bis auf Kniehöhe heruntergekurbelt hat. Sein Hinterteil und seine Vorderbeine sind sehr kurz geschnitten, Brust, Nacken und Kopf zeugen noch von massiger Haarpracht, was dem Vieh insgesamt den wenig vertrauenserweckenden Eindruck eines schwarzen Löwen gibt.

»Martje«, sagt Erik als sie ihn nicht sofort bemerkt, weil sie so in ihre Arbeit vertieft ist.

Sie schaut auf, ihre Augen weiten sich verblüfft. Mit einer einzigen Bewegung des Daumens schaltet sie die Schermaschine aus.

»Hallo, Erik!«, begrüßt sie ihn höchst verwundert. »Was treibt dich denn hierher?«

In ihrem Blick glimmt etwas auf, das Erik für Freude oder aber auch für Hoffnung halten würde.

Aha. Sie glaubt vielleicht, dass er hier vorbeischneit, um ihr zu sagen, dass er sie bei ihrem idiotischen Vorhaben mit diesem mobilen Hundesalon doch unterstützen wird.

Das Ungetüm auf dem Tisch wendet den Kopf und schaut Martje fragend an.

Martje wedelt mit der Hand vor ihrem Gesicht herum und verzieht den Mund. »Boah, Higgins, hör auf zu atmen, wenn du mich ansiehst!« Sie lacht. Wird aber gleich wieder ernst, als sie sieht, dass Erik nicht mitlacht.

»Ich weiß jetzt, was hier gespielt wird«, sagt er kühl.

Martje erstarrt.

Er kann es ihr ansehen.

Ihre ganze Körperhaltung verändert sich. Sie steht stocksteif und bewegt sich nicht.

»Was genau meinst du denn?«, wagt seine Schwester dann eine kleinlaute Frage.

Wie er das hasst. Er hat es schon als Kind verachtet, wenn er sie wieder einmal durch sein Auftreten einschüchtern konnte und sie genau dieses Gesicht aufgesetzt hat: ein wenig ängstlich, an sich selbst zweifelnd.

»Du weißt, was ich meine«, spuckt er aus. »Hauptfiguren wissen doch immer alles, oder?«

»Du meinst, du hast gemerkt, dass du plötzlich nicht mehr in allen Kapiteln auftauchst?«, forscht sie. Sie sieht ja plötzlich so erleichtert aus.

Erik zuckt die Achseln. »Ich hatte ohnehin etwas dagegen, ab Seite zweihundertdreißig nur noch den Mister Saubermann zu geben. Jetzt kann ich wenigstens meinem Naturell entsprechend unser Problem lösen.«

181

»Unser Problem?«, antwortet Martje. »Ich habe kein Problem.«

»Allerdings hast du eins«, entgegnet Erik selbstsicher. »Du wirst allmählich größenwahnsinnig. Nur weil irgendein bedauerlicher Zufall dich für ein paar Seiten in den Mittelpunkt gerückt hat.«

Sie starren einander feindselig an.

»Bist du nur hergekommen, um mir das zu sagen?«, will Martje schließlich wissen.

»Oh, nein.« Erik lächelt diabolisch. »Weißt du, ich habe in den letzten Tagen festgestellt, dass es auch von Vorteil sein kann, nicht ständig unter Beobachtung zu stehen. So konnte ich nämlich ein paar Dinge in die Wege leiten, ohne dass irgendjemand es mitbekommen konnte.«

»Ah, ja?« Offenbar weiß Martje darauf nichts zu sagen.

»Und jetzt bin ich nur aus dem einzigen Grund hierher zu dir gekommen: Ich habe festgestellt, dass Diedadraußen immer bei dir bleiben, sobald wir uns begegnen. Und das werden sie jetzt auch tun. Ich kann aus deinem …«, er sieht sich einmal kurz abfällig um, »Laden herausspazieren und ungesehen hingehen, wohin ich will. Du aber …«

Er spricht nicht zu Ende.

Stattdessen winkt er affektiert und schlendert wieder zur Tür.

»Ach, so, da fällt mir noch ein … ich glaube nicht, dass Luna weiterhin Interesse an eurer merkwürdigen Freundschaft haben wird. Schönen Tag noch.«

Damit öffnet er die Tür, die mit einem melodischen Klingeln reagiert und lässt sie hinter sich wieder ins Schloss fallen.

Martje, immer noch die Schermaschine in der einen Hand, die andere an Higgins breiter Brust, starrt ihm nach.

»Entschuldigen Sie, Frau Kröger, wenn ich so neugierig frage.« Der Kopf des Mannes aus dem Wartebereich erscheint an der Ecke. »Ist diese Luna nicht die Frau, von der jetzt überall gesprochen wird? Sie wissen schon.«

Unter Martjes Füßen bewegt sich plötzlich der Boden so eigenartig.

»Von Luna wird überall gesprochen?«, wiederholt sie stumpf.

Der Mann, er ist erst zum zweiten Mal mit seinem Airdaleterrier hier, Martje kann sich nicht an seinen Namen erinnern, nickt klatscheifrig. »Noch auf dem Weg hierher hab ich zwei Damen in der Bahn über sie reden hören. Man fragt sich ja doch, wie das alles so zustande gekommen ist. Ich meine ... verstehen Sie, was ich meine?«

Plötzlich kommt Leben in Martje.

Sie legt rasch die Schermaschine zur Seite, breitet die Arme aus und scheucht den Mann samt Airedale vor sich her Richtung Tür.

»Wissen Sie was? Ich habe grad festgestellt, dass Higgins Flöhe hat«, sagt sie eindringlich, während sie ihren Kunden vor sich her treibt.

»Flöhe?«, wiederholt der verblüfft.

»Ja, diese besonders aggressive Art, die gleich auf alles überspringen, das in die Nähe kommt. Widerliche Viecher. Übertragen ja auch Bandwürmer auf Hund und Mensch. Und wenn ich mir so einen Bandwurm in mir drin vorstelle ... Davon abgesehen, wussten Sie, wie rasend schnell sich Flöhe vermehren?«

Sie sind an der Tür angekommen. Martje greift nach der Leine des Airedales, die noch dort auf dem Stuhl liegt, und befestigt den Karabinerhaken am Halsband.

»Tatsächlich?«, stammelt der Mann und greift mechanisch nach der Leine, die Martje ihm hin hält.

»Ja, wirklich. Man kann sagen, dass sie täglich ihre Population etwas versechzehnfachen. Irgendwann wimmelt es dann in der ganzen Wohnung von diesen kleinen schwarzen hüpfenden Gesellen.«

Jetzt legt der Mann seine andere Hand an die Türklinke.

»Ach, wissen Sie, vielleicht komm ich dann besser morgen noch mal.«

»Sicher«, antwortet Martje. »Das wird das beste sein. Bis morgen dann.«

Kaum hat sich die Tür hinter ihm geschlossen, rennt sie zurück in den Trimmraum.

Dort hat Higgins inzwischen wagemutig den Tisch verlassen und seinen Kopf in den Jutesack mit den Leckerchen gesteckt.

Martje beachtet ihn nicht, sondern greift zum Telefonhörer.

Rasend schnell tippt sie die Nummer ein.

Das Freizeichen ertönt dreimal. Dann wird abgenommen.

»Bücher von Woolfs, Luna Jamp am Apparat?!«

Martje atmet erleichtert auf.

»Da bist du ja. Gott sei Dank. Ich dachte schon … ach, ich weiß auch nicht, was ich dachte. Hallo, erst mal. Hier ist Martje.« Ganz verlegen ist sie plötzlich. Wie kann sie nur so mit allem herausplatzen. Luna wird sich berechtigt wundern.

»Hallo«, sagt die jedoch nur. Ihre Stimme klingt ruhig.

Martje lauscht ihr nach.

Dann fährt sie fort: »Gerade war Erik hier bei mir und … ehrlich gesagt, er hat mich ein bisschen nervös gemacht. Ich dachte zuerst, er will vielleicht mit mir reden, will alles im Guten wie unter Geschwistern klären … Ich dachte, das kann doch nicht sein! Dass er vorbeikommt, um mit mir zu reden. Ich meine, das habe ich mir früher immer gewünscht. Dass wir gleichberechtigt miteinander umgehen können, er auch mal den Weg zu mir findet. Aber … na, was soll ich sagen, es war doch alles ganz anders. Ist bei dir alles in Ordnung?«

Luna schweigt.

Nichts zu sagen, kann auch etwas bedeuten.

Es kann Zustimmung sein. Romantik. Geheimnis.

Aber dieses Schweigen, spürt Martje ganz deutlich, das ist kein gutes Zeichen.

»Luna?« Ihren Namen zu sagen hat etwas vertrautes. Zugleich ist es aufregend und prickelnd. Sogar jetzt.

»Luna, soll ich vorbeikommen? Meine nächste Kundin erwarte ich erst in einer Stunde. Ich könnte rasch zu dir kommen. Es wäre so schön, dich wiederzusehen und dich zu ...«

»Das darf nie wieder geschehen!«, unterbricht Luna sie rasch. So rasch als dürfte sie selbst den Gedanken an solch eine Begegnung und alles, was dabei passieren könnte, nicht einmal zulassen.

»Was?«, macht Martje verdattert.

Sie hat mit einigem gerechnet. Damit nicht.

»Wie bitte?«

Lunas Stimme klingt fast flehend. »Bitte, mach es mir nicht unnötig schwer. Ich habe eine Entscheidung getroffen und hoffe, dass du sie respektierst: Zwischen uns darf nie wieder etwas passieren. Jedenfalls nichts wie es vorgestern Abend in meiner Wohnung passiert ist.«

»Aber wieso nicht?« Martje hätte es fast gerufen. So aufgeregt, so panisch ist sie plötzlich. Das kann doch jetzt nur ein schlechter Traum sein. Das ist doch nicht mehr ihr Drehbuch. Das fühlt sich doch verdammt so an, als hätte SIE wieder die Regie und Martje ist nur die dumme kleine Nebenfigur, über deren Kopf hinweg etwas entschieden wird.

»Tut mir Leid, Martje«, sagt Luna nur. Leise. Mehr als nur bedauernd. »Tut mir Leid.«

»Warte!«, ruft Martje in den Hörer. »Luna, das kannst du jetzt nicht machen. Du kannst mich jetzt nicht einfach ohne Erklärung lassen. Wieso darf nie wieder etwas zwischen uns passieren? Ich meine ... da habe ich doch auch ein Wort mitzureden, oder?« Unglaublich! Dass sie das sagt! Dass sie das so meint wie sie es sagt! Sie hat ein Wort mitzureden bei dem, was passiert und was nicht passiert. Und Luna zu küssen ist etwas, bei dem Martje entschieden ein Wort dafür einlegen wird, dass es passiert!

Luna zögert kurz, dann antwortet sie ruhig: »Weil ich deinen Bruder heiraten werde.«

Einen Moment lang ist es ganz still.

Nicht nur in der Telefonleitung zwischen ihnen. Auch im Hundesalon ist es ganz still. Obwohl Martje deutlich sehen kann, dass Higgins Kaubewegungen macht. Obwohl sie weiß, dass die eingelegt CD weiterdudelt. Selbst die Geräusche der Stadt. Der Fußgängerverkehr vor ihrem Schaufenster. Die vorbeiratternde Straßenbahn. All das gelangt nicht an ihr Gehör. Nur die Stille, die Lunas Worte in ihr auslösen.

Dann. Wie mit einem einzigen ›Plopp!‹ scheinen sich Martjes Ohren zu öffnen.

Higgins' Schmatzen ist widerlich. Eine Trompete schmettert einen mitreißenden Song. Auf der Straße schreit ein Kleinkind. Hunde keifen sich an. Ein Mann beschwert sich über einen Fahrradfahrer.

»Wie bitte?«, sagt Martje dann.

Luna seufzt.

»Er war heute Vormittag bei mir. Hatte ein paar Schreiben seines Anwalts dabei. Martje, ich … er hat einen Weg gefunden, wie er den neuen Vertrag zwischen seiner Firma und meinem Vater kippen kann. Und er wird ihn gehen, wenn ich nicht …«

»Was?« Martje lässt sich auf den Trimmtisch fallen, mitten hinein in drei Kilo schwarze Hundehaare. »Er erpresst dich!«

Luna versucht nicht, zu leugnen. »So ist es«, erwidert sie schlicht.

Doch dann atmet sie tief ein und ihre Stimme klingt längst nicht mehr so beherrscht.

»Es gibt dabei nur etwas, das ich absolut nicht verstehe. Ich denke die ganze Zeit darüber nach. Was ich nicht begreife ist: Wenn er doch eine Möglichkeit gefunden hat, ›Jamp Electronics‹ zu schlucken … wieso besteht er dann darauf, mich zu heiraten?«

Martje schnaubt.

»Luna. Du kennst ihn nicht. Erik ist es gewohnt, zu bekommen, was er will. Du warst für ihn bestimmt. Er will einfach nur, was ihm seiner Ansicht nach zusteht. Wenn er alles haben kann, wieso sollte er sich dann nur mit der Hälfte zufrieden geben?«

»Aber er liebt mich doch gar nicht. Er investiert keine Gefühle. Jedenfalls habe ich das bisher noch nicht festgestellt. Es fühlt sich anders an, wenn jemand echte Gefühle investiert.«

Das Schweigen am Telefon ist wie mit Blicken gefüllt.

Mit tiefen, intensiven Blicken, die ineinander tauchen und in sich selbst einen Sinn finden.

Martje muss schlucken.

»Meine Güte, weißt du eigentlich, was du da machst?«, entfährt es ihr. »Was du da vor hast, ist mehr als ungesund. Luna, begreif doch endlich, du kannst dein Leben selbst in die Hand nehmen. Du kannst leben und lieben, wen du willst. Du musst dich nicht mit Erik verheiraten, nur weil SIE es mal so geplant hatte ...«

»Du verstehst das nicht!«, unterbricht Luna sie rüde. »Erik hat meinen Vater in der Hand. Wenn er die Faust schließt, bricht er Jamp Electronics das Genick. Einfach mal eben so. Und wenn es für mich einen Weg gibt, um das Lebenswerk meines Vaters vor so einem Schicksal zu retten, dann werde ich ihn auch gehen.«

Luna hat eine besondere Art, den Punkt am Ende eines Satzes mitzusprechen.

Mit diesem ausgesprochenen Punkt geht Martje mit einem Mal auf, dass – auch wenn sie nicht mehr IHREM Plan folgen müssen – sie trotzdem nicht frei sind in ihrem Handeln und Tun.

Sie alle sind ihren eigenen Zwängen unterlegen. Ihrer Pflicht. Ihrer Verantwortung. Ihren merkwürdigen Zuständigkeiten im Leben. Ihrem Wunsch, es recht zu machen, anerkannt und geliebt zu werden. Das reicht. Denkt Martje. Das reicht wirklich, um sich selbst das Leben zu versauen. Dazu brauchen sie im Grunde wirklich keine Autorin, die ihnen ständig in die Quere schießt.

187

»Und trotzdem hast du mich geküsst«, stellt Martje fest.

»Ja«, flüstert Luna heiser und räuspert sich. »Ja, und es war sehr schön. Aber es darf nie wieder passieren.«

Martje will etwas antworten. Will ›nein‹ sagen, Argumente bringen, Auswege nennen. Aber ihr Kopf weigert sich, etwas anderes aufzunehmen als das beständige Echo dieser Worte: ›Es darf nie wieder passieren!‹

»Machs gut, Martje«, sagt Luna leise. »Pass auf dich auf.«

»Ja«, murmelt Martje. »Du auch.«

Ein leises Klack, als Luna auflegt.

»Wir sehen uns auf der Hochzeit«, setzt Martje hinzu, hinein in den tutenden Hörer.

Da wird die Ladentür aufgerissen, und die Türglocke bimmelt schrill.

»I wonder who's kissing her now«, singt Ted Weems im Hintergrund.

»Martje, ich muss mit dir reden!«, keucht Bärbel. »Es gehen die unglaublichsten Gerüchte um!«

Doch zuerst schießt Jupp mit flatternder Leine durch den Laden, an Martje vorbei und will sich in Higgins' frisch geschorenem Hinterteil verbeißen.

»Jupp!«, kreischt Bärbel.

Higgins heult auf.

Es dauert ein paar Minuten, bis Jupp gebändigt und Higgins in die Sicherheit des hinteren Büros gebracht ist.

»Was für ein Größenwahn!«, stöhnt Bärbel und lässt sich ächzend auf dem Arbeitshocker nieder.

Es ist nicht ganz klar, was genau sie damit meint.

Jupp, der bereit ist, es mit einem schwarzen Löwen aufzunehmen. Oder die Neuigkeiten, die sie gerade hierher in den Laden getrieben haben.

»Man spricht überall von euch!«, erzählt sie händeringend. »Ich glaube, ihr seid so was wie moderne Heldinnen oder so. Man spricht davon, dass ihr eine Chance für alle Figuren der Romangeschichte seid! Es geht das Gerücht um, dass ihr miteinander das gesamte Romanwesen revolutionieren wollt ...«

»Luna und ich«, unterbricht sie Martje, die es kaum ertragen kann, Bärbel zuzuhören, »werden gar nichts miteinander revolutionieren!«

Kurz und knapp berichtet sie ihrer Freundin von Eriks Auftritt im Laden und dem folgenden entsetzlichen Telefonat.

Bärbel schaudert.

»So ein ...«

»Sag das nicht!«, fährt Martje rasch dazwischen. »Denk dran, wir kommen wahrscheinlich ums Lektorat herum. Und du willst doch nicht in die Romangeschichte eingehen als eine, die mit unflätigen Schimpfworten um sich wirft.«

Bärbel schürzt die Lippen. »Diedadraußen sind bestimmt meiner Meinung. Aber wahrscheinlich hast du recht. Erik ist es einfach nicht wert, dass ich wegen ihm meinen guten Ruf beschmutze ...« Sie klopft ein paar schwarze Higgins-Haare von ihrer Bluse, als sei normalerweise auch die ebenso blütenrein wie ihr Gewissen.

»Das darfst du dir nicht gefallen lassen, Martje!«, sagt sie dann.

»Aber was soll ich denn tun?« Martje sieht sie hoffnungsvoll an. Aber diesmal scheint auch Bärbel keinen Ausweg zu wissen.

Martje reibt sich verzweifelt die Stirn. »Da schöpfen so viele Menschen Hoffnung aus mir und meiner Geschichte. Und ich kann nicht mal meine eigene Story in den Griff bekommen. Jetzt, wo ich gerade dachte, ich hätte es unter Kontrolle und alles da, wo ich es haben will, kommt es doch wieder ganz anders. Das ist nicht fair. Aber ich allein kann da wohl nichts ausrichten.«

Ihre Freundin nickt nachdenklich und hebt dann den Kopf.

»Richtig. Du allein kannst es wohl nicht. Aber vielleicht können wir es zu vielen. Vielleicht können wir es alle gemeinsam ... unsere Geschichten selbst bestimmen. Denk daran, du hast jetzt das Buch. Darin steht, wie wir für unsere Rechte einstehen können.«

Da stimmt.

Martje hat das Buch.

Lunas Buch.

Das Buch, von dem sie sich so viel versprochen hat und das ihr nun beinahe nebensächlich vorkommt neben der Tatsache, dass sie womöglich Luna für immer verloren hat.

Bärbel wirft einen Blick auf die große Uhr an der Wand. »Oh, shit! Ich muss wieder los. Meine Mittagspause ist gleich rum.« Sie greift nach Jupps Leine und zieht ihn vom Korbstuhl herunter.

An der Tür bleibt sie noch einen Augenblick stehen und sieht versonnen auf die Straße hinaus. »Wie viele von ihnen sich wohl schon damit abgefunden haben, bestenfalls als namenlose Füllsel in einem Buch aufzutauchen, aber niemals eine eigene Geschichte zu besitzen?«, überlegt sie. »Die Karten können neu gemischt werden. War es nicht das, was Ute-Karen gesagt hat?«

Martje nickt stumm. Vermutlich hat sie einen Schock. Es fühlt sich so an, wie ein Schock sich anfühlen muss.

»Weißt du«, erzählt Bärbel. »Ich hab mal von einem Mann gehört, der sich einbildete, mit einer Seejungfrau zusammen zu leben. Abgesehen von ein paar anfänglichen, technischen Schwierigkeiten beim Beischlaf waren die beiden ihr Leben lang sehr glücklich miteinander. Früher habe ich das für eine verrückte Geschichte gehalten, aber jetzt wette ich, es gab sie wirklich.«

Martje steht abrupt auf. »Es gab sie wirklich? Es gibt ja nicht mal *uns* wirklich!«

Bärbel wendet sich um und sieht sie nachdenklich an.

»Vielleicht können wir das ändern? Vielleicht liegt das nur an dir? Wer weiß?«

Martje

Gehen Sie mir bloß weg mit jeder Art von guten Ratschlägen.
Ich muss nachdenken.
Bärbel hat nämlich Recht.
Ich muss handeln.
Ich werde handeln.
Ich weiß nur noch nicht genau, wie …

ACHTES KAPITEL

>Forget your troubles come on get happy,
you better chase all your cares away«
Get happy
Judy Garland

Das Schicksal meint es nicht gut mit ihr.

Das denkt Gudrun ganz ohne Selbstmitleid. Es ist einfach so.

In ihrer Kindheit, als zweitjüngste von vier Schwestern, hatte sie schon nicht sehr viel zu lachen gehabt. Ihr Vater, ein einfacher Arbeiter, hatte Mühe gehabt, die Familie durchzubringen. An Urlaub oder gemeinsame Unternehmungen wie Kino, Kirmes oder Freizeitparks war nicht zu denken. Taschengeld gab es auch nicht. Wenn sie sich mal etwas besonderes leisten wollten, mussten sie und ihre Schwestern Zeitungen austragen, Werbezettel verteilen, Fenster putzen.

Ihre jüngere Schwester, nur ein knappes Jahr nach ihr mit einem leichten Hirnschaden geboren, war der Liebling aller. Wie hübsch sie war, wie niedlich und wie bezaubernd einfältig. Alle kümmerten sich um sie, sorgten sich um sie. Sogar die älteren Schwestern übersahen Gudrun geradezu, um sich ausschließlich auf die jüngere zu konzentrieren.

Abitur war nicht drin gewesen. Das hätte drei weitere Jahre bedeutet, in denen Gudrun der Familie auf der Tasche gelegen hätte.

Sie musste arbeiten, eine Lehre machen.

Ihren ersten, mühsam durch viele Bewerbungen ergatterten Job verlor sie durch die Pleite des Geschäfts.

Die zweite Stelle, die sie antrat, gab sie aus eignem Entschluss auf, weil sie den Nachstellungen des Chefs nur noch schwer ausweichen konnte.

Es wurde Zeit, dass sich das Blatt endlich einmal zu ihren Gunsten wenden würde.

Hier, in Eriks Firma, hat sie vor gut zwei Jahren angefangen.

Er hatte ihr gleich gefallen. Schon beim Einstellungsgespräch, wo er sehr charmant versucht hatte, ihre Nervosität durch ein paar kleine Witze zu zerstreuen.

Er sah so unglaublich gut aus.

Und dazu musste er auch einiges auf dem Kasten haben, denn es schien keine familiäre Verbindung zwischen ihm und dem Seniorchef Herrn Beck zu geben.

Inzwischen weiß Gudrun: Erik hat sehr viel auf dem Kasten!

Er ist gerissen. Bewunderungswürdig geschäftstüchtig. Er weiß genau, was er will. Und er ist es gewohnt, dass er das auch bekommt.

Sie weiß, was Erik vorhat. Sein Plan ist vorzüglich und hat den großen Vorteil, dass er aller Voraussicht nach funktionieren wird.

Ein weiterer Vorteil des Plans ist: Erik braucht zur Durchführung ihre, Gudruns, Hilfe.

Sie wendet den kleinen unauffälligen Flugzettel, der derzeit durch aller Hände geht, hin und her.

Darauf steht: »*GEWERKSCHAFTSGRÜNDUNG! Alle Interessierten treffen sich am Freitag um zwanzig Uhr im Sitzungsraum des Ratskellers. Wichtigster Tagungspunkt: Unsere Rechte!*«

Sie weiß, wer dahinter steckt. Sie kennt die Verfasserin dieses Blattes. Und sie weiß, was zu tun ist. Erik hat ihr vor ein paar Tagen alles haarklein erklärt.

Jetzt greift sie zum Telefonhörer und wählt zum ersten Mal die Nummer von ›Dean Martins Hundesalon für gut gelaunte Vierbeiner‹.

Martje betritt die Firma mit gemischten Gefühlen. Sie vermeidet es nach Möglichkeit, hierher zu kommen. Alles hier ist durchdrungen von Erik.

So ist sie angespannt und vorsichtig, als sie hineingeht.

Noch während sie sich umsieht, taucht wie aus dem Nichts eine junge Frau mit schwarzem Haar und katzengrünen Augen auf.

»Huch!«, macht Martje.

»Sorry«, sagt Gudrun Seewald und berührt Martje kurz am Arm. Ihre Augen huschen über die Köpfe, die an den Schreibtischen im Foyer über Papiere gebeugt sind. Scheinbar achtet niemand auf sie. »Ich wollte Sie nicht erschrecken. Aber dieser verfluchte Teppich schluckt wirklich jedes Geräusch.«

Wie sie ›verfluchter Teppich‹ sagt, hat Martje plötzlich das Gefühl, dass auch hier in der Firma nichts mehr so ist wie früher.

»Frau Kröger«, sagt Gudrun Seewald mit starrem Blick, der sagen will: Mach einfach mit! »Sie suchen sicher Ihren Bruder?«

Martje nickt zögernd.

Gudrun Seewald lächelt geschäftlich und deutet zu einer offen stehenden Tür hinüber.

»Kommen Sie doch kurz rein, wenn Sie möchten. Ich kann mal in den Terminkalender schauen, wann Sie Glück haben, ihn auf ein Abendessen zu erwischen.«

Martje folgt ihr angespannt.

Sobald die Tür hinter ihnen ins Schloss fällt, lässt Gudrun Seewald die Schultern sinken.

»Puh«, macht sie und streicht sich eine ihrer schwarzen Strähnen aus dem Gesicht. »Man weiß nie, wer so mithört da draußen. Es liegt etwas in der Luft, das kann man nicht beschreiben. Und seitdem Erik nur noch so selten hier in der Firma ist, ist es spürbar schlimmer geworden.«

»Er ist gar nicht da?«, fragt Martje.

195

»Nein.«

Martje ist sprachlos.

Er ist nicht hier?

Allmählich dämmert ihr, dass nun tatsächlich nichts mehr so laufen wird wie immer.

Nicht nur sie selbst bewegt sich anders als gewohnt, tut Dinge, die ihr nicht zustehen, bringt dadurch ihr Leben und das der anderen durcheinander.

Auch Erik ändert plötzlich seine Gewohnheiten und ist nicht mehr zur Stelle, obwohl er immer so zuverlässig war.

Wohin wird sie das führen?

»Verrückt«, sagt sie schließlich und schüttelt immer noch ungläubig den Kopf. »Er ist immer hier gewesen. Seit er die Schule verlassen hat, war er hier in dieser Firma und hat Geschäfte abgewickelt.«

»Nun, es scheint noch andere Dinge zu geben, die mindestens ebenso wichtig sind wie seine Firma. Mindestens. Man munkelt ja so einiges. Aber wie Sie vielleicht wissen, wurde mir vor kurzem der Status der inoffiziellen Vertrauten entzogen.«

»Ich hoffe, Sie machen mich nicht verantwortlich dafür?«, sagt Martje. »Ich habe wirklich vieles auf meine Kappe zu nehmen, was anders als geplant läuft in der letzten Zeit. Aber das ... das war sogar von IHR so gedacht, wissen Sie.«

»Ich weiß«, erwidert Gudrun Seewald und setzt hinzu: »Das ist es ja, was mich so rasend macht: alles ist auf den Kopf gestellt und läuft anders als von IHR geplant. Nur eins bleibt wie es war: gewisse junge Frauen mit millionenschweren Vätern stehen zur Verfügung, um Eriks Betrügereien mitzumachen. Um die eigene Firma zu retten, gehen einige wirklich über Leichen.«

»Notfalls über ihre eigene«, wirft Martje ein, um Luna ein wenig besser da stehen zu lassen.

»Umso schlimmer!«, meint Gudrun gelassen und nickt zu einem der beiden Stühle hinüber.

196

Martje kennt Eriks Büro. Dies hier ist bei weitem nicht so feudal eingerichtet. Natürlich nicht. Erik ist der Junior-Chef. Gudrun Seewald ist eine kleine Angestellte. Und ehemalige Geliebte des Junior-Chefs.

Martje setzt sich auf den einen Stuhl.

Gudrun nimmt auf dem anderen Platz. Sie wirkt nervös.

»Wieso haben Sie mich angerufen?«, fragt Martje.

Gudrun mustert sie abwägend, als müsse sie sich klarwerden darüber, ob sie das, was sie sagen will, tatsächlich sagen soll.

»Warum bandelt diese Luna Jamp mit ihm an?«, fragt sie schließlich. Ihre Stimme soll offenbar sicher und gelassen klingen. Das gelingt ihr aber überhaupt nicht. »Ist sie eine von denen, die froh sind, wenn ein Mann wie Erik sich für sie interessiert – selbst wenn die Firma des Vaters der Grund dafür sein sollte?«

Martje verschluckt sich und muss husten.

»Bitte?«, macht sie und räuspert sich noch einmal. »Wie kommen Sie darauf? Ich meine, ich kann mir vorstellen, dass Sie jetzt nach Gründen suchen, aber mit dieser Sicht liegen Sie bei Luna Jamp völlig falsch. Luna will ihn ja gar nicht heiraten. Um Gottes Willen! Sie denkt nur, dass es die einzige Möglichkeit ist, um die Firma ihres vergötterten Vaters zu retten. Wenn Sie mich fragen, hat sie das doch gar nicht nötig.

Herje, das sehen Sie vielleicht ein bisschen anders. Aber ich bin Eriks Schwester. Ich darf das sagen: Er ist doch einfach nur ein gutaussehender Pinsel. Ein Lackaffe, der seine blauen Augen und seinen Verstand dazu einsetzt, Vorteile für sich selbst zu ziehen, wo er nur kann. Der wirklich nicht verdient, dass eine Frau wie Luna …«

»Bitte …«, unterbricht Gudrun Seewald sie und hebt die Hand. »Ich weiß von Erik bereits, dass Sie beide nicht unbedingt eine allzu hohe Meinung voneinander haben. Mich hat nur Ihre Sicht auf die Beziehung zwischen Erik und Frau Jamp interessiert. Was Sie sagen, überzeugt mich.« Sie steht auf und geht um den Schreibtisch herum, um auf der anderen Seite eine Schublade zu öffnen und eine Klarsichthülle herauszuholen.

Die legt sie auf den Tisch, nahe zu Martje hin.

Martje blickt verwirrt auf die Papiere.

»Was ist das?«

Gudrun Seewald verschränkt die Finger auf der Schreibtischplatte. »Das sind Papiere, die für ›Jamp Electronics‹ enorm wertvoll sein dürften. Sie enthalten einen schlau ausgeklügelten Sanierungsplan, nach dem die Firma sich innerhalb kurzer Zeit würde erholen können. Es ist nicht mein Spezialgebiet. Aber ich habe es prüfen lassen. Die Berechnungen haben Hand und Fuß.«

Verwundert nimmt Martje die Unterlagen auf und betrachtet sie kurz.

»Warum tun Sie das?«, fragt sie dann.

Gudrun sieht auf ihre Hände.

»Schwer zu sagen«, meint sie und hebt dann den Blick. »Sie wissen doch von Erik und mir?«

Zögernd nickt Martje. »Ja, Erik hat es mal erwähnt.«

»Erwähnt«, wiederholt Gudrun. »Ja, erwähnt. Für mich war es sehr viel mehr als etwas, das man nur mal eben erwähnt, verstehen Sie? … Im Grunde ist es mir egal, was mit Jamp Electronics passiert. Aber wenn die Firma sich dank dieser hervorragenden Sanierungspläne wieder erholt, dann besteht für Erik kein Grund mehr, die Tochter des Chefs zu heiraten. Verstehen Sie?«

Martje versteht.

Gudrun Seewald weiß einfach, was sie will.

Nämlich Erik.

Warum auch immer.

Martje kann es nicht nachvollziehen. Aber im Grunde kann es ihr ja auch egal sein.

In einer Sache sind sie beide sich jedenfalls einig:

Erik und Luna dürfen auf keinen Fall heiraten!

Und wenn es stimmt, was Gudrun Seewald über diese

Papiere hier sagt … wenn das tatsächlich wahr sein sollte, dann … ja, dann …

Sie reicht Gudrun Seewald zum Abschied die Hand. Ohne zu wissen, ob die das wirklich verdient hat. Irgendwie ist die junge, derart zielstrebige Frau ihr ein bisschen unheimlich.

Martje ist froh, dass sie die Firma wieder verlassen kann, den Umschlag mit den übergebenen Papieren unter dem Arm.

Doch sie ist noch nicht auf halbem Weg durch das Foyer, als jemand ihren Namen ruft.

»Frau Kröger?« Eine Männerstimme mit Verwundert-Tonfall.

Sie dreht sich um und steht Gerd Beck gegenüber.

»Herr Beck, guten Tag!« Martje bringt trotz ihrer eigenen Verwirrung ein herzliches Lächeln zustande.

Obwohl er und Erik schon seit mehr als zehn Jahren miteinander arbeiten, siezen sie sich immer noch. Sie sind sich schließlich nur einige wenige Male begegnet. Dennoch mag Martje ihn. Er ist ein etwas abgegriffenes Stereotyp, ein Muster des gutherzigen, charakterstarken Mannes im Seniorenalter, den das Leben weise gemacht hat. Sie kennt diese Figuren zu Hunderten aus Büchern. Aber trotzdem empfindet sie Sympathie.

Einen Moment stehen sie unschlüssig voreinander.

Gerd Beck schaut sich nach rechts und links um und ergreift dann Martjes Hand. Ein bisschen zur Begrüßung. Aber auch ein bisschen, um ihr die Richtung in sein Büro zu weisen.

»Frau Kröger, kann ich Sie einen Augenblick sprechen?«

Er sieht sie durchdringend an. Es scheint ihm sehr wichtig zu sein. Sein Händedruck ist bittend.

Das auch noch!

Sie nickt ergeben.

Er schleust sie rasch in sein Büro und schaut noch einmal durch den schmalen Streifen Glas neben der dicken Holztür, als wolle er sich vergewissern, dass auch niemand davor steht und mithört.

Er nimmt sich nicht die Zeit, sich hinzusetzen und vergisst auch, ihr einen Platz anzubieten.

Stattdessen läuft er mit großen Schritten zu seinem Schreibtisch und davor auf und ab.

»Mir ist etwas ganz verrücktes zu Ohren gekommen, Frau Kröger«, sagt er und bleibt endlich vor der großen Fensterfront stehen. Sein Rücken ist breit und kräftig, aber dennoch sieht er verwundbar aus. »Haben Sie eine vage Ahnung, worum es sich handelt?«

Die hat Martje durchaus. »Sie meinen nicht etwa die Gewerkschaft?«

Er fährt herum und schaut sie ernst an. »Dann ist es also wahr? Sie haben es fertig gebracht, IHR einen Haken zu schlagen?«

Martje lächelt, um ihn zu beruhigen. »Es war gar nicht so schwer. Wenn man einmal damit angefangen hat, selbst etwas zu tun, geht es ganz von allein.«

Wieder sieht er sich im Raum um. »Meinen Sie, die Gewerkschaft könnte ... meinen Sie, sie könnte etwas für mich tun?«

»Was haben Sie da im Sinn? Ich meine, Sie sind ein einflussreicher Mann. Was könnte ich, oder was könnten wir erreichen, das Ihnen verwehrt ist?«

Er wirkt äußerlich ganz ruhig. Doch Martje kann ihm die, über viele Jahre antrainierte, Beherrschung anmerken. Seine Augen hinter der goldgefassten Brille glühen vor Aufregung.

»Wissen Sie, für mich ist vorgesehen, bis an mein Lebensende hier diesen Job zu machen, da ich ohne ihn nicht leben kann. Ich fürchte allerdings, dass bei diesem entsetzlichen Stress in der letzten Zeit dieses Ende gar nicht mehr so weit in der Zukunft liegen wird. Ich bin gerade mal fünfundsechzig Jahre alt. Aber es haben auch schon Leute mit weniger Jahren auf dem Buckel einen Herzinfakt bekommen. Ich mache mir wirklich Sorgen.«

Martje ist klar, dass dies eine massive Untertreibung sein wird. Er ist kein Typ, der grundlos Wellen schlägt. Wenn er also davon spricht, dass er sich wirklich Sorgen macht, dann werden diese Sorgen Ausmaße angenommen haben, die ihn umzuwerfen drohen. Vielleicht hat er bereits erste Anzeichen verspürt. Ein Stich in der Brust? Ein beunruhigender Wert beim letzten ärztlichen Routinecheck? Irgendetwas, das ihn veranlasst, diesen großen Schritt zu tun und nun sie anzusprechen, obwohl es gegen den Plan verstößt.

»Und können Sie es wirklich nicht?«, fragt Martje ihn.

»Was meinen Sie?« Irritation.

»Ohne Ihren Job nicht leben? Können Sie das wirklich nicht?«

Er stutzt. Sein Blick wandert verwundert über den Schreibtisch, auf dem Papiere mit Zahlen verstreut liegen, und bleibt schließlich an einem Fotorahmen hängen, der dort steht.

Es ist einer von diesen goldenen Rahmen, die nie aus der Mode kommen und die deswegen immer altmodisch aussehen.

Martje tut einen Schritt zur Seite, um einen Blick auf das Foto zu werfen und ist überrascht.

Sie hat ein schwarzweißes Hochzeitsbild erwartet oder ein Fotografenposierbild von zwei oder drei feisten Kindern, die heute längst erwachsen sind. Aber es ist ein Foto von einer Frau in den Sechzigern. Und es ist ein Foto, das gewiss nicht vom Fotografen gemacht worden ist. Die Frau lächelt verlegen in die Kamera, ihre Haare wehen ein wenig ins Gesicht, hinter ihr blauer Himmel und ein großes Stück weißen Segelstoffes.

»Meine Frau.« Er räuspert sich. »Wenn ich es wegen der Arbeit mal wieder nicht schaffe, gemeinsam mit ihr in den Urlaub zu fahren, reist sie allein. Danach schenkt sie mir ein neues Foto für den Rahmen. Sie ist gern am Meer.«

Gemeinsam betrachten sie das Foto.

»Können Sie ohne Ihren Beruf nicht leben?«, wiederholt

Martje beharrlich. Manche Dinge müssen ausgesprochen werden. Dringend.

Er zuckt leicht mit den Schultern. »Bisher dachte ich das immer. Es stand so zwischen den Zeilen. Ich habe es nie in Zweifel gezogen. Aber als ich neulich erfuhr, was Sie ... was geschehen ist ...«

Auf seiner Stirn bilden sich kleine Schweißtröpfchen. Er ist im Stress. Offenbar kostet ihn dies alles hier eine unglaubliche Überwindung. Bestimmt hat er immer funktioniert. Bestimmt hat er immer alles zur vollsten Zufriedenheit geregelt. Gerd Beck. Finanzhai. Firmenchef. Charakterstark. Herzensgut. Aber womöglich auch herzenskrank? Denn leider muss am Ende irgendjemand Gutes der Dramaturgie geopfert werden. Ein Guter muss sterben, damit die Entwicklung des Bösewichts auch dramatisch genug wird. Das ist häufig so in Romanen dieser Art. In Romanen, wie dieser einer hatte werden sollen.

Martje bezweifelt, dass Gerd Beck in seinem Leben so viele Romane studiert hat wie sie oder gar wie Luna. Aber irgendwie scheint er dennoch zu wissen, was auf ihn wartet. Er zieht ein sauber gefaltetes Taschentuch mit Monogramm aus seiner Brusttasche und wischt sich die Stirn damit.

»Wenn ich sie zurückließe ...«, beginnt er.

»Wollen wir nicht du sagen?«, schlägt Martje vor.

Er lächelt.

»Wenn ich sie ...«

»Deine Frau?«

»Ja.«

Sie schweigen.

Plötzlich wird Martje zum ersten Mal klar, wie wichtig die Gewerkschaftsarbeit tatsächlich ist. Bisher ging es eher um etwas anderes. Um Selbstverwirklichung vielleicht. Um die Erfüllung kleiner und etwas größerer Wünsche, um das Mitbestimmungsrecht, um den großen Schlag gegen die Schicksalsgläubigkeit. Um Luna.

Aber jetzt. Hier. Begreift Martje, dass es dabei um das

Lebensglück gehen kann. Und mitunter wahrscheinlich sogar um das Leben selbst.

Gerd hat sie atemlos beobachtet.

Jetzt macht er einen Schritt auf sie zu. »Hast du eine Idee?«

Schon kurze Zeit später verlässt Martje die Firma in großer Eile. Dennoch liegt ein Lächeln auf ihren Lippen.

In ihren Armen hält sie sicher den Umschlag.

Als sie um die Ecke biegt, sieht sie sie schon von weitem.

Es ist nicht zu übersehen: Eine ganze Traube von Hundebesitzern mit ihren Vierbeinern steht dort vor ihrem Hundesalon Schlange. Es müssen mindestens zwanzig sein. Pudel, Terrier, Cocker, sogar einen Bobtail kann sie erkennen.

Martje bleibt stehen und tut die wenigen Schritte zurück hinter die Ecke.

Um die Mauer spähend überlegt sie. Es stimmt also!

Es spricht sich rum.

Die Leute kommen zu ihr in den Laden, weil sie gehört haben, was mit ihr geschehen ist. Mit ihr und Luna.

Vielleicht möchten sie nur hören, wie genau es geschah.

Vielleicht möchten sie ein bisschen Anteil nehmen.

Tatsache ist, dass dort zwanzig neue Kunden vor ihrem Salon stehen und bedient werden möchten.

Tatsache ist, dass der Job, den sie sich nach beschwerlichem Weg ausgesucht hat, vielleicht doch genau der richtige für sie ist. Vielleicht. Kann sie wirklich alles schaffen.

Martje krempelt die Ärmel hoch und geht los.

Nur wenige Minuten, nachdem die junge Frau das Büro verlassen hat, erscheint Gerd Beck im Türrahmen. Bekleidet mit seinem Jackett, das er für gewöhnlich in seinem Arbeitszimmer ablegt.

Frau Kreikmann erhebt sich von ihrem Schreibtischstuhl und will ihm entgegengehen, doch er winkt ihr zu, schließt hinter sich die Bürotür und kommt mit federndem Schritt zu ihr herüber.

»Ich gehe jetzt nach Hause«, sagt er lächelnd und fummelt umständlich an seinen Jackettärmeln herum.

Sie sieht unauffällig auf die große Uhr an der Längstwand der Halle.

»Es ist erst kurz vor zwei«, erwidert sie zögernd. Er kommt ihr sonderbar vor. So vollkommen anders als sonst. Nicht unsympathisch, ganz und gar nicht. Nichts könnte Frau Kreikmann in ihrer Sympathie für ihren Chef erschüttern. Aber fremd wirkt er mit einem Mal. Er hat das Büro noch nie vor sechs verlassen. Und meist bleibt er länger, viel länger als sie.

»Ich weiß.« Wieder lächelt er. Diesmal mit einem Krausen seiner Nase, das die Brille ein wenig ins Rutschen bringt und seinem Gesicht trotz grauer Schläfen etwas spitzbübisches gibt. »Ich weiß, dass es erst zwei ist.« Er schaut sie einen Augenblick lang versonnen an. »Gehen Sie doch auch!«

»Bitte?« Jetzt ist sie vollkommen verwirrt.

»Machen Sie Schluss! Gehen Sie heim. Oder shoppen. Oder in ein Café. Oder spazieren. Oder jemanden besuchen.« Er schaut sie auffordernd an.

Meint er das ernst? Natürlich denkt sie sofort an Gabi. Ihre jüngste Tochter ist zum ersten Mal schwanger und hat in der Mittagspause noch angerufen. Es geht ihr nicht gut. *Ach, wenn du doch hiersein könntest, Mami. Dass jemand hier ist, bevor Bernd nach Hause kommt.*

»Herr Beck, ich ... ich muss doch noch ...«

»Ach was!«, fällt er ihr freundlich ins Wort. »Das hat Zeit bis morgen. Gehen Sie einfach. Wir sehen uns dann.«

Damit dreht er sich herum und geht rasch über den Teppich zum Ausgang.

Hinter sich kann er ihre Verblüffung noch spüren. Aber auch ihre plötzliche Entschlossenheit. Ihre Freude über diesen unerwarteten freien Nachmittag.

Vor ihm öffnet sich lautlos die Tür und er geht hinaus. Die Stufen hinunter wie auf Wolken. Hat er sich schon jemals so gefühlt beim Verlassen der Firma?

Er fühlt sich, als würde er alles hinter sich lassen. Obwohl er morgen natürlich wiederkommen wird. Natürlich wird er wieder kommen. Schließlich kann er ohne seinen Job nicht …

Aber Lore. Seine Lore.

Der Wagen steht wie immer im Parkhaus. Er lenkt ihn den üblichen Weg heim, zu ihrem schönen großen Haus in der besten Gegend der Stadt. Diesen Weg nimmt er immer. Doch heute kommt ihm alles verändert vor. Er grüßt alle Menschen, die vor ihm über die Straße gehen. Manche schauen verblüfft. Weil sie ihn nicht kennen.

Er trifft Lore gerade noch rechtzeitig. Vor der Garage. Da fällt ihm ein, dass sie donnerstags um diese Uhrzeit immer den Einkauf erledigt.

Sie steht wie vom Donner gerührt, als er in die Einfahrt einbiegt und direkt neben ihr hält.

Kreidebleich ist sie, wie er aussteigt und sie ansieht.

»Was ist passiert?«, flüstert sie. Zu Tode erschrocken, weil er schon vor dem Abend nach Hause kommt. Zu ihr.

Da muss er plötzlich weinen. Zum ersten Mal sich bewusst werdend, was mit ihm gemacht wurde. Er glaubte sich festgelegt. Er glaubte sich hineingezwängt in einen großen Plan, an dem er nichts würde ändern können. Sein Leben war vorbestimmt. Er hatte stets darauf beharrt, zu denen zu gehören, denen es dabei doch noch gut ging. Er besaß Geld. Er hatte Erfolg. Er hatte Lore. An seiner Seite eine Frau, die ihn mehr als dreißig Jahre nicht verließ, obwohl er an erster Stelle einer anderen gehörte. Der Firma. Seiner Arbeit.

Eine Frau, die jetzt so schnell bei ihm ist, als sei sie noch Mitte zwanzig. Sie schlingt ihre Arme um ihn und kümmert sich nicht um die Nachbarn, die bestimmt hinter den Gardinen hängen.

Er kann nichts sagen. Jetzt gerade noch nicht. Aber sie führt ihn ins Haus. Sie beide umhüllt von ihrem wunderbaren ›Wir‹.

Martje hat einen wirklich anstrengenden Tag hinter sich. Jumper. Hermann. Tiffy. Kora. Emma. Buster. Ein paar der Hundenamen hat sie leider wieder vergessen. Aber sie stehen sicher verwahrt auf der jeweiligen Karteikarte. Denn sie wollen alle wiederkommen. Sie haben alle den Laden zufrieden verlassen, vergnügt geradezu. Haben Kaffee getrunken, ihre Hunde einander beschnuppern lassen, sich ausgetauscht über Vorlieben beim Futter und beim Spielzeug. Sie haben mit dem Füßen zur Musik gewippt und immer wieder rübergesehen. Rübergelauscht, wenn Martje sich mit dem Kunden, der Kundin unterhielt, die gerade dran war. Anfangs hörten alle noch möglichst heimlich mit, spitzen die Ohren und machten unschuldige Gesichter. Aber als dann der dritte Hund auf dem Tisch stand – eigentlich nur ein bisschen zwischen den Pfotenballen das Fell entfernen – und sein Frauchen die gleichen verdeckten Fragen stellte, beschloss Martje, es anders anzugehen: Sie stellte die Musik ein bisschen leiser, Bing Crosby möge ihr verzeihen, und erzählte mit lauter Stimme für alle.

Während sie Tiffys Pfoten beschnitt, erzählte sie ihre Geschichte. Wenn auch nicht alles. Gewisse Details gingen schließlich niemanden etwas an. Details, die Luna betreffen.

Sie erzählte von dem Buch.

Sie wies auf die Flugzettel hin, die auf den Tischen lagen. Und alle nahmen davon noch zusätzliche mit. Denn alle hatten sie Freunde, Bekannte, Familie, Nachbarn, die vielleicht noch nichts von diesen Neuigkeiten gehört hatten.

Jetzt begleitet Martje gerade den letzten zufriedenen Kunden zur Tür, tätschelt noch einmal Busters frisch gestutzten Hundekopf zum Abschied und verschließt dann die Tür von innen.

Ein paar Minuten steht sie da und starrt auf die Straße, die sich jetzt nach Feierabend langsam von Menschen leert.

Sie denkt an die Gesichter, die sie die letzten Stunden begleitet haben.

An das Aufleuchten in den Augen.

An das plötzlich so Lebendige darin.

An das stille, fast heimliche Lächeln. Als sei das Leben mit einem Schlag so viel schöner geworden. Durch eine simple Chance. Für sie alle.

Vielleicht ist es sogar nicht nur eine Chance. Gerd Becks Gesicht erscheint wieder vor Martjes Augen. Vielleicht gibt es sogar zwei Chancen.

Eine zweite Chance für die Liebe, für das Leben, für vieles andere.

An dieser Stelle denkt sie natürlich besonders an Luna.

Ein heißer Schreck durchfährt sie. Die Papiere!

Sie hat über ihren missionarischen Aufgaben für die Gewerkschaft völlig vergessen, dass diese wichtigen Papiere immer noch hinten im Büro liegen. Bärbel soll ihr bloß nicht noch mal sagen, dass sie politisch unengagiert sei!

Hinten im Büro werden die Blätter Luna aber nur schwerlich davon abhalten, Dummheiten in Sachen Erik zu begehen. Jetzt kommt Bewegung in Martje.

Sie rennt nach hinten, reißt sich die Arbeitssachen vom Leib und schmeißt sich in kurze Hose und T-Shirt.

Besonders attraktiv sieht sie darin nicht aus.

Egal. Dieses Risiko geht sie ein.

Wenn sie sich Luna in schlurigen Sommersachen vorstellt … das würde deren Attraktivität keinen Abbruch tun.

Rasch in den Wagen und los!

Auf mehrmaliges Klingeln reagiert Luna nicht.

Martje ruft sogar in der Wohnung an. Doch nur der AB meldet sich.

Verdammt.

Sie ist sich sicher, dass dieser Packen Papier, den sie hier mit sich herum trägt, für Luna immens wichtig ist.

Und vielleicht auch für sie selbst.

Denn wenn das stimmt, was Gudrun Seewald behauptet hat, dann wäre dies eine echte, eine wahre Chance.

Unschlüssig steht Martje auf dem Bürgersteig herum.

Soll sie den Umschlag wieder mitnehmen?

Sie betrachtet den Postkasten, an dem Lunas Name steht.

Tatsache! Sie bekommt Herzklopfen, wenn sie nur ihren Namen auf einem Postkasten sieht.

Sie steckt den Umschlag hinein. Öffnet erneut den Deckel und fingert im Kasten herum, um herauszufinden, ob jemand die Papiere wieder würde herausnehmen können. Aber sie kann den Umschlag mit den Fingerspitzen nicht erreichen.

Gut.

Jetzt kann sie nichts weiter tun als nur zu warten.

Als sie gerade wieder in ihr Auto steigen will, hält sie inne.

War da nicht gerade so ein Motorenrattern wie es Eriks unverwechselbarer Oldtimer zustande bringt?

Sie steht eine Weile dort und lauscht.

Aber das Geräusch ist verstummt.

Wahrscheinlich hat sie sich geirrt.

Erik ist mit sich vollkommen zufrieden. Seine kleine Schwester ist natürlich auf Gudruns Nummer reingefallen.

Sie hat gestern Abend brav die Papiere bei Luna in den Briefkasten gesteckt. Vorsichtshalber hat er sie den Tag über beobachtet. Denn wenn sie diesen entscheidenden Schritt nicht getan hätte, müsste er Luna auf irgendeinem anderen Weg diese falschen Berechnungen zukommen lassen.

Er selbst kann sie ihr schlecht geben.

Ihm traut sie nicht.

Er grinst in sich hinein.

Zu Recht traut sie ihm nicht.

Denn die Sanierungspläne auf diesen Papieren sehen zwar auf den ersten Blick ganz wunderbar aus, sie sind sogar denen, die er selbst vor zwei Wochen von Luna erhalten hat, sehr ähnlich. Jedoch haben sich an zwei Stellen gravierende Fehler eingeschlichen. Gravierende, aber beinahe unsichtbare Fehler, die jemand, der nach einem rettenden Strohhalm greift, sicherlich übersehen wird.

Es klopft an der Tür.

Frau Breitner.

»Ihr Besuch ist da«, sagt sie und öffnet die Tür weit.

Erik steht auf und geht um den Schreibtisch herum.

Es ist sein Anwalt, ebenjener, der scharf auf die Protagonistenrolle in einem Anwaltsthriller ist. Hinter ihm geht ein kleiner, schmalgesichtiger Mann mit großer Brille.

Erik kann Brillen nicht leiden.

Er wird Luna dazu bringen müssen, sich für Kontaktlinsen zu entscheiden.

»Darf ich Ihnen Herrn Turbitschek vorstellen?« Eriks Anwalt macht eine höfliche Geste. »Ich habe ihn als Berater mitgebracht. Ein ungewöhnlich kluger Kopf, wenn ich mal etwas untertreiben darf.«

Herr Turbitschek lächelt ein schmallippiges Lächeln, das seine Augen nicht erreicht.

Erik reicht ihm in einer weiten Geste die Hand. »Sehr erfreut! Nehme Sie doch Platz meine Herren. Frau Breitner, Sie dürfen Feierabend machen, wenn Sie möchten. Wir führen heute kein Protokoll«, wendet Erik sich noch kurz an seine Sekretärin.

»Dann einen schönen Abend noch«, antwortet sie höflich und verschwindet.

Kaum ist die Tür hinter ihr geschlossen, fährt Erik fort: »Wunderbar, dass Sie Ihren Berater mitgebracht haben!« Er legt Herrn Turbitschek eine Hochglanzmappe vor. »Die wollen Sie sich vielleicht gleich mal ansehen? Unsere Sache läuft hervorragend«, teilt er seinem Anwalt mit. »Ich habe meine Pläne allerdings noch ein wenig geändert.«

Kurz und knapp berichtet er von den Entscheidungen und Taten der letzten Tage.

209

»Jamps Tochter hat also Pläne erhalten, die … sagen wir mal … ›Jamp Electronics‹ nicht gerade helfen werden, sich wieder aus dem Schlamm zu erheben. Da ich meine zukünftige Frau ja unterstützen will, werde ich großzügig etliche Anteile an der Firma kaufen. Aber auch das wird sie nicht retten. Wenn ich Luna erst mal geheiratet und ›Jamp Electronics‹ an ›Heins & Heins‹ übergeben habe, können die diese echten Sanierungspläne«, er deutet auf die Unterlagen, in denen Turbitschek bereits eifrig seine spitze Nase vergraben hat, »durchführen und die Firma wird sich ganz wunderbar wieder erholen. Verrückterweise, nicht wahr? Meine Anteile werden im Wert unglaublich steigen. So schlage ich gleich zwei Mal Kapital aus der ganzen Geschichte.«

Erik beendet seine kleine Rede mit einem kurzen Applaus für sich selbst.

Sein Anwalt sieht beeindruckt aus.

»Alle Achtung, Herr Kröger«, brummt er und nickt bedächtig. »Ich muss schon sagen … alle Achtung!«

Was für eine Pfeife!, denkt Erik. Fachlich mag er wirklich einiges drauf haben, und ein Schlitzohr ist er auch, aber zum Freund will man den doch wirklich nicht haben.

»Hm«, macht da Turbitschek.

Er betrachtet die Papiere sehr genau. Blättert hin und her. Vergleicht Zeilen hier mit Ziffern dort. Erik und sein Anwalt sehen ihm mit wachsender Ungeduld dabei zu.

Schließlich richtet Turbitschek sich auf und rückt seine grässliche Brille zurecht.

»Tut mir Leid, Sie enttäuschen zu müssen, Herr Kröger«, beginnt er und wieder umspielt seine Mundwinkel ein beinahe frivol wirkendes Lächeln. »Aber mit diesem Sanierungsplan können Sie nicht mal einen Ein-Mann-Betrieb vor dem Konkurs retten. Sie sehen zwar oberflächlich betrachtet, so auf den ersten Blick, ganz fantastisch aus. Aber die taugen überhaupt nichts.«

»Wie bitte?« Erik lacht übertrieben. »Ich habe selbst Einblick in die Daten gehabt. Die Pläne sind ausgezeichnet.«

Der Berater tauscht mit dem Anwalt einen vielsagenden Blick.

»Herr Turbitschek ist so etwas wie ein Superhirn, was Rechenaufgaben angeht«, erklärt der Anwalt vorsichtig. »Dass er sich irrt, ist nicht möglich.«

Erik grunzt.

»Vielleicht hat es sich bei den Papieren, die Sie geprüft haben, um andere gehandelt als diese hier?«, fragt Turbitschek. In seiner Stimme schwingt Amüsement mit. Der Ton lässt die Haare an Eriks Armen sich aufrichten.

Erik beugt sich vor und greift nach den Blättern.

Er weiß genau, wo die beiden Stellen sitzen, um die es geht. Die beiden Details, die über Hopp oder Topp entscheiden.

Mit jeder Zeile, die er liest, weicht mehr Farbe aus seinem Gesicht.

»Meine Herren«, sagt er dann, mühsam um Fassung ringend, und steht auf. »Ich hoffe, Sie entschuldigen mich. Ich muss dringend jemanden sprechen.«

Den gestrigen Abend hat Martje damit verbracht, in ihrer Wohnung auf und ab zu laufen.

Das Telefon schwieg.

Mehrmaliges Überprüfen ergab jedoch jedes Mal, dass es funktionierte.

Dann hatte es geschellt. Aber es war ihre Mutter. Die sie für den kommenden Tag zu sich bat.

Das war ungewöhnlich.

Aber vielleicht, überlegt Martje jetzt, als sie von ihrem Auto zum Haus hinüber geht, will Mama auch einfach mal etwas anderes, etwas ungewöhnliches tun.

Auf ihr Klingeln hin hört Martje drinnen eilige Schritte.

Dann öffnet ihre Mutter mit weit ausholender Geste die Tür.

»Hallo, mein Engel, komm doch rein!«

Wie sieht sie aus!

Sie hat irgendwas mit ihren Haaren gemacht! Und der Hosenanzug in den knalligen Farben muss auch neu sein. Sie duftet nach einem teuren Parfüm und ist aufwändig geschminkt.

Martje steht einen Augenblick verdattert auf der Türschwelle.

»Nun komm schon«, zischt ihre Mutter und zieht sie rasch durch die Tür.

Im Flur blitzt es vor Sauberkeit. Martje sieht sich verwundert um. Da liegt ein neuer Läufer. Eine große Bodenvase wird von wunderschönen Lilien geziert. Auf Hüfthöhe zieht sich eine hübsche Bordüre an der Wand entlang.

Im Vorbeigehen wirft Martje einen Blick in den Haushaltsraum, wo die Waschmaschine wieder an Ort und Stelle steht. »Oh«, macht sie und hält kurz inne. »War Erik hier?« Vielleicht hat er sich außerplanmäßig ja hier herumgetrieben.

»Nein. Wieso? Ach, so …« Martjes Mutter hebt die Hand zu einem lapidaren Abwinken. Eine typische Geste. Doch heute wirkt sie plötzlich wie neu. »Die Maschine hab ich selbst wieder in die Ecke geschoben.«

Martje spürt wie sich ihre Augen zur Größe von Zweieurostücken weiten.

»Tja,«, macht ihre Mutter munter. »Man muss sich zu helfen wissen. War gar nicht schwer. Aber Kindchen«, flötet sie dann. »Nicht in die Küche! Wir setzen uns doch selbstverständlich ins Wohnzimmer! Komm hier rüber. Nimm doch den Sessel, der ist besonders bequem.«

»Wow!« Martje streicht mit der Hand über das samtige Polster. »Der ist ja irre.« Sie sieht sich im Raum um. Von den Wänden sind die alten Rahmen mit den verblichenen Fotos verschwunden. Stattdessen hängt dort ein großer moderner Druck eines bekannten, abstrakten Gemäldes. Nur im beleuchteten Wohnzimmerschrank finden sich noch ein paar vergoldete Rahmen, in denen Kinderfotos von Erik

212

und ihr selbst zu sehen sind, ebenso wie brandneue Atelierfotos von ihrer Mutter.

Sprachlos betrachtet Martje das alles. Und dann wieder ihre wie aus dem Ei gepellte Mutter. Sie hat sich richtig aufgebrezelt!

»Wie sehe ich aus?«, fragt ihre Mutter jetzt und dreht sich auf dem Absatz herum. Für einen winzigen Augenblick, ein Lichtblitz durch die Zeit, sieht Martje die junge Frau im Petticoat vor sich, die ihr Vater so anziehend fand, dass er sie sozusagen aus dem Stand angesprungen hat. Heraus kamen bei solchen Tanzversuchen Erik und Martje selbst.

»Toll. Du siehst toll aus. Ich wette, du bist die schärfste Sechzigjährige diesseits des Äquators.«

Im Gegensatz zu sonstigen Wortwechseln dieser Art reagiert Martjes Mutter diesmal nicht mit einem Schürzen der Lippen auf diesen lockeren Spruch. Sie lacht.

»Ich dachte, dieses ewige Ton-in-Ton wird irgendwann mal langweilig. Ich will doch nicht vor der Zeit zum alten Eisen gehören. Und dieses knallige Rot steht uns Blonden mit Grau so gut, findest du nicht?«

Martje betrachtet einen Moment lang irritiert die Frisur ihrer Mutter.

Ein neuer Schnitt. Und dadurch kommt die Farbe der Haare deutlicher zum Tragen. Würdevolles Grau schimmert aus dem Blond heraus. Und es sieht gut aus. Natürlich. Und geradezu frech.

»Zuerst wollte ich mir die Haare so ähnlich schneiden lassen wie du sie trägst. Schließlich habe ich gehört, dass du mittlerweile zur Trendsetterin avancierst. Aber dann hat Enrico, das ist mein Friseur, du solltest auch zu ihm gehen, er ist einfach göttlich, Enrico also hat gesagt, diese kleinen Strähnchen hier in die Stirn gezogen ergeben so ein Gesamtbild von …«

»Mama?«, fällt Martje ihr ins Wort. »Ich bin lesbisch.«

Für die Dauer von ein paar sehr langen Augenblicken ist es komplett still.

213

Martjes Mutter lässt die zur neuen Frisur erhobene Hand sinken und betrachtet ihre Tochter.

Martje hätte nie gedacht, dass nach den Ereignissen der letzten Tage und Wochen ihr eine solche Offenbarung noch so zusetzen könnte. Aber sie bekommt allen Ernstes weiche Knie.

»Das wurde aber auch Zeit!«, seufzt ihre Mutter da. »Um ehrlich zu sein, hatte ich schon immer so eine Ahnung. Schon als du noch ganz klein warst. Irgendwas war anders an dir als an den anderen.«

»Den anderen?«

»Na ja, deine Freundinnen eben. Die anderen kleinen Mädchen. Lauter niedliche kleine Dinger in Kleidchen, die mit Puppen spielten und sich gegenseitig die Haare frisierten.«

Martje verzieht den Mund zu einer Grimasse.

»Herzlichen Dank, Mutti. Tut mir wirklich Leid, dass ich dich damals schon enttäuscht habe und damit immer weiter mache.«

»Enttäuscht?«, antwortet ihre Mutter entrüstet. »Weil du nicht so ein kleines Porzellan-Mädchen warst? Quatsch!«

Martje möchte ihr eigenes Gesicht jetzt lieber nicht in einem Spiegel sehen. Sie ist ehrlich gesagt genauso eitel wie ihre Mutter und steht nicht darauf, auszusehen wie ein Schaf wenn's blitzt.

»Glaubst du, ich hätte es toll gefunden, wenn du die ganze Zeit brave Hausfrau gespielt hättest? Nur trainieren, dass du später auch bloß die ideale Ehefrau und Mutter würdest? Da kennst du mich aber schlecht, wenn du das denkst.« Vielleicht kennt Martje sie wirklich schlecht?

»Nein, ich wollte immer, dass du etwas erreichst, dass du etwas besonderes schaffst, dass ich … stolz auf dich sein kann.« Sie hält inne und sieht Martje an, zum ersten Mal seit Beginn ihres Treffens mit einem ganz und gar ehrlichen Lächeln. »Und das kann ich jetzt! Und wie ich das kann! Du hast dir einen Platz erkämpft, der dir eigentlich nicht zugedacht war. Du hast ihn dir trotzdem genommen, weil du selbst dein Leben in die Hand nehmen wolltest! Alle Achtung!«

Martje sitzt wie vom Donner gerührt. Wenn sie sich früher hätte etwas wünschen können, dann wäre es bestimmt ein solcher Zuspruch ihrer Mutter gewesen. Die Aussage, dass sie stolz ist auf ihre Tochter. Dass sie sie genau so haben will, wie sie ist.

Immer hat Martje sich nach solchen Worten gesehnt.

Doch jetzt, wo sie sie hört, kann sie nichts anderes als nur etwas dumm zu grinsen.

Das alles muss eine Art surrealistischer Film sein …

Ihre Mutter fingert etwas nervös an dem Tischläufer herum, den sie hübsch mit ein paar Rosenblättern aus Stoff dekoriert hat.

»Alle Welt spricht von dir«, sagt sie dann leiser und eindringlicher als vorher. »Wäre doch gelacht, wenn du dir nicht auch noch ein Happy End hinzaubern könntest, nicht?«

Happy End?

Sie spricht also nicht nur von der Gewerkschaft. Sie spricht nicht nur von den Flugzetteln und den abenteuerlichen Gerüchten. Sie spricht auch … von Luna!

Martjes Hände beginnen ein wenig zu zittern. Ihrer Mutter zu sagen, dass sie lesbisch ist, das war im Grunde ein lächerlicher Akt. Jedenfalls wenn man ihn mit der Schwierigkeit vergleicht, mit ihr über Luna zu sprechen.

Doch ihre Mutter hat sich natürlich nicht komplett verändert. Nach wie vor ist es nicht dringend notwendig, dass Martje auf ihre Bemerkungen hin etwas erwidert.

»Die einzige Sache, die mir noch ein bisschen im Magen liegt ist …«, fährt ihre Mutter jetzt nämlich fort. »Hast du sie schon gefragt, ob sie selbst das überhaupt will?«

Martje räuspert sich. »Fragen? Was denn?«

Ihre Mutter zuckt die Achseln und lässt ihre Hände wieder durch die Luft spazieren.

»Nicht jede bekommt einmal die Chance auf eine Hauptrolle. Womöglich ist es die Erfüllung ihres größten Wunsches: Hauptfigur in einer Liebesgeschichte mit tollem Mann zu sein. Vielleicht passt es ihr gar nicht, dass da eine daher kommt und alles auf den Kopf stellt. Vielleicht ist es ihr gar nicht so Recht, dass plötzlich nichts mehr seinen vorherbestimmten Lauf nimmt. Könnte doch sein, oder?«

Martje will lachen. Eigentlich will sie lachen. Aber heraus kommt nur ein heiserer Ton.

»Keine Ahnung«, krächzt sie heiser. »Ich hab sie noch nicht danach gefragt, weißt du.«

»Dann würde ich das mal tun«, erklärt ihre Mutter schlicht und faltet ihre Hände im Schoß. »Sonst wird das nix mit euch. Wie gefällt dir eigentlich die Wohnung, so ein bisschen umgestaltet?«

Martje sieht sich wie im Trance um und stammelt etwas zustimmendes.

Ihre Mutter wirft einen Blick in den Spiegel über dem Sideboard. Sie ist zufrieden. Sie kann zufrieden sein. Jahrzehntelange Pflege zahlt sich eben aus.

»Ich wusste schließlich, dass du nicht allein kommst«, sagt sie lässig. »Da hab ich alles ein bisschen aufgeräumt, aufgepeppt und hübsch dekoriert.«

»Nicht allein?«, wiederholt Martje und schaut sich um.

Ihre Mutter wippt ein paarmal auffällig unauffällig mit den Augenbrauen.

Da begreift Martje.

»Ah! Ach sooo! Du meinst Diedadraußen.«

»Tja … ja, und dann dachte ich: Wo ich mich doch schon mal so hübsch gemacht habe, könnte ich doch heute Abend mal zu ›Sanders‹ gehen. Die haben nach dem Büfett immer noch Tanz. Wäre doch gelacht, wenn nicht irgendein Silberrückenmännchen anbeißen würde, was?!«

Hilfe, denkt Martje. *Wo um Himmels Willen ist meine alte Mutter hin?*

Und dann muss sie haltlos lachen.

Eriks rascher Gang durchs Firmenfoyer lässt etliche Köpfe auffliegen. Darum kümmert er sich nicht.

Dieses Miststück! Der wird er's zeigen!

Ihre Bürotür ist abgeschlossen.

Erik dreht auf dem Absatz um und stößt dabei fast mit Frau Kreikmann zusammen, die plötzlich hinter ihm steht.

»Wo ist sie?«, fährt er sie an.

Frau Kreikmann blinzelt irritiert.

»Frau Seewald?« Sie deutet auf die verschlossene Bürotür. »Sie ist bereits gegangen. Schon vor ein paar Stunden. Sie hat sich die ganze Woche frei genommen. Ich glaube, sie wollte in den Süden fliegen. Irgendetwas last minute.«

Erik spürt, wie seine Blässe überschwemmt wird mit dunklem Rot.

»Was? Wer hat das genehmigt?«

»Herr Beck«, antwortet sie, jetzt sichtlich pikiert. »Und er hat etwas davon gesagt, dass das eine gute Idee sei.«

Erik hört sie fast nicht mehr. Schon ist er an ihr vorbei gestürzt und auf dem Weg hinaus. Frau Kreikmann sieht ihm kopfschüttelnd nach. Die Zeiten ändern sich. Menschen zeigen ihre wahren Gesichter. Und sie kann mit einem Mal sogar darüber lächeln.

Erik hetzt die Straße entlang.

Es ist nicht weit zu ihr.

Ihm zuliebe hat sie eine Wohnung in der Nähe der Firma gemietet. Ein hübsches kleines Liebesnest.

Und das wird er ihr jetzt unter dem hübschen Hintern anstecken.

Als er um die Ecke schießt, sieht er sie schon.

Sie steht unten vor dem Haus neben einem Taxi. Gemeinsam mit einer anderen dunkelhaarigen Frau.

Gudrun sieht ihn kommen und blickt ihm ohne ein Lächeln entgegen.

»Hallo, Erik«, sagt sie als er bei ihnen ankommt.

Der Taxifahrer sieht kurz aus dem Kofferraum auf, wo er ein paar Gepäckstücke zu verstauen versucht.

»Fahren Sie auch mit?«, will er wissen.

»Nein«, raunzt Erik ihn an.

»Gut«, sagt der Taxifahrer ungerührt. »Dann legen wir den zweiten Koffer auf den Rücksitz neben Sie.«

Damit ist die zweite junge Frau gemeint.

»Erik, darf ich vorstellen, das ist meine älteste Schwester. Nadine, das ist Erik«, sagt Gudrun betont höflich.

Weder Nadine noch Erik heben eine Hand zum Gruß.

Sie betrachtet ihn kurz und abschätzend und murmelt dann: »So? … hm, na ja …« Dann hält sie dem Taxifahrer die hintere Tür für den offenbar schweren Koffer auf.

»Gudrun«, keucht Erik. Teils vor Wut, teils weil er außer Atem ist. »Würdest du mir bitte erklären, was hier passiert?«

Sie sieht ihn gerade an.

»Ich fliege mit meiner Schwester für eine Woche auf die Kanaren«, erklärt sie ihm ruhig.

»Das meine ich nicht!«, donnert Erik.

»Na, na, na«, brummt der Taxifahrer, den Koffer auf den Rücksitz wuchtend.

»Ich meine die Tatsache, dass sich in meiner sorgfältig verwahrten Akte die falschen Papiere befinden!«, zischt Erik nun.

Gudrun macht große Augen.

»Was du nicht sagst!«, antwortet sie verwundert. »Dabei hast du sie doch extra im Safe eingeschlossen.«

»Genau!« Eriks Stimme wird gefährlich leise. »Und außer mir kennst nur du die Kombination.«

Sein Gegenüber hebt die Hände, doch er lässt sie nicht zu Wort kommen, sondern knurrt durch die fest aufeinander gebissenen Zähne: »Wärest du jetzt so freundlich und würdest mir sagen, welche Papiere du meiner Schwester gegeben hast?«

Gudrun lässt ihren Blick über sein Gesicht wandern.

Sie schaut in seine stahlblauen Augen, in die sie beim Lieben immer so gern geblickt hat. Sie sieht seine pochenden

Schläfen, seine verzerrten Mund und die hektischen Flecken in seinem Gesicht.

»Woher soll ich das wissen, Erik?«, erwidert sie dann gelassen. »Du hast doch selbst gesagt, dass ich solche komplizierten Zusammenhänge sowieso nicht durchschaue. Woher soll ich wissen, ob ich ihr nun die richtigen oder die falschen Papiere gegeben habe?«

»Du verfluchtes Luder, ich werde dir …«

»Nu mal langsam, junger Mann!«, brummt der Taxifahrer und hält Erik am Arm zurück. »Ich denke, es ist besser, wenn Sie die junge Frau jetzt mal in Ruhe ziehen lassen.«

»Tschüß Erik«, lächelt Nadine. »Schön, dich kennen gelernt zu haben!«

Erik steht noch lange am selben Fleck und sieht dem davonfahrenden Taxi nach.

Eine Ahnung steigt in ihm herauf. Nadines Worte wirken wie die letzten, die an ihn gerichtet werden.

Luna sitzt im Wohnzimmer ihres Vaters. Schon den ganzen Abend sitzt sie hier.

Vor ihr, auf dem niedrigen Couchtisch, liegt der Umschlag.

Fast kann sie ihn auf dem dunklen Holzuntergrund schon nicht mehr klar ausmachen.

Sie hat die Brille abgenommen, um die Kopfschmerzen zu lindern, die sie in den letzten Tagen so quälen.

Und draußen ist längst die Dämmerung heraufgezogen.

Der Umschlag enthält keinen Begleitbrief, nicht einmal eine winzige Notiz, der sie entnehmen könnte, von wem er stammt.

Sicher ist nur: Von Erik kann er nicht sein!

Es handelt sich um sehr ähnliche Pläne wie die, die sie ihm vor nunmehr zwei Wochen selbst übergeben hat. Sie sind anders aufgebaut und hier und da durch ein paar weiterführende, detaillierte Berechnungen und Erläuterungen ergänzt.

Aber kein einziges privates Wort findet sich dabei.

Luna weiß genau: Dass diese Papiere in ihrem Briefkasten steckten, hat einen triftigen Grund. Nämlich den, dass sie wirklich gut sind!

Sie sind das, worauf Jamp Electronics nun schon seit Monaten gewartet hat. Sie sind der rettender Anker. Und Erik hatte nicht vor, ihr diesen einfach so zu überlassen. Er hatte ihr hervorragend und glaubwürdig zu verstehen gegeben, dass es völlig Schwachsinn sei, mit diesem Sanierungsplan überhaupt nur zu ihrem Vater zu gehen und ihn ihm vorzustellen.

Sie hatte ihm geglaubt. Und mehr als das. Vor ein paar Tagen war sie ein zweites Mal auf ihn hereingefallen! Sie hatte sich erpressen lassen und eingewilligt, seine Frau zu werden. Obwohl das einfach absurd ist. Komisch nur, dass er nun schon den ganzen Abend nicht erreichbar ist. Sie hat es bei ihm zu Hause und auf dem Handy versucht. Doch nichts wird beantwortet. Auch egal. Im Grund wirklich egal. Denn schließlich will sie ihm nur sagen, dass er sich seinen erpresserischen Heiratsantrag ›sonstwohin‹ stecken kann. Als sie vorhin diesen Umschlag öffnete, wusste sie gleich, dass dies ihre Rettung ist. Martje hat Recht gehabt!

Sie kann ihr Leben selbst in die Hand nehmen!

Das wird sie! Das tut sie bereits!

Als erstes wird sie nun ihrem Vater diese Pläne übergeben.

Wenn er doch nur endlich heim käme.

Endlich hört sie den Schlüssel im Schloss. Seine Schuhe klappern auf den Keramikböden in der Diele.

»Nicht erschrecken!«, ruft sie ihm entgegen. »Ich bin im Wohnzimmer.«

Ihr Vater gibt einen überraschten Ton von sich und kommt schnellen Schrittes herein.

Als er den Lichtschalter betätigt, flammt die Deckenbeleuchtung auf. Ein scharfer Schmerz fährt Luna hinter die Augen und sie beschirmt sie rasch mit der Hand.

»Was sitzt du denn hier im Dunkeln herum?«, will ihr Vater wissen, während er die Stehlampe in der Sofaecke anknipst und das Deckenlicht wieder löscht. »Kopfschmerzen?«

Luna nickt.

Er setzt sich neben sie auf die Sesselkante und legt den Arm um sie. Seine Wärme, die ihr verrückterweise oft so viel mütterlicher als väterlich vorkommt, breitet sich wohltuend auf ihren Schultern aus.

»Hab wohl zu viel nachgedacht. Zu lange hier gesessen und gegrübelt. Du bist so spät. Warst du so lange im Büro?«

Er schmunzelt. Teils amüsiert, teils ein bisschen verlegen, wie ihr scheint.

»Manchmal klingst du wie eine Ehefrau«, meint er und knufft sie in den Arm. Doch dann wird er wieder ernst. »Nein, ich war nicht im Büro.« Er seufzt. »Das hat doch alles sowieso keinen Sinn mehr. Es war wirklich großherzig von Gerd, uns eine weitere Chance zu geben. Aber ...« Schweres Atmen. »Da dachte ich, ich könnte etwas Optimismus ganz gut gebrauchen und bin heute Abend zu der Versammlung im Ratskeller gegangen. Du weißt, welche ich meine?«

Luna muss nicht überlegen.

Natürlich. Die Versammlung. Die hat sie komplett vergessen über diesen Papieren und den Überlegungen, von wem sie stammen könnten.

»Ja ... sicher«, antwortet sie ein wenig durcheinander.

»Sicher weiß ich das. Ich hatte tatsächlich auch vor, hinzugehen. Ich wollte wirklich hingehen ...« Für einen Moment taucht Martjes Gesicht vor ihr auf.

Luna beugt sich vor und angelt vom Tisch den braunen Umschlag, gibt ihn kommentarlos an ihn weiter.

Ihr Vater zieht verwundert die Brauen hoch und öffnet den Verschluss mit dem Finger. »Es war beeindruckend«, murmelt er, offenbar noch ganz unter dem Einfluss seiner Eindrücke des Abends. »Zuerst dachte ich ja, es handele sich einfach nur um Spinnerei, um so eine verrückte Idee von einer, die sich wichtig machen will, aber jetzt bin ich mir da nicht mehr sicher. Diese Martje Kröger ist wirklich bemerkenswert. Sie ist wohl ungefähr in deinem Alter und ... Was um Himmels willen ist das?« Er hat die Seiten in seinen Händen überflogen.

»Ich kenne Martje«, sagt Luna leise, eher zu sich selbst, und dann: »Sieh es dir in Ruhe an. Eine Bekannte von mir hat es entwickelt. Und mittlerweile haben die Pläne eine kleine Odyssee hinter sich, weißt du.« Ruhig erzählt sie ihrem Vater von ihrem Besuch bei Erik Kröger vor Wochen.

»Du bist einfach in die Firma marschiert und wolltest verhandeln, ohne mich vorher darüber zu unterrichten?«, fragt ihr Vater schließlich streng.

Diesen Tonfall kennt sie. Er ist für Belange der Jamp Electronics reserviert.

»Ich konnte doch gar nicht anders«, seufzt Luna laut. »Alles lief nach IHREM Plan. Und ich sollte Eric treffen. Das muss dir doch klar sein. Gerade nach diesem Abend.«

Ihr Vater runzelt die Stirn. Er scheint eine Weile fieberhaft zu überlegen. Schließlich räuspert er sich. »Jetzt ist aber alles anders«, murmelt er. »Und das heißt, es gibt keine Hochzeit ...?«

»Boah, Papa!«, donnert Luna. »Du Holzklotz! Ich hätte dir zuliebe fast mein Glück verscherbelt! All die Jahre stand immer Jamp Electronics im Mittelpunkt. Immer war es am wichtigsten, dass es der Firma gut ging. Immer hab ich mich nach dir gerichtet. Immer war es wichtig, dass wir zusammen halten und der gleichen Meinung sind. Aber das ist ungesund! Niemand sollte über uns und unser Schicksal bestimmen dürfen. Keine Autorinnen, keine Lektoren und keine Eltern! Es wird endlich mal Zeit, dass ich mich um mein eigenes Leben kümmere!«

Mit dem letzten Wort schlägt sie mit der Hand auf die Sessellehne. Ihren Kopf durchzuckt ein messerscharfer Schmerz. Das war entschieden zu viel Aufregung für die letzten Tage.

So hat sie noch nie mit ihrem Vater gesprochen. Ehrlich gesagt hat sie noch nicht einmal daran gedacht, so mit ihm zu reden. Irgendwie war immer alles klar zwischen ihnen. Aber vielleicht ja nur deswegen, weil sie automatisch ihre Belange denen der Firma untergeordnet hatte.

Jetzt sieht er sie so sonderbar an.

Wenn sie seine Miene richtig deutet, dann handelt es sich dabei um eine Mischung aus Schreck und Stolz.

»›Es gibt keine Hochzeit mit diesem Kotzbrocken Erik?‹ wollte ich sagen«, beendet er seinen Satz von gerade.

Und Luna wünscht sich ein Loch im Boden, um darin zu verschwinden.

Mit großen Augen starrt sie ihren Vater an.

Bis der laut auflacht.

»Autsch!«, macht Luna und hält sich den Kopf.

»Du hast Recht!«, lacht ihr Vater ohne Rücksicht. »Du hast vollkommen Recht! Bist eben meine Tochter! Und was gedenkst du jetzt als erstes für dein eigenes Leben zu unternehmen?«

Luna grinst schräg.

»Ich glaub, ich muss erst mal ein paar Dinge klären …«

Eine halbe Stunde später betritt sie den Ratskeller. So nennt sich das weitläufige Kellergewölbe unter dem alten Rathaus der Stadt. Die Kneipe geht immer gut. Doch selbst für einen gut besuchten Treffpunkt ist heute Abend unglaublich viel los.

Alle Tische sind voll belegt. An der Theke stehen Menschen dicht an dicht. Sogar auf den Stufen hinaus zum Ausgang haben sich ein paar Unverdrossene mit ihren Bieren niedergelassen.

Luna durchkämmt einmal den ganzen Saal. Doch obwohl sie Martjes Namen immer wieder aus den Gesprächen um sie herum aufschnappt, kann sie sie selbst nirgends entdecken.

Ein ungutes Gefühl breitet sich in ihr aus. Martje muss doch noch hier sein! Nach so einer Versammlung, die offensichtlich ein voller Erfolg war, kann sie doch nicht einfach verschwinden.

»Frau Jamp!«, ertönt plötzlich von der Seite her eine vage bekannte Stimme.

»Herr Gregoria«, begrüßt sie einen ihrer Stammkunden freundlich. Unauffällig schielt sie über seine Schulter, während er enthusiastisch ihre Hand schüttelt.

»Was für ein Abend, wie? Was für eine Rede! Sie waren doch dabei, nicht? Ich hab Sie nicht gesehen, aber es war ja auch so voll! Wunderbar diese Entwicklung, nicht? Ich hab es ja schon immer gesagt: Aus Büchern kommen wir! Und Bücher werden uns irgendwann befreien!«

»Tatsächlich?«, erwidert Luna abwesend und späht weiterhin durch den Raum.

»Sie werden das Buch doch sicher in Ihrer Buchhandlung führen, sobald es neu aufgelegt und frisch gedruckt ist, nicht wahr? Bitte setzen Sie mich unbedingt auf die Liste derer, die es zuerst bei Ihnen kaufen dürfen! Hach, ich kann es kaum erwarten. Wie ist es denn so?«

»Bitte?«, macht Luna verwirrt.

»Das Buch!«, insistiert er. »Ist es so wie man es sich vorstellt? Sie haben es doch gelesen, oder?«

Jetzt starrt sie ihn an, plötzlich begreifend.

Er war heute Abend hier auf der ersten Gewerkschaftsversammlung, die Martje organisiert hat. Er weiß, dass sie, Luna, das Buch kennt. Das bedeutet, dass von ihr gesprochen wurde! Martje hat von ihr erzählt!

In diesem Augenblick tippt ihr von hinten jemand zaghaft an den Arm. Luna wendet sich um und sieht in die großen Augen eines Teenagers von vielleicht fünfzehn Jahren. Das Mädchen ist offenbar die Sprecherin einer ganzen Delegation, die in gebührendem Abstand wartet.

»Sind Sie Luna?«, fragt das Mädchen mit dünner Stimme. Luna nickt.

Im selben Moment zückt das Mädchen einen Kugelschreiber und ein kleines Büchlein und hält ihr beides hin.

»Würden Sie bitte was reinschreiben?«

Luna starrt abwechselnd in das bewundernd zu ihr gewandte Gesicht und auf das hingehaltene Diary.

Nach ein paar Sekunden, die dem Mädchen offenbar grottenpeinlich sind, nimmt Luna das Buch, schlägt es auf und schreibt: »*Macht, was ihr wollt! Luna Jamp.*«

Das Mädchen nimmt das Buch mit strahlenden Augen wieder entgegen, bedankt sich artig und verschwindet mit ihren giggelnden Freundinnen Richtung Ausgang.

»Herr Gregoria«, wendet Luna sich da rasch an den Bücherfreund neben ihr. »Können Sie mir sagen, wo Martje … ähm, wo Frau Kröger hin gegangen ist? Ich kann sie hier nirgends entdecken.«

Er lächelt.

»Oh, nein, sie ist ja so bedrängt worden. Wissen Sie, alle wollten mit ihr reden, ihr die Hand schütteln und so. Da konnte sie sich gar nicht mehr in Ruhe mit ihrer Freundin unterhalten. Die beiden sind dann weggegangen. Aber wohin, das weiß ich natürlich nicht.« Er zwinkert vertraulich.

»Ihre Freundin? Sie meinen Bärbel?«, fragt Luna. »Eine große Blondine mit viel … ähm … Sexappeal?«

Diese merkwürdige, unangenehme Ahnung nimmt sie plötzlich ganz und gar ein.

Und tatsächlich. Herr Gregoria schüttelt den Kopf.

»Nein, Bärbel hat sich uns ja auch vorgestellt. Die war das nicht. Das war … hm … wie heißt sie noch? Diese hübsche, braungebrannte Blonde. Nicki. Richtig! Mit Nicki ist sie weggegangen.«

Martje

Sie vermissen mich?

So schnell kann das gehen.

Aber haben Sie keine Angst. Es passiert hier nur das, was auch im besagten Buch beschrieben wird: Nachdem alles scheinbar auf den Kopf gestellt wurde und nun völlig anders läuft als zu Anfang geplant, entwickeln sich ganz wie von selbst die typischen Roman-Strukturen.

Selbst wenn wir Figuren nun entscheiden können, wie unser Schicksal verlaufen wird, unterliegen wir doch alle gewissen Gesetzen.

In Romanen lauten die einfach anders als im wirklichen Leben.

Warten Sie ab!

LETZTES KAPITEL

> »I give to you and you give to me
> true love, true love
> so on and on it will always be
> love for ever true«
> *True love*
> Grace Kelly & Bing Crosby

Der Samstagvormittag geht unter in einem Berg von Hundehaaren.

In einer kurzen Pause krakelt Martje rasch einen Zettel und hängt ihn ins Schaufenster. Darauf steht: ›*Suche kompetente, freundliche Mitarbeiterin, die sich auf Hundeschnitte für alle Rassen versteht! DRINGEND!*‹

Dann taucht sie wieder unter in ihrer Arbeit, schneidet, wäscht, fönt, betüdelt und quatscht.

Alle sind völlig aus dem Häuschen. Wenn auch aus unterschiedlichen Gründen: Die Hunde sind aufgeregt, weil sie so viele neue Kumpel kennen lernen und dann auch noch frisiert werden. Die Menschen sind aufgeregt, weil ihnen der gestrige Abend noch in den Knochen steckt und sie offenbar alle noch nicht so recht wissen, wohin mit ihrer Freiheit und den vielen Chancen, die sich daraus ergeben.

»Ich werde wahrscheinlich meinen Job hinschmeißen und eine Hundeschule eröffnen«, erzählt eine junge Frau, die neben sich zwei Deutsche Schäferhunde sitzen hat, denen die Krallen gekürzt werden sollen.

»Völlig utopisch«, meint dazu ein älterer Herr mit einem Welsh Terrier auf dem Schoß. »Damit werden Sie kein Geld verdienen können!«

Doch von allen Seiten erklingt fröhliches Gelächter. Alles ist möglich, scheint es plötzlich.

Inmitten solcher und ähnlicher Gespräche arbeitet Martje ohne Unterlass. Allerdings mit Blick auf die Uhr, die ihr die näher rückende Mittagspause verspricht.

Da ist es eine willkommene Abwechslung, als um eins Bärbel auftaucht und mit hochrotem Gesicht im Raum herum steht, während Martje den letzten Kunden verabschiedet.

Offenbar steht ihre Freundin ziemlich unter Druck, etwas dringend erzählen zu wollen.

Als sie Tür wieder geschlossen ist, wendet Martje sich erschöpft um.

»Wer ist es?«, will sie nur wissen.

Bärbel platzt fast vor Ungeduld.

Jupps Leine ist so gestrafft, dass er ein bisschen röchelt.

»Du kommst bestimmt nicht drauf! Gestern Abend, auf der Versammlung, da waren ja auch die einen oder anderen, die von ziemlich weit her angereist waren. Na ja, vielleicht hast du es nicht mitbekommen, aber nach der offiziellen Versammlung habe ich mich versehentlich in der Toilette eingesperrt. Rate, wer mich befreit hat?«

Martje kann nur die Achseln zucken. Vor ihrem inneren Auge baut sich aus einem verschwommenen Nebel das Bild eines kräftigen, muskulösen, jungen Kurts, der unter Einsatz seiner Körperkräfte die versperrte Klotür einrennt.

»Es ist Little John.«

Martje blinzelt.

Bärbel strahlt beifallheischend. »Der beste Freund von Robin von Locksley, besser bekannt als Robin Hood.«

Diesmal kann Martje spüren, wie ihr Unterkiefer sich langsam vom Oberkiefer löst und ein Stückchen herabsinkt.

Bärbel registriert dies mit Wohlwollen. »Er ist ein total süßer Typ. Ein bisschen altmodisch irgendwie. Aber wenn du mich fragst, total unterschätzt. Ich meine, dieser ganze Wohltätigkeitskram ist schon irgendwie sein Ding. Aber es stecken noch viele andere Talente in ihm, da bin ich sicher. Und ...«, sie senkt die Stimme, »er sieht in diesen grünen, eng anliegenden Hosen einfach total sexy aus!«

Martje starrt immer noch mit offenem Mund.

»Da guckst du, hm? Ja, Nebenfigur hin oder her … ich sage dir, der Typ hat den Protagonistenstatus verdient. Er hat alles drauf, was ein Mann drauf haben muss. Vielleicht mach ich ihn ja zu meiner ganz persönliche Hauptfigur.« Sie kichert ausgelassen und wirft einen liebevollen Blick hinunter zu ihrem Vierbeiner. »Mit Jupp kommt er auch klar. John ist sehr tierlieb, musst du wissen. Das schätze ich ja sehr an Männern. So, ich muss wieder los. Will noch schnell zu ›Woolfs‹, um mir ein bisschen Literatur zu seiner Zeit zu besorgen. Ich muss doch wissen, wovon er spricht, wenn er von Wegezoll und so weiter redet. Soll ich Luna von dir … ähm … grüßen?«

Martje schaut hinunter auf den Boden.

»Ich weiß nicht, Bärbel. Vielleicht besser nicht. Schließlich hat sie mir deutlich zu verstehen gegeben, was sie will.«

Einen Moment sieht es so aus als wolle Bärbel darauf etwas Heftiges erwidern. Doch dann schließt sie den bereits geöffneten Mund wieder und bedenkt ihre Freundin nur mit einem mitleidigen Blick.

Sie geht zur Tür und dreht sich dort noch einmal um.

»Bist du eigentlich zum Mittagessen mit Nicki verabredet?«, fragt sie wie nebensächlich.

Martje guckt verwundert. »Nein. Wir kommst du darauf?«

»Ach, nur so. Sie kommt da nämlich gerade.«

Dann verlässt Bärbel den Laden und Martje kann beobachten wie sie draußen einen kurzen, kühlen Gruß mit Nicki tauscht, bevor sie um die nächste Ecke biegt.

Nicki kommt zögernd herein und sieht sich um.

»Du hast es richtig schick gemacht hier«, stellt sie anerkennend fest.

Ihre Augen sehen traurig aus. Martjes Herz krampft sich zusammen.

Vielleicht ist Nicki einfach ein trauriger Mensch. Vielleicht war sie das auch damals schon. Versteckt und verborgen hinter der Partymaus, der Tanzenden und Überall-wie-ein-bunter-Hund-Bekannten.

»Hast du es schon gehört?«, fragt Nicki und geht an den Wänden entlang, um die Schwarzweiß-Fotografien zu betrachten, die dort in goldenen Rahmen hängen. Es sind viele der wunderbaren Interpreten der Swing-Musik. Glenn Miller. Louis Armstrong. Nat King Cole. Frank Sinatra. Gene Austin. Fred Astaire. Und dazwischen, immer wieder, Aufnahmen von glücklichen Kundenhunden.

»Was denn?« Martje fegt die Haare rund um den Trimmtisch zusammen.

»Ich habe mich von Irene getrennt.«

Beinahe wäre Martje das Kehrblech aus der Hand gerutscht.

»Du hast dich getrennt? Aber … warum?«

Nicki zuckt ratlos die Achseln.

»Ich hatte einfach das Gefühl, es ist das Richtige.«

Martje betrachtet sie eine Weile, wie Nicki da so scheinbar hilflos mitten im Raum steht und sie anlächelt. Und plötzlich kommt ihr ein grauenvoller Verdacht.

»Sei ehrlich, Nicki«, sagt sie ernst. »Schickt SIE dich? Oder bist du aus freien Stücken hier?«

Nicki wirkt verwirrt. Nicht geschauspielert, sondern wirklich aufrichtig durcheinander.

»Du wirst es mir vielleicht nicht glauben, aber das weiß ich nicht«, antwortet sie zaghaft. »Ich habe in der letzten Zeit viel nachgedacht. Und gestern Abend … deine Rede … die halbe Stunde mit dir, als wir noch zusammen heim gegangen sind durch die Stadt … vielleicht hältst du mich für verrückt, aber ich habe überlegt, ob nicht meine Beziehung zu Irene in Wahrheit eine Gängelung durch SIE war. Ob ich nicht eigentlich viel lieber bei dir geblieben wäre damals, vor drei Jahren. Ich meine, es war doch toll zwischen uns, oder?«

Martje schluckt.

»Tja, ja, es war schön«, sagt sie schließlich, weil Nicki sie immer noch auf eine Antwort wartend anschaut.

Jetzt kommt Nicki ein paar Schritte näher.

»Wir könnten es noch einmal versuchen, Martje!«, sagt sie eindringlich und legt ihre Hand sanft auf Martjes Arm. »Wir könnten noch einmal von vorn anfangen und die Vergangenheit hinter uns lassen. Wir sind uns doch im Grunde sehr ähnlich. Wir lieben die Szene und uns darin zu tummeln.

Aber offenbar brauchen wir beide auch das Heim und die Burg, in die wir uns zurückziehen können, zu zweit. Wenn du nicht auch dieses Bedürfnis hättest, hättest du dich bestimmt nicht so zu dieser ... Luna hingezogen gefühlt. Sie strahlt doch auch so etwas aus wie Irene und ...«

Martje nimmt ihren Arm fort.

»Luna ist in keinster Weise wie Irene«, betont sie langsam. »Sie ist eine starke, attraktive Frau, die ihren eigenen Weg geht.«

Nach diesen Worten ist es lange Zeit still im Laden.

Nur die Geräusche, die der Besen und das Kehrblech machen, sind zu hören.

»Nur scheint ihr Weg nicht zu dir zu führen«, wagt Nicki schließlich zu kontern.

Martje fegt die letzten Haarreste zusammen.

Lunas Weg. Führt nicht zu ihr? Wie hat Bärbel gesagt? Bärbel hat inzwischen so viele Sätze gesagt, die ihre ursprüngliche Zwei-Sätze-Kompetenz weit überschreiten.

Aber am Ende des siebten Kapitels, da hat sie gesagt: *Vielleicht liegt das nur an dir? Wer weiß?*

Eigentlich ein schlauer Satz. Im Grunde ein sehr schlauer Satz. Martje hat die Schlussfolgerung aus ihm nur noch nicht ausgiebig und gebührend befolgt.

»Weißt du was«, richtet Martje sich da an Nicki. »Ist mir egal, ob du hier bist, weil du es selbst willst oder weil SIE dich geschickt hat, um noch einen letzten jämmerlichen Versuch zu starten, das Ruder für sich rumzureißen. Ich stehe nicht mehr zur Verfügung für irgendwelche zweite Versuche, in denen wir etwas noch einmal von vorn wagen wür-

231

den. Nein. Und jetzt geh besser. Ich hab noch was zu erledigen.«

Nicki sieht sie mit großen, traurigen Augen an, nickt tragisch, dreht sich um und verlässt den Laden.

Martje atmet auf. Sie sieht Nicki nicht hinterher, wie es sich für einen endgültigen Abschied vielleicht anbieten würde.

Sie hat nämlich keine Zeit. Ist ihr gerade eingefallen.

Rasch stellt sie den Besen fort, löscht überall das Licht und verlässt ›Dean Martins Hundesalon für gut gelaunte Vierbeiner‹.

Der Weg durch die Stadt kommt ihr länger als sonst vor.

Heute wird sie nicht in hundefellverseuchten Klamotten auflaufen. Heute wird sie sich schnell duschen, frische, hübsche Sachen raussuchen und sich dann auf den Weg machen.

Notfalls wird sie einfach vor Lunas Tür warten. Bis die nach Hause kommt.

Vor Martjes Haustür sitzt jemand auf den Stufen.

Beim Näherkommen beginnt ihr Herz immer rascher zu schlagen.

Diese knallrote Sweatshirtjacke. Das kurze T-Shirt. Die wirr hochgesteckten Haare.

Luna sieht ihr entgegen.

»Hi«, sagt Martje.

»Hi«, sagt Luna.

Verlegen stehen sie voreinander.

Da ist plötzlich wieder die Erinnerung an den Kuss. So überdeutlich, so intensiv, dass Martje schwindelig wird von der Nähe zu ihr.

»Was machst du denn hier?«, fragt sie rasch, um irgendetwas zu sagen.

»He«, lacht Luna. »Ist das nicht der Satz, den du immer zu Bärbel sagst? Ich mache Mittagspause, genau wie du. «

»Nicht genau wie ich«, entgegnet Martje. »Ich werd den Laden für den Rest des Tages geschlossen lassen. Samstags

232

ist das o.k., finde ich. Ich bekomme schon Sehnenscheiden-
entzündung von der ganzen Schnippelei. Außerdem brauche
ich etwas Zeit, um nachzudenken.«

»Toll!«, meint Luna und grinst. »Das können wir zusammen machen. Ich müsste auch ganz dringend mal wieder
denken. Und wenn es länger dauert, dann lass ich meinen
Laden heute Nachmittag auch geschlossen.«

Den Schlüssel in der Hand lächelt Martje: »Dann brauche ich wohl nicht mehr zu fragen, ob du mit rein kommen
willst?«

Im Hausflur ist es kühl.

Martjes Arme überziehen sich mit einer Gänsehaut. Vielleicht auch deswegen, weil Luna am Briefkasten so dicht
neben ihr steht. Sie kann ihren Atem spüren.

Im Kasten liegt eine Postkarte, die ein Kamel mitten in
einem Markt zeigt. Der verschnörkelte Schriftzug darunter
lautet: Kairo.

Martje liest sie verwundert: »*Liebe Martje, wir beide
möchten uns bedanken bei dir, für deine wunderbare Idee,
du weißt schon. Bestimmt werden wir noch viel erreichen.
Aber bis dahin machen wir noch ein bisschen die Welt unsicher. Das Klima hier tut meinem Herzen gut. Der Arzt ist
sehr zufrieden. Morgen besteigen wir einen Nilkreuzer. Und
wer weiß, was wir nächste Woche noch tun. Herzliche Grü-
ße an Erik, wenn du ihn siehst. Hannelore & Gerd Beck,
PS: uns ist zu Ohren gekommen, dass Peter P. in die
Gewerkschaft eingetreten ist. Hältst du das für möglich?
Aber wer weiß, vielleicht will auch er endlich erwachsen
werden?*«

»Verrückt!«, kommentiert Martje das und reicht die Kar-
te an Luna weiter.

Die liest und lächelt.

»Ich mochte ihn von Anfang an«, stellt sie fest und steigt
hinter Martje die wenigen Stufen hinauf.

Hinter der geschlossenen Wohnungstür stehen sie dann
beide ratlos einen Moment voreinander.

»Tja, wollen wir ...«, Martje deutet den Gang entlang, »in die Küche gehen?«

Luna nickt, geht voraus und setzt sich an den Tisch auf einem Stuhl, während Martje sich ihr gegenüber auf der gemütlichen Bank niederlässt.

»Du warst das, oder?«, will Luna plötzlich wissen. »Das mit dem Umschlag in meinem Briefkasten, das warst du, nicht?«

Ihre Stimme zittert ein wenig.

Es hängt sehr viel davon ab, spürt Martje. Vielleicht hängt alles davon ab. »Ich weiß nicht, ob es was taugt«, antwortet sie vorsichtig. »Ich habe keine Ahnung davon. Aber ich dachte ...« Luna atmet tief aus.

Was genau das nun bedeutet, kann Martje nicht erahnen.

»Woher hast du die Pläne?«

»Gudrun Seewald hat sie mir gegeben. Eine junge Frau aus der Firma. Sie hatte etwas mit Erik, aber er hat sie abblitzen lassen als ... als alles begann. Ich nehme an, dafür wollte sie sich revanchieren.«

Luna starrt auf die Tischplatte. »Ja. Wir alle gehen plötzlich unsere eigenen Wege«, murmelt sie.

Unheimlich beinahe.

Genau das hat Martje vor einer halben Stunde auch über sie gesagt.

Martje lacht auf. »Ja, wir haben allen gründlich die Tour versaut, wie? SIE wird toben. Ich nehme mal an, ein weiterer IHRER bewährten Bestseller wird das hier nicht sein. Ich bin gespannt, was Lektor, Programmchefin und am Ende auch SIE sich so werden einfallen lassen, um dieses Kind wieder aus dem Brunnen zu holen.« Bei dem Gedanken kann sie ein dickes Grinsen nicht lassen.

Die Versammlung gestern, all die Euphorie und Zuversicht um sie herum haben sie tief berührt.

Luna reckt sich auf dem Stuhl und verschränkt die Arme hinter dem Kopf: »Sie werden nichts ändern können. Ich habe heute morgen noch mit dem Verlagsvertrieb gesprochen. Die Vorbestellungen sind bereits zu zig tausenden da, von anderen BuchhändlerInnen und von LeserInnen. Irgendwie hat es sich rasend schnell herumgesprochen, dass dies ein besonderes Buch werden wird...«

»Und nicht nur das. Die Gewerkschaft wird viel bewirken«, murmelt Martje.

»Das ist dein Verdienst!«, erwidert Luna.

»Ach, was, alle sind ganz begeistert. Damit habe ich gar nichts zu tun«, entgegnet Martje.

»Ohne dich würde es eine solche Vereinigung nicht geben«, weiß Luna.

»Ohne dein Buch hätten wir keine Ahnung, dass es unser gutes Recht ist«, bemerkt Martje.

Sie sehen sich an. Martje erwidert den Blick aus den braunen Augen. Das nervöse Kribbeln steigt wieder in ihr hoch. Genauso hat Luna doch neulich auch geguckt. Neulich, bevor das zwischen ihnen passiert ist, von dem sie später gesagt hat, dass das nie wieder geschehen darf.

»Jetzt können die Verantwortlichen also nur noch versuchen, den Schaden gering zu halten«, sagt Martje möglichst sachlich und wendet den Blick ab. »Vielleicht werden sie sich einen möglichst abschreckenden Titel einfallen lassen. Aber auch dem können wir entgegensteuern. Ich werde es bei der nächsten Gewerkschaftsversammlung vortragen.«

Auch als sie nun wieder zu Luna hinschaut, hat sich deren Blick nicht verändert.

Es ist dieser gewisse Ausdruck.

So etwas, das Martje an ein Mittelding erinnert zwischen weiblichen Teenagern, die einen Hundewelpen betrachten und Bauarbeitern, die in einer Currywurstbudenschlange stehen, wo es heute alles umsonst gibt.

Luna nimmt die Brille ab.

Alarm!

Luna steht auf und kommt um den Tisch herum.

Sie will ganz sicher nicht an den Kühlschrank. Sie sieht nicht aus, als wolle sie an den Kühlschrank.

Luna setzt sich ohne ein Wort neben Martje auf die Bank, legt den Arm um sie und küsst sie.

Es sind Augenblicke, die länger dauern als sie sind.

Es ist noch mehr, viel mehr als der eine, wunderbare Kuss neulich. Es ist viel mehr als Martje erwartet hat.

Auch als sie durch den Flur wandern, an der Wand entlang, immer wieder stehen bleiben, ist es wie eine kleine Ewigkeit, die nicht vergeht, in der sie verweilen dürfen, ungestört.

Moment mal!

Wirklich ungestört?

Martje schaut aus einem weiteren Kuss auf.

»Ich wollte dich auch grad was fragen«, sagt Luna und fängt Martjes Blick ein, der im Flur herum huscht. »Kannst du dir vorstellen, mit sehr sehr vielen Büchern unter einem Dach zu leben?«

»Ja!«, sagt Martje aus vollem Herzen.

Bevor Luna sie um die Taille greift und mit sich ins angrenzende Schlafzimmer zieht.

Reißverschlüsse zippen. T-Shirts fliegen. BH-Verschlüsse ergeben sich rasch ihrem glücklichen Schicksal.

Aber irgendetwas, irgendwie …

»Einen Augenblick«, flüstert Martje Luna ins Ohr, springt noch einmal rasch aus dem Bett und läuft hinüber ins Nachbarzimmer, ihrem schönen Wohnraum.

Sanft schließt sie die Tür hinter sich und hört gerade noch einen wohligen Seufzer, der davon spricht, wie schön Luna sich ihre Wiederkehr vorstellt.

So, nun mal unter vier Augen!

Ist sie nicht … wow! Ist sie nicht wundervoll? Sagen Sie selbst! Seien Sie ganz ehrlich! Haben Sie schon jemals eine so wunderbare Frau gesehen? Oder gehört? Oder … Und wenn Sie glauben, so eine Frau gibt es nur im Roman, aber niemals in Ihrem eigenen Leben, dann irren Sie sich. Sehen Sie, ich dachte auch nicht, dass mir jemals eine Frau wie Luna begeg-

236

nen würde. Und als sie mir dann begegnete, war sie laut Lebensplan die Fast-Verlobte meines grässlichen Bruders.

(Nur nebenbei erwähnt: Hat den auf den letzten Seiten irgendjemand vermisst? Nein? Sehen Sie! Das ist der Beweis: Wir brauchen Hauptfiguren nicht unbedingt!)

Ich hätte doch niemals gedacht ... ich hätte nie zu hoffen gewagt ...

Aber nun ist es so! Luna liebt mich! Ich spüre das. Dass sie mich liebt und dass sie mich will. Sie will meine Hände auf ihrer samtweichen Haut, meine Lippen an ihren, sanft streichelnd über ihre empfindlichen Ohrmuscheln, die Halsbeuge hinunter zu ihren Brüsten ... Sie sehnt sich nach mir. Ich kann ihr Verlangen spüren wie mein eigenes. Es wird ein wunderbarer Nachmittag und Abend und eine lange Nacht werden, eine Mischung aus Märchen und Porno, wenn Sie verstehen, was ich damit meine.

Nur, wissen Sie, es ist mir irgendwie unangenehm, TeilnehmerInnen dabei zu wissen.

Ich bitte Sie, hätten Sie es vielleicht gern, dass Ihnen jemand beim Sex zusieht?

Na, sehen Sie.

Ich kann auf ihr Verständnis bauen?

Wunderbar!

Ich schleiche zur Tür zurück, öffne sie ebenso leise wie ich sie gerade geschlossen habe und höre Luna schon aus dem Schlafzimmer flüstern: »Wo bleibst du denn, Martje?« Ihr Stimme ist so zärtlich zittrig und gleichzeitig voller Temperament, dass sich mir der Magen erwartungsfroh und voller Spannung zusammenzieht.

Ein letzter Blick zurück. Ich danke Ihnen für Ihr Verständnis. Vielleicht werde ich Ihnen ein klein wenig erzählen, später. Aber die Essenz, die können Sie auch schon hier zwischen den Zeilen lesen, während sie sich in diesem gemütlich eingerichteten Zimmer ein bisschen umschauen. Ja, betrachten Sie nur genau die beiden schönen großen Bilder, die sich an den Längswänden gegenüber hängen.

Martje zieht die Tür vorsichtig hinter sich zu und ist bereits verschwunden.

In dem Raum, den sie gerade verlassen hat, hängen tatsächlich zwei Bilder.

Das eine ist in zarten Pastelltönen gemalt. Es zeigt eine Landschaft wie durch ein Kaleidoskop gesehen. Leuchtrosa und Hellgrün springen umeinander, werden flankiert von Sanftblau und Strahlgelb. Es ist wohl ein Sommertag, an dessen Himmel kleine schwarze Stippen wie Schwalben dahinsausen.

Ihm gegenüber prallen kraftvolle Mächte aufeinander. Ein wilder Sturm, der jeder Zuschauerin die Haare zerzausen und sie halb ängstlich, halb fasziniert würde auflachen lassen, würde er sie überraschen. Leidenschaftsviolett umtanzt Willensrot, kraftvoll und mächtig bis aus dem Rahmen hinaus.

Den Blick mal auf das eine, mal auf das andere Bild gerichtet, wird jeder rasch klar: Diese beiden Bilder gehören zusammen!

Die Essenz zwischen ihnen, in diesem Raum, in dieser Wohnung, auch in den Zimmern, in die jetzt gerade niemand schauen kann, vielleicht ganz besonders dort, lautet: Liebe.

Draußen, vor den Fenstern dieser gemütlichen Wohnung am Rande der Stadt, braut sich etwas zusammen.

Zunächst nur in Form kleiner Quellwolken am Horizont. Doch sie kommen so rasch heran, dass die Menschen auf den Straßen hinauf schauen und mit den Fingern gen Himmel deuten.

Auf ihren Gesichtern zeichnet sich Sorge ab.

Und schon hört man erste Stimmen wispern: »Das ist kein normales Gewitter! Das geht zu schnell!«

Manche gehen sogar noch weiter und behaupten, dass jenes Gewitter, von dem immer noch alle hinter vorgehalte-

ner Hand sprechen, ganz genauso begann: Es zog so rasch
herauf wie ein Hurrikan. Und es brachte Veränderungen
mit sich, die vorher niemand geahnt hatte.

Jeder Windstoß, der nun plötzlich um die Ecken weht,
drängt vor sich ängstliche Bürger, die im Eilschritt sich vor-
wärts bewegen.

Keine Erledigung kann jetzt noch so dringend sein, dass
sie unbedingt getan sein muss.

Kein Besuch ist so wichtig, kein Geschäft so lebensnotwendig.

Alle, die unterwegs sind, suchen den nächstbesten Schutz.
Am sichersten ist es vielleicht daheim.

Aber Hauptsache, ganz wichtig, am dringendsten, ist es,
dass niemand auf der Straße unterwegs ist.

Denn zu einem Gewitter gehören auch Blitze. Und es
kommt mitunter vor, hört man nun die Leute erzählen, dass
ein Blitz vom Himmel schießt und sich hier unten sein Ziel
sucht und womöglich sehr vieles verändert. Für jenen
unvorbereiteten Menschen, den er trifft, und für viele andere.

Niemand will dieser Mensch sein. Denn alle sind mittlerweile sehr zufrieden. Mit sich. Ihrem Leben. Ihrem bewuss-
ten, selbstgewählten und -gesteuerten Leben.

Der Sturm rennt über die Häuserdächer und rüttelt an
den Pfannen und Satelitenschüsseln.

Donner grollt rasch heran.

Die wenigen Menschen, die noch unterwegs sind, schau-
en hinauf zum Aschgrau des Himmels.

Zucken da hinten nicht schon erste grelle Lichtstrahlen
weit über den Horizont?

Kommen sie nicht ungewöhnlich rasch näher? Immer
schneller auf die Stadt zu.

Auch die letzten Rastlosen verschwinden unter schützenden Dächern, hinter verglasten Türen.

Irgendwo wird ein Hund aus einer Gasse hereingepfiffen.

Die Straßen sind leer gefegt. Niemand will draußen sein

und am Ende vielleicht unter einem Schirm vom Blitz erwischt werden.

Das will wirklich niemand, sagen sich alle gegenseitig, die davon gehört haben. Die andere davon haben flüstern hören.

Von dem gewagten Versuch, dem Schicksal einen Haken zu schlagen.

Von der Kraft der Liebe.

Dem Weg, der entsteht, wenn man ihn geht.

Von Luna und Martje.

Und so haust das schlimmste Gewitter, das die Stadt je erlebt hat, dort draußen.

Während die Menschen drinnen in Kaufhauscafés einander zum fünften Kakao einladen. Während sie an der Käsetheke im Lebensmittelladen ein improvisiertes Picknick veranstalten. Während im CD-Shop die Kopfhörer ausgesteckert werden und alle CD-Wünsche laut schallend bis auf die menschenleere Straße dringen.

Der Sturm, der die Stadt heimsuchen will, findet nicht eine einzige Seele, zu der er einen Blitz hinunter jagen könnte.

Er muss unverrichteter Dinge vergehen.

DAS LETZTE WORT HAT EINE NEBENFIGUR

Und Sie selbst? Hat es Ihnen denn nun gefallen?

Beklagen Sie sich bitte nicht bei mir, dass dieses Buch anders ausgeht als Sie es sich im Laufe des ersten Kapitels vorgestellt hatten. In meinem Leben ist bis vor etwa zweihundertvierzig Seiten auch nicht alles so gelaufen wie ich es gern gehabt hätte – falls Sie das tröstet. Auf alle Fälle ist es noch eine Liebesgeschichte geworden, auch wenn Erik sich weigert, das zuzugeben.

Die Lesben unter Ihnen werden sich jetzt wahrscheinlich über diesen Ausgang ein Bein aus freuen. Aber ich kann nur zu Recht vor allzu großer Euphorie warnen. Ich habe gehört, dass in vereinzelten Lesbenromanen die eine oder andere heterosexuelle Nebenfigur eine ziemlich üble Nummer plant – wenn Sie verstehen, was ich meine.

Für die Heterosexuellen unter Ihnen tut es mir kein bisschen Leid. Was glauben Sie, was unsereins sich durch die Jahrhunderte der Weltliteratur gelitten hat, wo zwei Frauen so gut wie nie zueinander finden konnten?

An die heterosexuellen Damen, die hin und wieder Bücher mit lesbischen Heldinnen lesen, wende ich mich zum Schluss mit einer eindringlichen Warnung: Bisher habe ich selbst noch nicht erlebt, dass Leserinnen tatsächlich in das Geschehen eines Buches hineingesogen wurden. Aber ich kenne welche, die haben davon gehört.

Sie möchten wissen, wie es weitergeht?

Na, im Grunde geht es genau so weiter, wie Sie wollen.

Aber hier ein Vorschlag:

ERIK KRÖGER erleidet aufgrund des für ihn traumatischen Romanausgangs eine erektionale Dysfunktion. Er stellt sich einem bekannten Pharmakonzern für eine Testreihe zu einem unerprobten Medikament zur Verfügung. Durch die vorher nicht bekannten Nebenwirkungen erhält er den Spitznamen: »Der *wahre* Little John«.

BÄRBEL unternimmt mit Little John zusammen Reisen in unterschiedlichste Epochen der Literaturgeschichte. Gemeinsam stellen sie den Figuren die Idee der Gewerkschaft vor und gelten als Traumpaar der Moderne.

NICKI kehrt zu Irene zurück und der Szene den Rücken zu. Wenig später finanzieren sie gemeinsam einen Resthof, um dort ›Wohnen für Lesben im Alter‹ aufzubauen.

GERD und LORE BECK leisten sich eine gemeinsame Weltreise und schicken aus jedem Land eine Postkarte an Martje. Wieder daheim verändert Gerd die Firmenstruktur und bietet fortan kleinen, in die Misere geratenen Unternehmen faire und hilfreiche Kredite und Sanierungsberatung.

UTE-KAREN führt nach wie vor die bekannte Szene-Bar ›P & S‹. Sie hält an ihren Plänen zur Ergreifung der Weltfrauschaft fest und plant den entscheidenden Schlag mit einem eigenen Buch, das den Titel »Zurück ins Paradies!« tragen soll.

GUDRUN SEEWALD lernt auf den Kanaren ihren späteren Mann kennen und gründet mit ihm zusammen eine erfolgreiche Unternehmensberatung.

MARTJE und LUNA führen weiterhin und sehr erfolgreich ›Dean Martins Hundesalon für gut gelaunte Vierbeiner‹ und den Buchladen ›Bücher von Woolfs‹. Ihre Liebe zueinander nimmt täglich zu und ist nach wie vor einzigartig.

Mirjam Müntefering

Flug ins Apricot

Roman. 239 Seiten. Serie Piper

Als die Neue in die Klasse kommt, ist Franziska sofort hin und weg: Alex heißt die supercoole Schöne aus der Großstadt. Daß Franzi Herzflattern bekommt, sobald sie mit Alex zusammen ist, ist ja wirklich verrückt genug. Aber Alex' tiefe Blicke ... Ob sie bedeuten, daß es ihr genauso geht? Ein realistischer, facettenreicher Einblick in das Leben zweier starker sechzehnjähriger Frauen, die sich endgültig von ihrer Kindheit verabschieden. Und eine wunderbare Liebesgeschichte, romantisch und aufregend, kompliziert und federleicht zugleich.

»Stell dir vor, wir hätten Flügel und könnten direkt hineinfliegen ins Blau des Himmels.«
Ich sehe hinauf. Es ist verdammt hoch.
»Ich würde lieber ins Apricot fliegen«, sage ich.

Mirjam Müntefering

Apricot im Herzen

Roman. 233 Seiten. Serie Piper

Die beiden Mädchen Franziska und Alex sind seit einem halben Jahr ein Paar, und das nicht ohne Probleme: Franziska hat ihre Eltern immer noch nicht mit ihrem Coming-out konfrontiert. Alex' Vater hat seine Tochter mit Franziska inflagranti erwischt und seine wütende Reaktion läßt keine Fragen offen. Als dann Franzi auch noch einem Mädchen aus der Schreibgruppe näherkommt, müssen sich die beiden entscheiden ... Die einfühlsame Liebesgeschichte zweier Mädchen, bei der Beziehungskrisen ebensowenig ausgeklammert werden wie jene alte und doch immer wieder neue Frage: Wie sage ich es meinen Eltern?

»Es gelingt der Autorin gekonnt, Freud und Leid wie Irrungen und Wirrungen von Coming-out und erster Liebe authentisch zu vermitteln.«
Queer

SERIE PIPER

SERIE PIPER

Mirjam Müntefering

Wenn es dunkel ist, gibt es uns nicht

Roman. 288 Seiten. Serie Piper

Madita liebt Julia. Aber vergeblich. Fanni wartet auf Elisabeth. Schon viel zu lange. Greta jagt nach dem Glück. Doch wohin? Jo schaut in den Spiegel und sieht nur noch Anne. Es sind vier Freundinnen, die man sich unterschiedlicher nicht vorstellen kann. Nur in der Liebe, da ähneln sie sich: Sie verlieren den Boden unter den Füßen. Eines Abends dann ein Experiment: ein stockfinsteres Restaurant, in dem nichts zu sehen ist, nur zu riechen, zu schmecken, zu hören, zu tasten ...

Ein Roman, der die Alltäglichkeiten der Liebe als Schlachtfeld zeigt, auf dem nur gewinnen kann, wer mit sich selbst eins ist.

Tony Parsons

One for my Baby

Roman. Aus dem Englischen von Christiane Buchner und Carina von Enzenberg. 362 Seiten. Serie Piper

Eigentlich war Rose die perfekte Frau für ihn. Mit ihr wollte Alfie den Rest seines Lebens verbringen. Aber er hat sie verloren, und an eine zweite Chance glaubt er nicht. Doch dann taucht Jackie auf, die alleinerziehende Mutter mit den wasserstoffblonden Haaren. Und Alfie ist sich gar nicht sicher, ob er ihr wirklich nur zum Schulabschluß in englischer Literatur verhelfen will ... Eine hinreißend komische und anrührende Geschichte über einen Mann, der seinen Traum von der ganz großen Liebe nicht aufgeben will.

»In Großbritannien der Bestseller Nr. 1. Tony Parsons hat ihn nach einem Sinatra-Song benannt – und wie die Musik ist er mal leicht und beschwingt, mal sentimental und melancholisch.«

Frankfurter Rundschau

Stephan Niederwieser

*Eine Wohnung mitten
in der Stadt*

Roman. 395 Seiten. Serie Piper

Bernhard wünscht sich nichts
mehr vom Leben als eine har-
monische Beziehung, Ruhe und
viel Zeit zum Lesen. Seinem
Freund Edvard dagegen kann
es nicht turbulent genug zuge-
hen. Als dessen Neffe plötzlich
vor der Tür steht und sich auch
noch Bernhards Mutter für längere Zeit bei den beiden ein-
quartiert, kommt es zu vielen
Konflikten, die nicht ohne Ko-
mik verlaufen ...
Mit Wärme und Humor be-
schreibt Stephan Niederwieser
die Höhen und Tiefen von zwi-
schenmenschlichen und gleich-
geschlechtlichen Beziehungen.

»Eine zeitgemäße Geschichte,
in der man garantiert jemanden
wiedertrifft.«
Bayerischer Rundfunk

Stephan Niederwieser

*An einem Mittwoch
im September*

Roman. 333 Seiten. Serie Piper

Das ungleiche Paar Bernhard
und Edvard löst eine Lawine
der Emotionen aus, als es seine
Beziehung besiegelt und Edvard seinem Geliebten einen
goldenen Ring an den Finger
steckt. Sie haben den gesamten
Freundeskreis dazu eingela-
den: Nicht nur Bernhards Familie, sondern auch einen bi-
sexuellen Stricher und den
leicht gealterten Grand-Sei-
gneur, der für seine Lover zum
Abschied immer einen Gugel-
hupf bäckt. Sie alle sind aufs
engste miteinander verwoben
und sehen sich nun vor eine
neue Situation gestellt ... Eine
abenteuerliche Verwicklungs-
geschichte aus der Feder des Er-
folgsautors Stephan Niederwieser.

»Ein magisches Buch über die
Kraft, der sich am Ende kein
Mensch entziehen kann: Lie-
be.«
Elle

SERIE PIPER

Karen-Susan Fessel
Bis ich sie finde
Roman. 455 Seiten. Serie Piper

Jane ist anders, besonders. Jane war früher ein Mann. Als Uma, der Frauenschwarm, die unnahbare Blonde aus dem hohen Norden zum erstenmal erblickt, ist es um sie geschehen. Ein Funken entzündet Umas Herz, ein Funken, der immer weiter lodern wird – auch als die lebenshungrige Uma mit Marianne und ihren beiden Kindern ein neues Leben führt. Hin und her gerissen folgt sie ihrer Sehnsucht und begibt sich auf die Suche nach Jane. – Karen-Susan Fessels feinfühlige Geschichte einer Zeiten und Orte überbrückenden Liebe geht unter die Haut.

»Ein großer Liebesroman ... fein, behutsam und stimmig.«
XTRA!

Karen-Susan Fessel
Was ich Moira nicht sage
Erzählungen. 238 Seiten. Serie Piper

Wo die Liebe hinfällt: Da sind zum Beispiel die beiden Freundinnen, die einfach nicht zueinander passen und sich dennoch lieben. Die Studentin, die sich in ihrer Ehe langweilt und sich in ihre Dozentin verliebt. Und die Frau, die sich entscheidet, als Mann zu leben, und deshalb von ihrer Geliebten verstoßen wird. Jede dieser Geschichten ist außergewöhnlich – mal melancholisch, mal komisch –, und dennoch sind uns die Personen mit all ihren Schwächen und Stärken sehr vertraut. Lebensnah, ausdrucksstark und brillant erzählt Karen-Susan Fessel Episoden aus dem Leben ganz unterschiedlicher Frauen.

»Dieser Erzählband lohnt die Lektüre.«
Virginia

Carmen Rico-Godoy

Frauen mit und ohne Schuß

Roman. Aus dem Spanischen von Volker Glab. 154 Seiten. Serie Piper

Seitensprünge und andere Dummheiten aus Leidenschaft – Carmen Rico-Godoy serviert einen temperamentvollen Reigen um die chaotische Gelu, die raffinierte Penélope, die aufgekratzte América und die übernächtigte Inés. Mit Witz und Charme entlarvt die spanische Erfolgsautorin den Traum von der großen Liebe und rückt den Tücken des Fremdgehens zu Leibe – hemmungslos ehrlich und hinreißend komisch.

»Wenn Frauen wissen möchten, was Männer wirklich über das andere Geschlecht denken ... Ein satirisches Lesevergnügen für Tage, an denen man sich nicht vom Liebesroman einlullen lassen, sondern eine erfrischende Prise Realität schnuppern möchte.«
Vital

Carmen Rico-Godoy

Das Fest der Schwestern

Roman. Aus dem Spanischen von Volker Glab. 260 Seiten. Serie Piper

Sie sind Zwillingsschwestern, aber sie ähneln einander nur äußerlich. Denn Ana ist gutbürgerlich verheiratet, María dagegen Schauspielerin, intellektuell und lebt alleine. Doch dann, gerade als die beiden denken, ihr Leben halte keine Überraschungen mehr für sie bereit, passiert das Unvorhergesehene: Ana erfährt, daß sie krank ist, und nichts ist mehr wie vorher ... Die spanische Erfolgsautorin Carmen Rico-Godoy erzählt voller Humor eine bittersüße Geschichte über Frauen, untreue Ehemänner, beste Freunde und eine Stadt, die nie schläft: Madrid.

»Eine ironisch-freche Story über Beziehungsstreß und Alltagschaos.«
vital

SERIE PIPER

Jakob Hein
Formen menschlichen
Zusammenlebens

151 Seiten. 30 farbige Abbildungen.
Klappenbroschur

Jeden Tag Pistolenschüsse und Breakdance, mit komplizierten, blassen und wunderschönen Frauen im gelben
Taxi ins Waldorf fahren. Das ist New York. Und genau
dahin wollte Jakob Hein schon mit zwölf, als er noch
mit der Taschenlampe unter der Bettdecke gelesen hat.
Daran kann ihn auch die knisternde Nylonunterwäsche
seiner ersten Flamme nicht hindern. Außerdem sieht er
jetzt auch Phoebe jeden Tag, im Cup-cake Café in der
9ten Avenue, mit ihren langen braunen Haaren und dem
wilden Kussmund. Aber die Liebesregeln im Land der
unbegrenzten Möglichkeiten sind noch komplizierter als
die Frauen selbst. In seinem zweiten brillanten Roman
werden von Jakob Hein Formen menschlichen Zusammenlebens studiert, von New York bis San Francisco.

04/1008/01/R

Nadja Sennewald
RunRabbitRun

Roman. 255 Seiten. Klappenbroschur

»Okay, ich ruf dir jetzt 'n Krankenwagen« – Kookie ist stinksauer, ihr Bike hat die fette Acht. Aber der dreckver-
schmierte Typ, den sie gerade angefahren hat, stöhnt, und Blut
läuft ihm aus der Nase. Er will keinen Krankenwagen, und
Kookie spürt, daß irgendwas faul an ihm ist. Trotzdem nimmt
sie ihn mit nach Hause, im Zickzack durch die Stadt, damit
sie durch keinen Security-Check müssen. h. b., Kookies Freundin, schnallt dann sofort, was mit dem Typ los ist: Der ist
»Hase« in dieser abgefahrenen Gameshow. Wenn er nicht ge-
fangen wird, kassiert er in drei Wochen die 1 Million-Euro-
Prämie. h. b. und Kookie schließen einen Pakt mit ihm …

04/1039/01/R